Marlena de Blasi

Mille jours
à Venise

*Traduit de l'américain
par Marie-Pierre Bay*

*Avec la collaboration
de Nicolas Bay*

Mercure de France

Titre original :

A THOUSAND DAYS IN VENICE.
AN UNEXPECTED ROMANCE

Marlena de Blasi vit en Italie. Elle est l'auteur de deux livres de cuisine et de trois récits, traduits dans douze langues.

Pour Virginia Anderson Amos, la fille de Walton Amos, qui, en grandissant, est devenue une ravissante et charmante jeune femme dont je suis fière d'être l'amie.

Pour C.D., Lisa et Erich mes amours de toujours.

Pour le Vénitien aux yeux couleur myrtille qui m'attendait.

Prologue

VENISE, 1989

Je reste assise à ma place encore quelques instants. Le train vient de s'immobiliser dans la gare de Santa Lucia. Je passe sur mes lèvres une couche de rouge bien vif, j'enfonce mon chapeau cloche en feutre bleu jusqu'aux sourcils et j'essaye de défroisser un peu ma jupe. Je me rappelle ce que j'ai dit tôt ce matin à Rome à un chauffeur de taxi qui me demandait : « *Ma dove vai in questo giorno cosi splendido ?* Mais où allez-vous donc par cette si belle journée ?

— J'ai un rendez-vous à Venise », me doutant que cette réponse lui plairait.

Il m'a regardée m'éloigner vers l'entrée de la gare en tirant ma grosse valise noire dont une roue est légèrement tordue et m'a envoyé un baiser en criant :

« *Porta un mio abbraccio a la bella Venezia.* Embrassez de ma part la belle Venise. »

Même un chauffeur de taxi romain est amoureux de Venise ! Tout le monde l'est, d'ailleurs. Je n'y suis encore jamais allée, ayant toujours été indifférente à ses langueurs chatoyantes. Mais peut-être qu'il y a une part de vérité dans ce que j'ai dit au chauffeur. Bizarrement, je me comporte comme une femme qui a un rendez-vous avec quelqu'un. Et maintenant que je suis arrivée, j'ai presque envie de tourner le dos à la vieille Byzantine.

Je finis par descendre du wagon qui s'est vidé de ses passagers et me revoilà en train de tirer ma valise en donnant des petits coups de pied d'encouragement à cette maudite roulette, au milieu d'une cohue de voyageurs qui cherchent le bon quai et de portiers d'hôtels qui tentent d'appâter le client. Les portes du hall sont largement ouvertes et je sors, pour me retrouver baignée d'une lumière rosée, sur un vaste perron, aux larges marches. En contrebas, l'eau d'un canal scintille. Je ne sais plus où poser mon regard. Venise la mythique est bien réelle, elle se déploie devant moi. Les gondoliers, debout à l'arrière de leurs gondoles noires et luisantes, coiffés d'un chapeau rond jaune, ont l'air sculptés sur place. À gauche, il y a le pont des Scalzi et, sur la rive d'en face, la jolie façade de l'église San Simeone Piccolo me fait signe. Venise est comme rapiécée, recousue de partout, d'une beauté presque douloureuse et, en vieille enchanteresse qu'elle est, elle fait tomber toutes mes réserves, elle me séduit en un instant.

J'attends le vaporetto de la ligne 1, puis monte à bord pour avancer *piano, piano* le long du Grand Canal et je vois qu'il y aura quatorze arrêts avant d'arriver à San Zaccaria, la station la plus proche de la Piazza San Marco. Je pousse ma valise contre un énorme tas de bagages et avance vers l'avant, pour être sûre de ne rien perdre du spectacle. Tous les bancs sont occupés, mais je fais un grand sourire à une Japonaise qui a posé son très chic sac Fendi à côté d'elle. Elle l'écarte un peu et je peux m'asseoir, le visage offert à la brise, tout au long de cette incroyable « avenue ». Je suis loin de me douter qu'un jour je prendrai ce même bateau pour aller chez le dentiste, au marché acheter des laitues, chez la couturière qui fait ma robe de mariée ou dans une église vieille de dix siècles afin d'y allumer un cierge.

Des palais défilent, aux fragiles façades byzantines, gothiques, Renaissance, baroques, l'air un peu mélancoliques, comme s'ils prenaient appui les uns contre les autres — ou s'échangeaient des secrets. Nous arrivons à Ponte di Rialto, la station où je devrais descendre pour aller jusqu'à mon hôtel. Mais je n'ai pas envie de bouger. Je continue jusqu'à San Zaccaria, puis mets pied à terre et marche jusqu'au campanile. Là je m'arrête et attends que sonne la Marangona, la plus ancienne cloche de Venise, celle dont la noble et solennelle voix de basse a ponctué le début et la fin de chaque journée de travail des artisans vénitiens pendant plusieurs siècles. Elle signalait aussi l'arrivée d'ennemis, saluait la visite d'un roi et annonçait la mort d'un doge. Certains prétendent qu'elle sonne quand elle en a envie et que, si elle le fait au moment où vous arrivez à Venise, c'est la preuve que votre âme est vénitienne et que la Marangona se souvient que vous êtes déjà venu il y a peut-être longtemps. La première fois qu'un ami m'a raconté cette histoire, je lui ai demandé comment on pouvait savoir pour qui la célèbre cloche sonnait si, par exemple, il y avait environ six cents personnes au pied du campanile à cet instant-là. « Ne t'inquiète pas, m'a-t-il répondu, puisqu'elle ne sonnera jamais pour toi. »

Et effectivement, elle reste silencieuse, alors que je suis là, immobile, sans me retourner pour regarder la basilique qui est juste derrière moi. Je ne franchis même pas les quelques mètres qui me séparent de la Piazza San Marco. Je ne suis pas prête. Pas prête pour quoi ? J'essaye de me dire qu'on ne peut pas pénétrer dans ce qui a été qualifié de plus beau salon du monde quand on est mal coiffée et tributaire d'une valise dont une roulette est tordue. Je fais demi-tour, reprends le vaporetto ligne 1 en sens inverse et descends à la station Rialto. Pourquoi mon cœur bat-il si fort ? Je me sens très attirée par Venise — et pourtant, je reste méfiante.

1

SIGNORA, ON VOUS DEMANDE
AU TÉLÉPHONE

La petite salle est remplie de touristes allemands, plus quelques Anglais et, à une table ou
deux, des gens du cru. On est le 6 novembre
1993 et je suis arrivée dans la matinée à Venise,
accompagnée d'un couple d'amis. Nous discutons à mi-voix, en sirotant de l'amarone. Le
temps passe, les clients partent les uns après les
autres, mais je remarque qu'à l'autre bout de la
pièce il en reste quatre et je sens le regard de
l'un d'entre eux posé sur moi. Je me détourne
un peu, me concentre sur mon verre et n'essaye
pas de lever les yeux sur cet homme. Il sort bientôt, ainsi que ses compagnons, et il n'y a plus
que nous trois dans le restaurant. Au bout de
quelques minutes, le garçon s'approche et dit
qu'on me demande au téléphone. Or nous
n'avons encore annoncé notre arrivée à personne et, même si nous l'avions fait, c'est à la
dernière minute que notre choix s'est porté sur
le Vino Vino pour y déjeuner. Je dis au garçon
qu'il doit se tromper. « *No, signora*, insiste-t-il, *il
telefono è per Lei.* »

Je me dirige vers le vieux combiné orange fixé au mur. Il sent la fumée et l'eau de Cologne :

« *Pronto ?* Allô ?

— *Pronto.* Pouvez-vous me retrouver ici demain à la même heure ? C'est très important pour moi », déclare une voix italienne, une voix basse, décidée, que je ne connais absolument pas.

Un bref silence suit et je réalise alors que ce doit être un des quatre hommes qui viennent de partir. Or même si j'ai assez bien compris ce qu'il vient de me dire, je suis incapable de lui répondre en italien. Je bafouille un peu dans une sorte de sabir mixte :

« *No, grazie,* non, merci, je ne sais même pas qui vous êtes. »

Mais en même temps, je me dis que j'aime bien cette voix.

Le lendemain, nous décidons de revenir au Vino Vino, simplement parce que c'est près de notre hôtel. Je ne pense plus à l'inconnu doté d'une belle voix. Mais il est là, seul cette fois, et je trouve qu'il ressemble beaucoup à Peter Sellers. Nous échangeons un sourire. Je vais m'asseoir avec mes amis, et lui, qui semble ne pas savoir comment nous aborder, se lève et se dirige vers la porte. Quelques minutes passent et le même garçon que la veille — avec maintenant le sentiment de jouer un rôle dans quelque chose d'extraordinaire — s'approche et me regarde droit dans les yeux :

« *Signora, il telefono è per Lei.* »

Après quoi la même scène que la veille se répète.

Je vais jusqu'au téléphone et la belle voix me dit dans un anglais très étudié, peut-être parce que son propriétaire s'imagine que je n'ai pas bien compris son italien de la veille :

« Est-il possible pour vous de venir me retrouver ici demain, seule ?

— Je ne crois pas… En principe, je dois partir pour Naples.

— Oh…, répond la belle voix, sans rien ajouter d'autre.

— Je regrette. »

Et là-dessus, je raccroche.

Le lendemain, en fait, nous ne partons pas pour Naples, ni les jours suivants, mais nous retournons déjeuner au même restaurant et Peter Sellers est toujours là. Nous n'échangeons pas une seule parole directement. Il préfère le téléphone. Et je lui répète chaque fois que non, je n'accepterai pas son rendez-vous. Le cinquième jour, vendredi, le dernier de notre séjour à Venise — nous prenons l'avion le samedi — , mes amis et moi passons la matinée au café Florian à organiser la suite de notre voyage, en buvant du prosecco et tasse après tasse de chocolat noir et amer, aromatisé au Grand Marnier. Nous décidons de ne pas déjeuner afin d'être en appétit pour un dîner d'adieu à Venise au Harry's Bar. En retournant à l'hôtel, nous passons devant le Vino Vino et Peter Sellers est là, le nez collé à la vitre. On dirait un enfant perdu. Nous nous arrêtons quelques instants dans la rue et mon amie Silvia me dit :

« Allez, va lui parler. Il a l'air vraiment gentil. On se retrouve à l'hôtel. »

Je vais m'asseoir à la table de l'inconnu à la belle voix et à l'air gentil et nous commençons par boire un peu de vin. Nous parlons à peine, quelques mots sur le fait qu'il pleut beaucoup et pourquoi je n'étais pas là à l'heure du déjeuner. Il me dit qu'il est un des responsables de l'agence toute proche de la Banca Commerciale Italiana, qu'il commence à être tard et que c'est lui qui a le seul trousseau de clés pour ouvrir les bureaux après la pause de midi. Je note qu'outre la belle voix et l'air gentil il a des mains magnifiques — des mains qui tremblent un peu tandis qu'il rassemble ses affaires pour partir. Nous convenons de nous retrouver au même endroit à six heures et demie. « *Proprio qui*, exactement ici », répète-t-il à plusieurs reprises.

Je me dirige vers mon hôtel, en proie à un sentiment étrange, et je passe l'après-midi à tourner en rond dans ma chambre, sans parvenir à sacrifier à ce qui est pour moi un rituel chaque fois que je viens à Venise : lire Thomas Mann allongée sur mon lit et savourer un ou deux délicieux petits gâteaux que j'ai posés sur ma table de nuit. Cela peut aussi être, si le déjeuner a été léger, un croustillant *panino col prosciutto* préparé par Lino, à la *bottega* de l'autre côté du Ponte dell'Accademia. Mais ce jour-là, j'ai beau m'étendre, tirer l'édredon sur moi et ouvrir mon livre, je n'arrive pas à lire du tout. Je ne peux penser qu'à *lui*.

La pluie qui n'a pas cessé de tomber depuis le matin se transforme en tempête. Je suis cette fois bien décidée à aller retrouver mon bel étranger. L'eau de la lagune déborde maintenant sur le quai en grosses vagues écumeuses et la Piazza n'est plus qu'une sorte de lac noir. Un vent furieux s'est mis à souffler. Je réussis à aller jusqu'au bar de l'hôtel Monaco, où il fait chaud, où je suis en sécurité — mais pas plus loin. Je ne suis qu'à une centaine de mètres du Vino Vino, tout près, en fait, pourtant, impossible d'y accéder. Je vais à la réception demander un annuaire, or le restaurant n'y figure pas. J'essaye d'appeler les renseignements, mais l'opérateur numéro 143 ne trouve rien. Mon rendez-vous, c'est le cas de le dire, est tombé à l'eau et je n'ai aucun moyen de joindre Peter Sellers. Eh bien, c'est que cela ne devait pas se faire. Je retourne au bar, où un serveur nommé Paolo bourre mes bottes trempées avec du papier journal et les met à sécher près d'un radiateur, aussi cérémonieusement que s'il s'agissait des bijoux de la Couronne. Je connais Paolo depuis quatre ans, depuis mon premier voyage à Venise. Passablement énervée, les pieds dans mes bas humides, assise sur les plis de ma jupe qui sent la laine mouillée, je bois du thé en contemplant les éclairs qui déchirent les nuages. Je repense à mon premier séjour ici. Mon Dieu, comme je n'avais *pas* eu envie de venir ! J'étais à Rome pour quelques jours et voulais y rester. Mais voilà que je m'étais retrouvée dans un wagon de deuxième classe, en train de filer vers le nord.

« Vous allez à Venise ? » demande en mauvais italien une petite voix, interrompant ma rêverie.

J'ouvre les yeux. Deux jeunes Allemandes sont en train de hisser leurs gros sacs à dos dans le filet, puis s'installent aux deux places en face de moi. Elles ne sont pas exactement minces.

Je finis par répondre oui, en anglais, en m'adressant au vide entre elles deux. Et j'ajoute : « Pour la première fois. »

Elles sont sérieuses, timides et lisent avec application un guide de Venise, en buvant de l'eau minérale. Dans le wagon il fait chaud, il n'y a pas d'air. Le train fonce à travers la campagne romaine plate, avant d'aborder les collines de l'Ombrie. Je referme les yeux et me replonge dans cette vie rêvée que je me suis inventée, où j'aurais loué un appartement avec terrasse dans un palazzo ocre et rose de la Via Giulia. Je décide que j'irais déjeuner chaque vendredi d'un plat de tripes au Da Felice, dans le Testaccio. Le matin, je ferais mes courses au Campo dei Fiori. J'ouvrirais une taverna de vingt couverts dans le Ghetto, avec une grande table d'hôte où les marchands et les artisans viendraient déguster ma bonne cuisine. Je prendrais pour amant un prince corse dont la peau sentirait la fleur d'oranger. Il serait aussi pauvre que moi et nous nous promènerions main dans la main sur les bords du Tibre, en train de devenir tout doucement fous l'un de l'autre. Et tandis que j'essaye de mettre de l'ordre dans ces images exquises, sur lesquelles se superpose le visage de mon prince, la petite voix revient à la charge :

« Pourquoi allez-vous à Venise ? Vous avez des amis là-bas ? »

Je réponds :

« Non, pas d'amis. Je pense que j'y vais parce que je n'y suis encore jamais allée et que je crois qu'il faut y aller un jour. »

Je me parle plutôt à moi-même, en fait, mais voilà que je n'arrive plus à retrouver à quoi ressemble mon prince. Alors je pose une question à mon tour :

« Et vous ? Pourquoi Venise ?

— Parce que c'est tellement romantique. »

La réponse est claire et nette.

En ce qui me concerne, la vérité, c'est qu'on m'a envoyée à Venise pour y écrire plusieurs articles : un de deux mille cinq cents mots sur les bacari, les bars à vins vénitiens traditionnels, un également de deux mille cinq cents mots sur le fait que la ville s'enfonce peu à peu dans la lagune, plus une mise à jour de la liste des meilleurs restaurants. J'aurais préféré rester à Rome. J'ai envie de mon lit étroit en bois peint en vert et de ma drôle de petite chambre nichée au quatrième étage, sous le toit de l'hôtel Adriano. J'ai envie de dormir là et d'être réveillée par les premiers rayons du soleil filtrant entre les volets. J'aime la façon dont mon cœur bat quand je suis à Rome. J'ai l'impression que là-bas je marche plus vite, je vois mieux les choses. Je me sens chez moi, et cela me plaît, au milieu de ses très anciens trésors, de ses secrets et ses mensonges. J'aime qu'elle m'ait appris que je ne suis qu'une petite étincelle, à peine perceptible, une lueur fugitive. Et j'aime

qu'après un déjeuner d'artichauts frits je me mette déjà
à penser à mon dîner. Et que, pendant le dîner, je rêve
aux pêches qui m'attendent dans un bol d'eau fraîche
sur ma table de chevet. J'ai presque réussi à recoller les
morceaux du visage de mon prince corse quand le train
s'engage bruyamment sur le Ponte della Libertà.
J'ouvre les yeux et découvre la lagune.

Cette année-là, je n'aurais jamais pu imaginer avec quelle grâce cette exquise vieille princesse allait s'emparer de moi, m'éblouir et danser comme elle seule sait le faire, ruisselante de lumière dorée le matin et drapée dans une brume bleutée le soir. Je décoche à Paolo un sourire de connivence, nous n'avons pas besoin de nous parler, je fais maintenant partie du club. Il reste à proximité et veille à remplir ma théière.

Il est plus de onze heures et demie quand la tempête se calme enfin. J'enfile mes bottes, devenues toutes raides, je mets mon chapeau mouillé sur mes cheveux mouillés, j'enfile mon manteau mouillé et je reprends le chemin de mon hôtel. Quelque chose me tracasse : j'essaye de me souvenir si j'ai dit au bel étranger où j'étais descendue. Mais que m'arrive-t-il donc ? À moi qui ne me laisse pas facilement émouvoir ? *Je me sens très attirée par Venise — et pourtant, je reste méfiante…*

Eh bien oui, je lui avais donné le nom de mon hôtel parce que je trouve une dizaine de messages sur papier rose glissés sous ma porte. Il a appelé toutes les demi-heures entre sept heures et minuit et me fixe rendez-vous demain à midi dans le hall — exactement à l'heure à laquelle nous avons prévu de partir pour l'aéroport.

Le jour se lève sous un beau soleil, le premier que nous voyons depuis que nous sommes là. J'ouvre ma fenêtre, l'air est limpide et doux, comme pour se faire pardonner les trombes d'eau de la veille. J'enfile un pantalon en velours noir, un col roulé, et je descends dans le hall rencontrer Peter Sellers, le regarder droit dans les yeux et essayer de découvrir pourquoi un homme que je connais à peine me trouble à ce point. Je ne sais d'ailleurs pas comment je pourrais découvrir grand-chose, étant donné qu'il n'a pas l'air de parler anglais et que mon italien se limite au vocabulaire culinaire. Je suis un peu en avance, aussi je sors pour respirer et je l'aperçois qui arrive sur le Ponte delle Maravegie, les bras encombrés d'un imperméable, d'un journal et d'un parapluie, un paquet de cigarettes à la main. Je le vois avant qu'il me remarque. Et ce que je vois, ce que je ressens, me plaît.

« *Stai scapprando* ? Vous étiez en train de vous enfuir ? me demande-t-il.

— Mais non, je venais à votre rencontre. »

Je suis obligée de m'exprimer surtout avec les mains.

J'ai demandé à mes amis de m'attendre, leur disant que j'en aurais pour une demi-heure, une heure tout au plus. Il nous restera ensuite largement le temps d'aller à l'aéroport pour prendre le vol de quinze heures vers Naples. Je le regarde. Je regarde réellement le bel étranger pour la première fois. Et ce que je remarque, c'est le bleu de ses yeux, un bleu très foncé, comme celui de l'eau et du ciel aujourd'hui, presque comme du jus de myrtille. Il se montre à la fois timide et familier. Nous marchons en direction du Ponte dell'Accademia — où nous marquons une pause.

Il n'arrête pas de faire tomber son journal et, quand il se baisse pour le ramasser, il pointe son parapluie dans les jambes des passants qui nous entourent. Après quoi il cherche maladroitement dans ses poches où il a bien pu mettre ses allumettes. Finalement il les trouve, mais la fouille recommence, pour ses cigarettes, cette fois, car celle qu'il avait entre les lèvres vient de tomber. C'est vraiment du pur Peter Sellers.

Il me demande si j'ai jamais réfléchi au destin et si je crois qu'*il vero amore*, le véritable amour, existe. En me posant ces questions, il évite de me regarder, fixe le canal des yeux et s'exprime d'une voix très basse, en bégayant un peu. Il parle assez longtemps et j'ai l'impression qu'il s'adresse surtout à lui-même. Je suis loin de tout comprendre, excepté les derniers mots, *una volte nella vita*, une fois dans une vie. Puis il se tourne vers moi comme s'il allait m'embrasser et je me dis que c'est exactement ce que j'aurais envie de faire moi-même, mais il est évident que, dans ce cas, le parapluie et le journal tomberont dans l'eau, et de toute façon nous sommes trop vieux pour jouer ce genre de scène. Mais… le sommes-nous vraiment ? J'aurais probablement envie de l'embrasser même s'il n'avait pas les yeux bleu myrtille. Même s'il ne ressemblait pas autant à Peter Sellers. Voyons, ce doit être parce que nous sommes à Venise, sur ce pont-là, dans cette lumière-là. Je me demande si j'éprouverais la même chose à Naples… Nous allons prendre une glace à la terrasse de Paolin, sur le Campo Santo Stefano.

« Qu'est-ce que vous pensez de Venise ? veut-il savoir. Ce n'est pas la première fois que vous y venez, n'est-ce pas ? »

On dirait qu'il feuillette un dossier où sont consignés tous mes déplacements en Europe.

« Non, non, ce n'est pas la première fois. Ma première visite date de 1989, au printemps.

— De 1989 ? Cela fait quatre ans que vous venez à Venise ? »

Et il lève quatre doigts, pour s'assurer qu'il m'a bien comprise. Je rétorque :

« Oui. En quoi est-ce si étrange ?

— Eh bien, je ne vous ai vue qu'en décembre dernier. Le 11 décembre 1992, précise-t-il, comme pour me montrer que ses renseignements sont exacts.

— Quoi ? » dis-je un peu surprise, tout en cherchant à retrouver les dates de mon dernier séjour, l'hiver précédent. Oui, je suis arrivée le 2 décembre et j'ai repris l'avion pour Milan dans la soirée du 11. Mais il me confond sûrement avec une autre femme. Je suis sur le point de tenter de le lui expliquer quand il reprend :

« Vous faisiez le tour de la Piazza San Marco. Il était cinq heures un peu passé. Vous portiez un très long manteau blanc, qui vous allait jusqu'aux chevilles et vous aviez relevé vos cheveux exactement comme aujourd'hui. Vous regardiez la vitrine de Missiaglia. Un homme vous accompagnait. Ce n'était pas un Vénitien. En tout cas, je ne l'avais jamais vu auparavant. Qui était-ce ? »

Le ton est soudain plus sec. Avant que je puisse articuler une syllabe, il ajoute : « Votre amant ? »

Je sais qu'il ne s'attend pas à ce que je réponde, donc je ne dis rien. Il se met à parler plus vite et je perds des mots, puis des phrases entières. Je lui demande de me regarder et d'essayer, d'essayer vraiment de s'exprimer plus lentement. Il accepte.

« Je ne vous voyais que de profil. Je me suis approché, mais en m'arrêtant à quelques pas. Je n'ai plus bougé, comme si je voulais en quelque sorte photographier votre image. Et puis vous et cet homme êtes repartis, en direction du quai. »

Il agite ses mains, ses doigts, et me dévore des yeux. Puis il reprend.

« Je vous ai suivis, mais je me suis vite arrêté parce que je n'avais pas la moindre idée de ce que je pourrais vous dire. De la façon de vous aborder. Alors je vous ai laissée vous en aller. C'est une habitude, chez moi, laisser les choses disparaître. Le lendemain et le surlendemain, je vous ai cherchée partout, mais je savais que vous n'étiez plus là. Si seulement je vous avais revue en train de vous promener, seule cette fois, je vous aurais adressé la parole, j'aurais fait semblant de vous avoir confondue avec quelqu'un d'autre. Ou dit que j'aimais beaucoup votre manteau. Mais je ne vous ai pas retrouvée et donc vous êtes devenue un très beau souvenir. Pendant tous ces mois, depuis décembre, j'ai essayé d'imaginer où vous étiez et avec qui. J'avais envie d'entendre le son de votre voix. J'étais très jaloux de l'homme qui vous accompagnait. »

D'un seul coup, il parle très lentement :

« Et l'autre jour, au Vino, Vino, vous vous êtes un peu tournée sur votre chaise, on n'apercevait plus que votre profil sous cette masse de cheveux et j'ai brusquement réalisé que c'était vous, la femme au long manteau blanc. Vous comprenez ? Je vous attendais. Je vous attends depuis le 11 décembre. Et d'une certaine manière, je suis amoureux, réellement amoureux de vous depuis ce jour-là. »

Je suis incapable de prononcer un mot. Il poursuit :

« Et c'est ce que j'ai essayé de vous dire, tout à l'heure sur le pont, quand j'ai parlé du destin et du véritable amour. Cela n'a pas été un coup de foudre total puisque je ne vous voyais que de profil, ce jour-là, sous les arcades de San Marco. Disons un demi-coup de foudre, mais c'était suffisant. Et si vous me croyez fou, ça m'est égal. »

*

« Vous permettez que je parle à mon tour ? »
Je pose la question à mi-voix, mais je n'ai pas la
moindre idée de ce que je vais dire. Les yeux
bleu foncé sont littéralement braqués sur moi.
Je me lance :

« M'avoir raconté cette histoire, c'est un très
joli cadeau que vous me faites. Mais m'avoir vue,
vous être souvenu de moi et m'avoir retrouvée
quelques mois plus tard n'a rien d'extraordinaire ni de mystérieux. Venise est une très petite
ville et il n'y a rien d'étonnant à y croiser les
mêmes visages. Je ne crois pas, dans notre cas, à
un miraculeux coup du destin. D'ailleurs, comment pouvez-vous être amoureux d'un *profil* ? Je
ne suis pas seulement un profil. J'ai des jambes,
des bras, une tête. Je suis une femme. Je crois
qu'il s'agit d'une coïncidence, très touchante,
certes, mais une coïncidence quand même. »

J'essaye de remettre un peu d'ordre dans le
récit bucolique des yeux bleus. Mais il proteste :

« *Non è una coincidenza.* Ce n'est pas une coïncidence. Je suis amoureux de vous et je regrette
que cela vous mette mal à l'aise.

— Non, cela ne me met pas mal à l'aise. C'est
seulement que je ne comprends pas. Enfin, pas
encore. »

J'ai à la fois envie de le serrer contre moi et
envie de le repousser :

« Ne partez pas aujourd'hui. Restez un peu
plus longtemps. Restez avec moi, dit-il alors.

« — Si jamais il doit y avoir un jour quelque chose entre nous, le fait que je parte aujourd'hui n'y changera rien. Nous pouvons nous écrire, nous téléphoner. Je reviendrai au printemps, nous avons le temps de faire des projets. »

J'ai l'impression que je parle d'une voix saccadée, tout à fait inhabituelle, puis que mes mots ne sortent plus. Autour de nous, il y a la foule habituelle du samedi sur le Campo. Un long moment s'écoule sans que nous parlions. Puis nous nous levons. Sans attendre l'addition, il pose des lires sur la table et la glace à la fraise à laquelle il n'a pas touché commence à fondre et à couler sur les billets.

J'ai les joues en feu, je me sens en proie à une émotion inconnue jusque-là, un mélange étrange de peur et d'une sorte de joie. Y avait-il un fond de vérité dans cette méfiance que j'éprouvais à l'égard de Venise ? Mes pressentiments se sont-ils incarnés dans ce bel étranger ? Est-ce *le* rendez-vous que j'espérais ? Je me sentais attirée par Venise et pourtant je restais sur mes gardes — je ne cesse de me le répéter d'une façon ou d'une autre. Serait-il mon prince corse, déguisé en banquier ? Pourquoi le destin n'abat-il pas ses cartes une fois pour toutes ? Ce que je sais, c'est que je n'éprouve jamais ni coup de foudre ni demi-coup de foudre, cela ne me ressemble absolument pas. Mon cœur est rouillé, fermé, verrouillé. En tout cas, c'est ce que je crois.

Nous traversons le Campo Manin, jusqu'à San Luca, en n'échangeant que quelques mots. Puis il s'arrête, me prend dans ses bras, me serre contre lui. Je le serre contre moi.

Quand nous quittons le Bacino Orseolo et pénétrons sur San Marco, la Marangona résonne cinq fois. Je me dis alors, c'est lui ! Il est mon destin et la cloche ne me reconnaît que parce que je suis avec lui. Mais voyons, ce sont des bêtises ! Des élucubrations de femme ménopausée !

Cela fait cinq heures que j'ai quitté mon hôtel. J'appelle mes amis qui m'y attendent encore et promets de les retrouver directement à l'aéroport s'ils veulent bien se charger de mes bagages. Le dernier vol pour Naples est à sept heures vingt. De façon très inattendue, il n'y a pas sur le Grand Canal l'habituelle cohue de vedettes rapides, de gondoles et de barques et notre taxi-vedette peut foncer, bondir et retomber brutalement sur l'eau. Peter Sellers et moi restons debout, malgré le vent et filons en direction d'un gros soleil rouge à l'horizon. Je sors de mon sac un petit flacon en argent et un minuscule verre d'une pochette en velours. Je verse du cognac, que nous sirotons à tour de rôle. À nouveau, il me regarde comme s'il allait m'embrasser et, cette fois, il le fait, sur le front, les paupières et enfin les lèvres. Non, nous ne sommes pas trop vieux.

Nous échangeons nos numéros de téléphone, nos adresses, privées et professionnelles, ainsi que nos cartes de visite, les seules amulettes à notre disposition. Il me demande s'il pourrait aller me retrouver là où je serai, à la fin de la semaine, et je lui dis que ce ne serait pas une

bonne idée. Mais je lui communique notre itiné-
raire, pour que nous ayons la possibilité de nous
dire bonjour ou bonsoir de temps en temps. Il
veut savoir quand je serai rentrée chez moi et je
lui donne la date.

2

IL Y A UN VÉNITIEN DANS MON LIT

Dix-huit jours plus tard, et deux seulement après mon retour aux États-Unis, Fernando atterrit à Saint Louis. C'est son premier voyage en Amérique. Je le vois arriver de loin, blême et tremblant. Il a raté sa correspondance à l'aéroport de New York, parce qu'il n'a pas couru assez vite sur une distance plus grande que la largeur du Lido, où il habite, face à Venise. Le vol transatlantique a représenté la plus longue période de sa vie où il n'a pas eu le droit de fumer. Il prend le bouquet de fleurs que je lui tends et nous allons chez moi, comme si c'était et devait rester la chose la plus naturelle du monde.

Sans avoir encore ôté son manteau, son chapeau, ses gants ou son écharpe, il circule de pièce en pièce, lentement, à la recherche de quelque chose de familier. Il s'extasie devant mon énorme réfrigérateur, dont il ouvre une porte, croyant qu'il s'agit d'une penderie : « *Ma è grandissimo !* » s'exclame-t-il. Je lui demande s'il a faim et vais m'activer dans la cuisine. Il repère tout de suite les tagliatelles que j'ai confectionnées moi-même cet après-midi : « Vous avez donc des pâtes fraîches en Amérique ? » demande-t-il, l'air aussi stupéfait que si on lui disait qu'on a découvert une pyramide dans le Kentucky.

Je lui coule un bain, comme je le ferais pour un enfant ou un amant de longue date, j'y verse de l'huile de santal, j'allume des bougies et je pose sur une petite table à côté de la baignoire des serviettes, des savons et du shampooing, plus un petit verre de tio pepe. Il reste si longtemps dans la salle de bains que je commence à m'inquiéter, mais le voilà qui surgit dans le salon, absolument superbe, les cheveux encore mouillés peignés bien en arrière. Il porte une robe de chambre vintage en lainage vert foncé, dont une poche est déchirée et l'autre gonflée par un paquet de cigarettes. Il a mis des chaussettes couleur bordeaux tirées jusqu'aux genoux et des pantoufles en daim. Je lui dis qu'il ressemble à Rudolf Valentino, ce qui lui fait plaisir. J'ai préparé le couvert sur une table basse devant la cheminée où flambe un bon feu. Je lui tends un verre de vin rouge et nous prenons place sur des coussins posés par terre. Cela lui plaît. Et nous voilà en train de dîner ensemble, le bel étranger et moi.

Le repas commence par des poireaux à la crème, parfumés à la vodka, sous une croûte bien gratinée d'emmenthal et de parmesan. Je ne sais pas comment on dit « poireaux » en italien, si bien que je me lève pour aller chercher mon dictionnaire.

« Ah, *porri*, dit-il. Je n'aime pas les *porri*. »

Vite, je tourne les pages, comme si je venais de faire une erreur. Et je m'exclame :

« Non, ce ne sont pas des *porri*, mais des *scalogni*. »

Et tant pis pour le mensonge…

« Je n'en ai jamais goûté », dit le bel étranger en en prenant une bouchée. Et il s'avère très vite qu'il aime beaucoup les poireaux si on les appelle échalotes…

Après, viennent les tagliatelles fraîches, à la sauce aux noix. Nous nous sentons à l'aise, l'un près de l'autre, puis un peu moins. Nous nous sourions, sans nous parler beaucoup. J'essaye d'expliquer ce que je fais, de dire que je suis critique gastronomique et « chef ». Il hoche la tête avec bienveillance, mais cela n'a pas l'air de l'intéresser beaucoup. Il préfère rester assez silencieux. Comme dessert, j'ai fait un gâteau avec de la pâte à pain, des grosses prunes et beaucoup de sucre de canne. Le jus épais des fruits a un peu caramélisé. Nous installons le plat entre nous deux et nous servons directement dedans à la cuiller. C'est lui qui racle la dernière miette. Après quoi, nous finissons la bouteille de vin rouge. Il se lève, fait le tour de la table et vient s'asseoir à côté de moi. Il me regarde bien en face, puis doucement tourne mon visage vers la droite, la main sous mon menton.

« *Si, questa è la mia faccia*, chuchote-t-il. Oui, c'est bien mon visage. Et maintenant, je désire aller avec vous dans votre lit. »

Il prononce ces mots en anglais distinctement, lentement, comme s'il les avait soigneusement appris.

Quand il s'endort, c'est la joue contre mon épaule et un bras autour de ma taille. Je reste éveillée et lui caresse les cheveux. Je dis à mi-voix : « Il y a un Vénitien dans mon lit. » Puis je l'embrasse sur le sommet de la tête et je repense brusquement à la mission dont m'avait chargée ma rédactrice en chef plusieurs années auparavant : « Allez passer deux semaines à Venise et revenez avec trois articles. Nous vous enverrons un photographe depuis Rome. » Pourquoi ne nous sommes-nous pas rencontrés au cours de ce voyage-là ? Probablement parce qu'on ne m'avait pas demandé de revenir avec trois articles *et* un Vénitien. Et le voilà qui dort dans mon lit, le bel étranger aux jambes longues et minces. Il faudrait bien que je dorme, moi aussi. Mais je n'y arrive pas. Comment le pourrais-je ? Je me souviens de cette réticence qui m'a fait éviter Venise pendant si longtemps. Je souffrais d'une sorte de rejet. Une fois, quittant Bergame par l'autoroute, j'ai dépassé Vérone et, pas très loin de Padoue, à une trentaine de kilomètres à peine, j'ai brusquement pris la direction opposée à celle de Venise, vers Bologne. Puis quand j'ai réussi à surmonter ma méfiance, après l'enchantement de mon premier séjour, j'ai cherché toutes les bonnes raisons d'y retourner, suppliant pour qu'on me commande des articles qui me permettraient de m'en rapprocher, compulsant les brochures des agences de voyages à la recherche de billets d'avion pas trop chers.

Au printemps dernier, j'ai quitté la Californie pour venir m'installer à Saint Louis, Missouri. J'ai d'abord loué une chambre meublée pendant deux mois, tandis qu'on rénovait la maison que je venais d'acheter et que je me préparais à ouvrir un petit café-restaurant. Dès le mois de juin, tout se mettait en place : je devais écrire un article par mois sur les restaurants de la région dans le *Riverfront Times*, je m'occupais du mien et je prenais mes marques dans ma nouvelle ville. Ce qui n'a pas empêché que je souhaite recommencer à bouger un peu. Et dès novembre, je repartais pour l'Italie en compagnie de mes vieux amis, Silvia et Harold, pour me jeter dans les tendres bras de Venise. Mais je ne me doutais absolument pas qu'il y aurait aussi les tendres bras d'un Vénitien — contre qui je me serre un peu plus.

*

Le matin, nous avons vite pris l'habitude de nous installer devant la cheminée de la cuisine, dans de confortables fauteuils recouverts de velours couleur rouille, avec à portée de main un dictionnaire italien-anglais pour l'un et anglais-italien pour l'autre. Plus une grande cafetière fumante bien pleine, un petit pot de lait et une pile de scones beurrés. Après quoi, novbus parlons de nous.

« J'essaye de me rappeler ce que je pourrais te raconter d'important. Par exemple, sur mon enfance, ou ma jeunesse. Mais je crois être le parfait prototype de Monsieur Tout-le- monde. Dans un film, je jouerais le rôle du type que les filles ne regardent même pas. »

Il ne semble pas triste en se décrivant ainsi et il ne s'excuse pas non plus de donner une telle image de lui-même. Une fois, il me demande :

« Tu te souviens de tes rêves ?

— Des rêves que je fais la nuit ?

— Non, non, je veux dire de tes vrais rêves. Ce que tu souhaitais accomplir un jour. Ce que tu espérais devenir.

— Oui, bien sûr que je m'en souviens. Avant tout, je voulais avoir des enfants. C'était cela, mon plus grand rêve. Et quand ils sont nés, ceux que j'ai faits les concernaient eux. C'est une fois qu'ils ont été grands que j'en ai eu d'autres, un peu différents. Mais je les ai presque tous réalisés, dans la vie que je mène aujourd'hui. Je me rappelle aussi ceux qui sont partis en fumée. En fait, j'en ai tout le temps de nouveaux. Et toi ?

— Non, pas vraiment. Et jusqu'à ces jours-ci, plutôt de moins en moins. J'ai grandi avec l'idée que rêver, c'était une sorte de péché. Dans mon enfance, les discours que me tenaient les prêtres, les professeurs ou mon père portaient tous sur la logique, la raison, la morale, l'honneur. J'avais envie de piloter des avions, de jouer du saxophone. On m'a envoyé en pension à l'âge de douze ans et, crois-moi, vivre entouré de jésuites ne vous aide pas à rêver. Et quand je rentrais à la maison, ce qui n'arrivait pas souvent, la vie n'y était pas gaie non plus. On aurait dit qu'on me poussait à traverser le plus rapidement possible mes années d'adolescence, comme s'il s'agissait d'une période dangereuse. »

Il parle très vite et je dois lui demander de ralentir, de m'expliquer un mot, puis un autre. J'en suis encore aux jésuites et au saxophone alors qu'il est déjà en train de me dire que *la mia adolescenza è stata veramente triste e dura.*

Il a l'air de croire que je comprendrai mieux s'il parle plus fort, si bien qu'il reprend son souffle comme un ténor qui fait ses gammes et s'exprime brusquement d'une voix de stentor :

« Mon père voulait que je sois dès que possible *sistemato*, installé dans la vie, avec un bon travail, sur un chemin tracé d'avance dont je ne sortirais plus. J'ai dû apprendre très tôt à ne vouloir que ce qu'il voulait. Et au fur et à mesure que le temps passait, j'ai accumulé des bandages à peine transparents sur mes yeux, sur mes rêves. »

Je le supplie, « attends, attends », tout en tournant fébrilement les pages de mon dictionnaire pour trouver le mot *cerotti*, « bandages ».

« Qu'est-il arrivé à tes yeux ? Pourquoi a-t-il fallu les bander ? »

J'essaye de comprendre. Alors il rugit :

« *Non letteralmente !* Pas littéralement ! »

Il s'énerve. Je ne suis qu'une sotte, qui, au bout de quelques heures de vie commune avec

un Italien, n'arrive pas encore à suivre le flot de
ses images de style. Pour être plus clair, il va
maintenant s'exprimer en trois dimensions : il
se met debout, remonte ses chaussettes jusqu'aux genoux, attrape un torchon qu'il s'en-
roule autour de la tête et fait mine de jeter un
coup d'œil par en dessous. Mon bel étranger est
en même temps volubile, bruyant et théâtral.
Cela devrait suffire. Il poursuit :

« Et au fil du temps, je n'ai presque plus fait
attention à ces bandages, ils ne me gênaient
même pas. Parfois, je les soulevais un peu et
essayais d'apercevoir un reste de mes vieux
rêves. Cela arrivait de temps en temps. Mais dans
l'ensemble, c'était plus simple de ne pas essayer.
Je veux dire, jusqu'à aujourd'hui. »

Il parle calmement, maintenant. Le spectacle
est terminé. Je trouve qu'il a l'air tellement
triste… Et je lui demande pourquoi il semble
obsédé par « le temps ». Quand je veux savoir ce
qui l'a poussé à franchir si vite l'océan pour
venir me rejoindre, il me répond qu'il était fatigué d'attendre.

« Fatigué d'attendre ? Mais tu es arrivé ici à
peine deux jours après moi.

— Non, non, je veux dire fatigué de passer
ma vie à attendre, à dépenser mon *conto*, mon
compte de jours. Je parle en banquier. Nous
avons tous une certaine réserve de jours dans
laquelle nous pouvons puiser, mais sans savoir
combien il nous en reste. J'en ai utilisé beaucoup à dormir. Je les ai pris un par un, j'atten-

dais surtout que le temps s'écoule. C'est assez fréquent qu'on cherche simplement un coin tranquille où se poser et attendre. Chaque fois que je commençais à vraiment réfléchir à ce que je ressentais, rien ne semblait avoir d'importance. J'ai été paresseux. La vie passait et moi je piétinais un peu, *sempre due passi indietro,* toujours deux pas en retard. *Fatalità,* le destin. Laisser aller. Ne pas prendre de risques. Tout est toujours la faute de quelqu'un d'autre. On arrive grâce à quelqu'un d'autre. Mais maintenant, c'est fini. Je ne veux plus attendre. »

Il dit cela comme s'il quittait la scène et s'adressait à une personne dissimulée au fin fond des coulisses.

C'est à mon tour de parler. Je commence par lui raconter quelques étapes importantes de ma vie : quitter New York pour venir vivre en Californie, effectuer un bref et calamiteux passage au Culinary Institute of America de Hyde Park, voyager à travers la France et l'Italie à la recherche des meilleurs plats et des meilleurs vins. Mais je me rends compte très vite que rien de tout cela n'a vraiment d'importance, que tout ce que j'ai fait, tout ce que j'ai été jusqu'à cet instant précis n'a constitué qu'une sorte de préambule. Dès ces premiers jours, ces premières heures que nous passons ensemble, il devient clair que ce que j'éprouve pour mon bel étranger est infiniment plus important que tout ce que j'ai pu connaître auparavant. Notre rencontre a mis sens dessus dessous ce et ceux vers quoi et vers qui je croyais aller — ou dont je pensais m'écarter. Aimer Fernando ébranle mes certitudes et remet en cause la façon dont j'interprétais mes inquiétudes et mes souffrances. Je ne prétends pas comprendre ce que j'éprouve et j'ai envie de ne pas toucher à ce qui reste inexplicable. On dirait que moi aussi j'ai hérité de bandages sur les yeux. C'est incroyable cette façon dont la tendresse d'un homme parvient à faire qu'un cœur s'ouvre.

Il vient le matin au café avec moi et m'aide à préparer la deuxième fournée qu'il faut saupoudrer de romarin haché. Il adore sortir la *focaccia* du four à l'aide de la pelle en bois et la faire glisser aussitôt sur une grille pour qu'elle refroidisse. Nous posons toujours un petit morceau de pâte juste pour nous deux à l'endroit le plus chaud, afin qu'il ressorte plus doré encore que le reste. Et, en nous brûlant au passage, nous en arrachons des morceaux avec les doigts que nous dévorons aussitôt. Il me dit qu'il aime l'odeur du romarin et du pain chaud sur ma peau.

L'après-midi, nous passons au journal si je dois y déposer un article ou si j'ai besoin de discuter avec ma rédactrice en chef. Ensuite, nous faisons un tour au Forest Park. Puis, soit nous retournons dîner au café, soit nous allons chez Zoé ou chez Balaban, deux restaurants réputés, pour finir la soirée dans un club de jazz. Mon bel étranger n'est pas très bon en géographie. Il lui faut trois jours pour réaliser que Saint Louis est dans le Missouri — et enfin comprendre pourquoi son agent de voyages à Venise s'est tellement énervé quand il lui a demandé un billet d'avion pour Saint Louis, dans le Montana. Mais comme il n'a aucune idée des distances, il suggère que nous allions pique-niquer dans le Grand Canyon ou déjeuner à La Nouvelle-Orléans.

Un soir, nous rentrons tard, après un dîner où je lui ai longuement parlé de mes enfants et de notre vie quand ils étaient petits. Je vais chercher une boîte verte remplie de photos et, assis tous les deux près du feu, nous les regardons ensemble. Il s'attarde particulièrement sur celle où je tiens dans mes bras Lisa qui vient de naître. Il dit qu'elle est adorable, que, devenue adulte, elle n'a pas tellement changé de visage et que nous nous ressemblons beaucoup. Il ajoute qu'il aurait aimé me connaître à cette époque-là, pour me caresser les joues.

Après quoi, le bel étranger entreprend de dégrafer mon bustier, de ses mains chaudes et douces — mais un peu maladroites. Il commence par balayer du doigt les miettes qui sont venues se nicher entre mes seins. « *Cos'é questo ?* C'est quoi, ça ? On peut retrouver des traces de tout ce que tu as fait aujourd'hui : je vois des petits bouts de scone, de trois différentes sortes de cookies, de focaccia, d'un brownie au café… Tout est là, comme archivé dans ta lingerie. » Et il se met à dévorer ces preuves de mes activités du jour. Je ris, puis je commence à pleurer. Il reprend : « Et ces larmes, c'est pourquoi ? Combien de fois par jour pleures-tu ? Seras-tu toujours un mélange de *lacrime e bricole*, de larmes et de miettes? » Il me renverse sur mon dessus-de-lit en fausse fourrure et, quand il m'embrasse, je sens le goût de mes larmes avec des traces de gingembre.

« Des larmes et des miettes… » Quand je le regarde dormir, je repense à sa formule. Oui, les miettes symbolisent bien mon désir insatiable de grignoter quelque chose. Et c'est vrai que je pleure aussi facilement que je souris et qui peut me dire pourquoi. Tel un vieux sage, il a compris qu'un événement d'autrefois me blesse encore au plus profond. Il ne s'agit pas là des larmes brûlantes que je verse parfois la nuit en pensant à de vieilles blessures. « Debout, vous qui ne portez pas d'anciennes cicatrices », a déclaré un soir mon ami Misha, après deux verres de vodka. Et après qu'un de ses patients se fut tiré une balle dans la tête avec un pistolet incrusté de nacre.

Quand je pleure, c'est le plus souvent de joie, d'émerveillement et non de souffrance. Tout ce qui est beau — la plainte d'une trompette, la caresse d'une brise tiède, la clochette d'un agneau qui s'est égaré, la fumée d'une bougie qui va s'éteindre, l'aube, le crépuscule, la lumière d'un bon feu — me met au bord des larmes. Parce que la vie est enivrante. Et peut-être un petit peu aussi parce qu'elle s'écoule si vite.

*

Au bout de moins d'une semaine, je me réveille un matin avec un épouvantable mal de gorge. Cela fait des années que je n'ai pas eu un seul rhume et il faut que maintenant, oui, maintenant qu'il y a un Vénitien dans mon lit aux draps de soie rose, je brûle de fièvre et aie du mal à respirer, comme si j'avais une pierre d'une tonne sur la poitrine. Je commence à tousser et j'essaye de me rappeler ce qu'il peut y avoir dans l'armoire à pharmacie qui me soulagerait. Mais je sais qu'il ne doit s'y trouver que de la vitamine C et un flacon de lait de toilette pour bébé vieux d'au moins dix ans, sinon plus.

Je croasse péniblement « Fernando, Fernando, je crois que j'ai de la fièvre ». À cet instant précis, je ne sais pas encore que le seul mot « fièvre » évoque au moins la peste dans la tête de chaque Italien. Ce phénomène doit être une manifestation de souvenirs remontant au Moyen Âge. Quand il y a fièvre, il y a sûrement risque de mort quelque part. Il saute hors du lit, en répétant « *febbre, febbre* » toutes les trois secondes, comme un mantra. Puis il se précipite vers moi et tâte mon front et mes joues — les « febbre » s'accélèrent. Enfin il pose sa joue à lui contre ma poitrine et s'exclame que mon cœur bat très vite, ce qui est extrêmement mauvais signe. Il veut savoir où j'ai rangé mon thermomètre et, quand je réponds que je n'en ai pas, je vois son visage se crisper d'angoisse. Je lui demande si le fait que je ne possède pas de thermomètre est une cause de rupture entre nous.

Sans se soucier de mettre ses sous-vêtements, il enfile son jeans et un pull, et le voilà équipé pour sa mission de sauvetage. Il me demande comment on dit *termometro* en anglais et il ne parvient pas à le prononcer. Je l'écris alors sur un Post-it, plus « aspirine et quelque chose contre la grippe ». Cela me fait affreusement mal de rire, mais je ne peux pas m'en empêcher en le voyant affolé à ce point. Il m'informe que c'est normal d'être hystérique dans un cas comme celui-ci. Puis il fouille dans ses poches.

Il n'a que des lires sur lui. Je lui dis que le pharmacien n'accepte que des dollars et il lève les bras en s'exclamant qu'il n'y a vraiment pas de temps à perdre. Il s'emmitoufle dans son gros manteau, noue une grosse écharpe autour de son cou, enfonce sa grosse toque fourrée sur sa tête et enfile un gant à la main gauche — celui de la main droite a disparu quelque part pendant le vol transatlantique. Équipé pour la guerre qu'il pourrait avoir à livrer sur le chemin de la pharmacie — à environ cent cinquante mètres de chez moi — , le Vénitien se met en route pour ce qui va être sa première rencontre socio-économique en solo avec l'Amérique. Il revient presque aussitôt sur ses pas pour prendre son dictionnaire, m'embrasse deux fois et repart en secouant la tête, comme s'il n'arrivait à croire que je puisse susciter une telle tragédie.

Abreuvée de thé chaud et ayant avalé toutes les petites pilules et toutes les potions qu'il a rapportées, je dors toute la journée et une bonne partie de la nuit. Je me réveille une fois pour le trouver assis au bord du lit, me dévisageant de ses yeux inondés de tendresse. « La fièvre est tombée, tu es toute fraîche maintenant, *dormi, amore mio, dormi*, dors, mon amour, dors. » Je le regarde, penché vers moi, la figure encore pleine d'inquiétude. Il se lève pour s'assurer que je suis bien couverte et je me dis qu'en sous-vêtements de laine — cette fois, il les a mis, maillot de corps et caleçon long — il est l'image même du « Monsieur Muscle » qu'on voit sur les plages, en plus mince, et je le trouve absolument splendide.

Je lui demande s'il a cru que j'allais mourir. Il me répond :

« Non. Mais j'ai eu peur. Tu étais très malade. Tu l'es encore et il faut que tu dormes. Tu sais, au cas où tu mourrais avant moi, j'ai élaboré un plan pour te retrouver. Je n'ai pas envie de t'attendre encore pendant cinquante ans. Alors j'irai trouver saint Pierre et lui demanderai où est la cuisine, le four à bois, pour être plus précis. Crois-tu qu'on fait cuire du pain au paradis ? Car si c'est le cas, tu seras là, couverte de farine et sentant le romarin. »

Il me dit cela en tirant bien les draps, pour essayer de refaire le lit au carré. Une fois satisfait, il vient s'asseoir tout contre moi et mon bel étranger vénitien qui ressemble beaucoup à Peter Sellers et un peu à Rudolf Valentino me chuchote une berceuse, de sa voix de baryton. Il me caresse le front et ajoute : « Tu sais, j'ai toujours eu envie que quelqu'un chante pour moi, mais maintenant je crois que j'ai encore plus envie de chanter pour toi. »

Le lendemain matin, guidée par l'odeur de la cigarette, je cours jusqu'au salon. « Non, tu ne dois pas te lever », s'exclame-t-il, en anglais cette fois, et il m'oblige à me recoucher aussitôt. Il s'installe à côté de moi et nous dormons comme deux enfants.

Le jour où il doit repartir pour Venise, nous n'avons pas notre petite conversation au coin du feu, le café reste intact dans nos tasses. Nous n'allons même pas voir ce qui se passe à mon restaurant. Nous ne parlons guère. Nous choisissons de faire un grand tour dans le parc et finissons par nous asseoir sur un banc. Une troupe d'oies sauvages passe, elles crient et battent des ailes dans l'air froid et cristallin. Je m'étonne :

« N'est-ce pas un peu tard pour qu'elles partent vers le sud ?

— Oui, sans doute, me dit-il. Mais peut-être en attendaient-elles une qui était en retard, ou peut-être s'étaient-elles trompées de route. L'important, c'est qu'elles soient maintenant sur le bon chemin. Comme nous.

— Mais tu es un vrai poète !

— Il y a quelques semaines, je ne les aurais même pas regardées. Ni entendues non plus. Maintenant, j'ai le sentiment de *participer*, d'être relié aux choses. Je crois que c'est le mot qui convient, relié. Je me sens déjà marié avec toi, comme si je l'avais toujours été mais ne réussissais pas à te trouver. Je n'ai même pas besoin de te demander de m'épouser. J'ai plutôt envie de te dire : ne nous perdons pas encore une fois.

Restons près l'un de l'autre. Tout près. » Il chuchote, comme un petit garçon qui vous dit des secrets.

*

Ce soir-là, en rentrant de l'aéroport, j'allume un bon feu dans la cheminée de ma chambre et j'installe des coussins devant, comme le Vénitien a aimé le faire. Je m'assois à la place qui était la sienne, enfile un gilet qu'il a oublié d'emporter par-dessus ma chemise de nuit et me sens brusquement très petite et fragile. Tout est décidé. Il va commencer les démarches à Venise pour réunir les papiers nécessaires en vue de notre mariage. Je vais liquider tout ce que j'ai en Amérique et partir pour l'Italie dès que possible, au plus tard en juin, dernière limite. Je décide de dormir par terre et me blottis sous une couverture prise dans le lit. Je sens encore l'odeur de mon bel étranger et elle me grise. Je répète tout haut plusieurs fois « j'aime Fernando ». Je ne reviens toujours pas de ce brusque changement dans ma vie, et c'est surtout le fait que tout soit allé si vite qui m'étonne. J'ai beau me demander s'il ne s'agit pas d'une sorte de folie à deux, je sais que la réponse est non. Je ne me sens pas aveuglée par l'amour, au contraire, c'est l'amour qui me permet de mieux voir, de réellement *voir*.

Je n'ai pas eu un instant le sentiment d'avoir été enlevée sur un destrier blanc par un prince charmant, celui qui m'était destiné de toute éternité. Je ne me dis pas que la terre s'est ouverte sous mes pieds. Pas du tout. Ce que je ressens depuis le début, c'est un grand calme. Exception faite de ces premières heures ensemble à Venise, il n'y a eu entre nous ni confusion, ni malentendus, ni interrogation sur le fait qu'une femme de mon âge trouve normal de sauter un tel pas. Désormais, toutes les portes s'ouvrent devant moi et j'aperçois au loin une chaude lumière dorée. Je ne me dis même pas que j'affronte de nouvelles perspectives, mais bien plutôt que c'est la première et la seule qui m'appartienne en propre, la première pour laquelle je n'ai pas eu de compromis à faire ou de projets à changer. Fernando est ce que je veux plus que tout. Je n'ai pas à me persuader que je suis amoureuse de lui, ni à faire deux colonnes sur une feuille de papier avec d'un côté ses qualités et de l'autre ses défauts. Et, une fois de plus, je n'ai pas eu besoin de me rappeler que je ne rajeunissais pas, ni de me dire que je devrais être reconnaissante qu'un homme si gentil s'intéresse encore à moi.

Souvent, c'est nous qui compliquons les choses. Pourquoi devons-nous les confronter avec violence à ce que nous croyons être la toute-puissante raison ? Nous détruisons l'innocence au profit du rationnel, dans notre recherche de la passion et des vrais sentiments. Que ce qui est inexplicable reste sacré. Je l'aime. J'aime ses jambes minces, ses épaules étroites, son air triste, sa tendresse, ses belles mains, sa belle voix, ses genoux un peu ridés. J'oublie le saxophone, les avions, les fantômes de jésuites.

J'attends un sommeil qui ne vient pas. Il est presque trois heures du matin et je sais que, dans un peu plus de cinq heures, des agents immobiliers vont débouler chez moi pour visiter ma maison. Je m'inquiète aussi de mon rendez-vous au consulat italien de Saint Louis, car on m'a laissé entendre que le consul est une femme et une vraie sorcière sicilienne. Je réalise ce que je suis sur le point d'entreprendre avec mon bel étranger, mais avant tout, quoi qu'il arrive, je suis amoureuse pour la première fois de ma vie.

3

ET POURQUOI N'IRAIS-JE PAS VIVRE AU BORD DE LA LAGUNE DE VENISE AVEC UN BEL ÉTRANGER AUX YEUX COULEUR MYRTILLE ?

C'est le froid qui me réveille. Derrière la dentelle blanche des rideaux, on devine dehors une lumière blafarde. Blanc sur blanc. Et Fernando est parti. Je cours monter le thermostat, puis reviens à la fenêtre. Il y a déjà une petite couche de neige sur la terrasse. Les agents immobiliers viendront-ils ? Dois-je me mettre à faire un grand ménage ? Je vais d'une pièce à l'autre et elles me semblent vides, plus grandes, maintenant que je n'y vois plus ses valises ouvertes, ses chaussures et son joyeux désordre — qui me manque. Cela ne me ressemble pas. Je repense au matin de juin où j'ai décidé d'acheter cette maison. J'avais fait la difficile en la visitant, tout examiné de fond en comble, remarqué des taches de peinture sur le parquet, critiqué l'état des murs et menacé de renoncer à cause de la porte du garage qui fonctionnait mal. Les travaux allaient durer un an et, pendant dix mois, je les ai supervisés depuis Sacramento. À notre première rencontre, avant que je reparte pour la Californie, j'ai cru que le chef de chantier allait s'étrangler :

« Trois cheminées, une dans la cuisine, une dans la chambre, une dans le salon ? Vraiment ? » Les deux derniers mois, j'ai loué une chambre meublée chez Sophie, une amie de fraîche date à Saint Louis, et j'ai pu m'occuper de l'avancement de la décoration moi-même. J'allais tous les jours sur place et j'essayais d'être la plus convaincante possible avec les ouvriers. Par exemple, je leur déclarais :

« Comprenez-moi bien, j'aimerais que chaque pièce soit d'une teinte légèrement terre cuite, très légèrement. Sauf la salle à manger, que je verrais bien en rouge vif, comme ça... » Et je brandissais un morceau de tissu rouge. Un des peintres m'a regardée, l'air incrédule :

« Rouge, comme votre rouge à lèvres ?

— Oui, oui, c'est tout à fait ce que je veux », dis-je d'une voix pleine d'enthousiasme, à l'idée qu'il m'ait aussitôt comprise. Et après tout, qu'est-ce que cela a d'extraordinaire de vouloir une salle à manger couleur coucher de soleil, où on a envie d'inviter des amis à dîner à la lumière des bougies ?

« Dites donc, il va falloir six, peut-être même huit couches de peinture pour arriver à ce que vous voulez, madame. Et ça va drôlement rétrécir la pièce.

— Mais non, on aura une impression de chaleur, de convivialité, vous verrez. »

Je suis souvent allée surprendre les peintres en plein travail. Je leur apportais du thé froid et des cerises cueillies directement dans le jardin de

Sophie. Et quand cela a été fini, j'ai invité tous les ouvriers à une pendaison de crémaillère. Ils sont venus, sur leur trente et un, et ont pris des photos sous tous les angles. C'est la salle à manger qui a eu le plus de succès. Ils l'ont mitraillée au fur et à mesure que la lumière changeait. Et puis, finalement, cette si jolie petite maison, aménagée avec tant d'amour, n'aura été dans ma vie qu'une brève obsession. Aujourd'hui, j'ai envie de m'en débarrasser, de m'en libérer le plus vite possible. Je veux partir vivre dans celle de Fernando, que je n'ai jamais vue et qu'il m'a décrite avec un peu d'hésitation comme étant « un très petit appartement dans un vieil immeuble des années cinquante et où il y aura beaucoup de travaux à faire.

— Quoi, par exemple? ai-je demandé gaiement. Tout repeindre? Changer les meubles? Les rideaux?

— Plus exactement, remettre en ordre pas mal de choses. »

J'ai attendu des explications supplémentaires et il a poursuivi :

« Personne n'y a jamais réellement touché depuis sa construction. C'était à mon père et il le louait pour compléter ses revenus. J'en ai hérité à sa mort. »

Je m'amuse à imaginer une décoration très kitsch, pour éviter d'être trop déçue en arrivant : du plastique à gogo, des murs vert anis et rose bonbon passablement pelés, des petites pièces sans caractère et des fenêtres étroites. Évidemment, cela aurait été très agréable s'il m'avait dit qu'il habitait au troisième étage d'un palazzo donnant sur le Grand Canal, avec des fresques dans le salon, ou peut-être dans l'ancien atelier du Tintoret, où la lumière doit être splendide. Mais il n'en a rien fait. Tant pis. Ce n'était pas à cause de son appartement que je partais vivre à Venise avec Fernando.

Il me manquait désespérément. Je reniflais ici et là dans la maison pour retrouver l'odeur de ses cigarettes. Et il me semblait le voir assis dans le salon, avec son sourire à la Peter Sellers, me faire soudain signe de la main, me dire : « viens danser avec moi », et aller vite mettre un disque de Roy Orbison. Aussitôt, je lâchais ce que j'étais en train de faire et nous nous mettions à tour-billonner. J'ai envie de danser maintenant, tout de suite, pieds nus et tremblant de froid. J'en ai tellement envie ! Et je me rappelle avoir vu des gens danser sur la place Saint-Marc... Je vais vraiment aller vivre là-bas ? Je vais vraiment épouser Fernando ?

La peur, la maladie, la trahison, les désillusions, le mariage, le divorce, la solitude — j'avais connu tout cela très tôt dans ma vie, ce qui ne laissait guère de place à la paix. Certains démons étaient vite passés, alors que d'autres avaient planté leur tente devant ma porte, pour n'en plus bouger pendant longtemps. Mais quand ils se sont décidés à partir, j'ai eu chaque fois l'impression d'être plus forte, plus sage. Je remer-cie les dieux de m'avoir rudoyée ainsi, de ne pas avoir attendu que j'aie trente ans, cinquante ans, ou même soixante-quinze ans pour bien vouloir me lancer des défis. C'est arrivé quand j'étais encore très jeune. Devoir relever des défis, c'est un peu le propre de toute vie humaine, mais quand on apprend de bonne heure à le faire, à affronter ses démons et à leur échapper, on en vient à éprouver une sorte de reconnaissance. Naviguer à vue en esquivant les difficultés finit toujours par vous mener droit dans le mur. Je n'ai jamais rien esquivé et j'ai toujours essayé de voir les choses du bon côté. De toute manière, était venu un moment où je ne pouvais plus guère faire autrement. Une enfance sinistre, parsemée d'épisodes horribles, m'avait appris à connaître le chagrin et la honte. Je me disais que c'était moi la coupable, moi la méchante, moi la cause des malheurs de ma famille. Et personne ne s'est jamais vraiment donné la peine de me détromper. Pourquoi n'avais-je pas le droit de vivre dans une maison pleine de lumière, où tout le monde serait heureux, où personne ne ferait de cauchemars, où personne ne tremblerait de peur ? Je voulais vivre là où on ne viendrait pas rouvrir mes vieilles blessures, comme sous la morsure d'un fouet.

Quand j'ai compris que c'était moi, moi seule, qui devrais construire ma maison pleine de lumière, je me suis mise au travail. J'ai soigné mes peines de cœur, appris à cuire mon pain, élevé mes enfants, inventé une vie qui me plaisait. Et voilà que je choisis maintenant de la quitter. Je repense à mes peurs, à l'époque où mon fils et ma fille étaient petits, quand je priais les dieux de me garder en bonne santé assez longtemps pour pouvoir prendre soin d'eux et les voir grandir. N'est-ce pas ce que font toutes les mères qui se retrouvent seules ? Nous craignons toujours que quelqu'un de plus fort que nous vienne nous prendre nos enfants, en critiquant notre façon de les élever, ainsi que les choix que nous avons faits pour eux. Nous avons beau montrer que nous sommes fortes, on nous juge détruites, au mieux, médiocres. Le cancer du sein. Les peurs de nos enfants. La rapidité avec laquelle leur enfance passe…

Attendez, je vous en prie, attendez. Je crois que j'ai enfin compris. Je vais mieux faire. Ne peut-on pas revivre le mois qui vient de s'écouler ? Comment est-ce possible que tu aies déjà treize ans ? Voyons, tu as déjà vingt ans ? Oui, oui, bien sûr, tu veux partir. Oui, je comprends. Je t'aime, mon chou, je t'aime, Maman.

Au début, j'ai parlé plus souvent que d'habitude avec Lisa et Erich, mes enfants. Je les appelais et ils me posaient des millions de questions. Je n'étais pas très sûre de savoir comment leur répondre. Parfois, ils me téléphonaient juste pour me demander si j'allais bien, si je n'avais pas de doutes concernant ma décision. Au bout de quelques semaines, leurs appels se sont espacés. Ils avaient davantage besoin de se parler entre eux, de se remettre du premier choc, de faire le tri entre leurs craintes et leur joie de me sentir heureuse. Lisa se contentait parfois de me dire simplement : « Maman, je t'aime », et je me mettais à pleurer.

Erich est venu me voir. Il m'a invitée dans un très bon restaurant et s'est assis en face de moi pour mieux me dévisager. Satisfait de constater que je n'avais pas changé, du moins en apparence, il est resté un long moment silencieux, en dégustant son vin à petites gorgées. Puis il a entamé le débat :

« J'espère que tu n'as pas trop peur de ce qui t'arrive. Je pense que ce sera bon pour toi. »

C'est une vieille tactique qu'il utilise depuis longtemps : essayer de me rassurer quand c'est lui qui est terrifié par quelque chose.

« Non, ai-je répondu. Je n'ai pas peur. Et j'espère que toi non plus.

— Peur ? Non, mais j'ai simplement besoin de regarder autrement ma boussole. Jusqu'à maintenant, pour moi, la maison, c'était là où tu étais.

— Mais rien ne changera. Sauf que, désormais, la maison sera à Venise. »

Toutefois, je comprends ce qu'il veut dire. Ce n'est pas pareil de partir à l'université, en se disant que son foyer n'est qu'à quelques centaines de kilomètres, et de voir sa mère le quitter pour s'envoler vers l'Europe. Désormais, la maison sera à des milliers de kilomètres, ce qui ne permettra pas d'aller y passer le week-end. Et puis il va y avoir cet inconnu, ce Fernando. Les choses sont plus simples pour ma fille qui vit depuis plusieurs années déjà à Boston, où elle a ses amours, ses études, son travail. J'aurais voulu que mes enfants aient le sentiment de participer à ce qui était en train de m'arriver — mais cette fois il ne s'agissait plus de nous trois, comme auparavant. Il m'arrivait quelque chose à moi seule.

Au fond de moi, je savais que nous formions une vieille équipe et que ce n'était pas un océan qui réussirait à nous séparer. Mais je sentais bien aussi que tout cela marquerait la fin de leur enfance, et, d'une étrange façon, le début de la mienne.

Ce que j'ai de plus précieux en moi, je peux le transporter ailleurs. Pourquoi n'irais-je pas vivre au bord de la lagune de Venise avec un bel étranger aux yeux couleur myrtille ? Et sans laisser derrière moi des petits tas de miettes que je n'aurais qu'à suivre pour revenir en arrière... Ma maison, ma belle voiture, même mon pays natal, n'étaient pas réellement *moi*. Mon sanctuaire intérieur, mon côté sentimental, ils avaient, eux, l'habitude de voyager. Et là où j'irais, ils iraient aussi.

*

Je me force à sortir de ma rêverie, je mets la bouilloire sur le feu, je me coule un bain, je téléphone au restaurant pour savoir si le boulanger a livré à l'heure et je mets un CD de Paganini en marche. Les agents immobiliers vont bientôt arriver.

Plutôt que de courir faire le ménage à fond

dans toute la maison, je choisis les moyens de séduction les plus élémentaires : un bon feu dans chacune des trois cheminées et une douce odeur de cannelle s'échappant de la cuisine. Dès que les flammes se mettent à crépiter, je m'empare d'un reste de pâte à scones que je découpe en petits carrés, recouverts d'une bonne couche de beurre, d'une grosse pincée d'épices et de sucre, et hop, au four. Au même instant, on sonne à la porte. J'ouvre à mes agents — onze en tout —, arrivés tous ensemble, en dépit du mauvais temps. Ils défilent devant moi, jettent manteaux et écharpes sur un divan et, sans plus attendre, commencent leur inspection. Les murmures approbateurs sont vite remplacés par des cris d'admiration en découvrant la salle de bains des invités tapissée de papier argenté, puis le lustre autrichien en cristal du XIXe siècle dans la salle à manger, les fauteuils recouverts de velours rouille dans la cuisine…

Quelqu'un s'exclame :

« Qui était votre architecte ?

— Et votre décorateur ?

— C'était sûrement quelqu'un de Chicago.

— Mon Dieu, c'est tout simplement fabuleux. Pourquoi voulez-vous vendre cette maison ? »

C'est le seul homme du groupe qui vient de poser cette question. Les autres agents sont des femmes.

« Vous savez, déclare l'une d'elles à mi-voix, c'est tellement romantique que je me sens vieille et moche d'un seul coup !

— Mais tu *es* vieille et moche, lui répond gaiement une deuxième.

— Comment pouvez-vous avoir envie de quitter un endroit pareil ? » me demande une troisième.

Il va bien falloir que je leur réponde :

« Voilà, je quitte Saint Louis parce que je vais épouser un Vénitien. Je pars vivre à Venise. »

Puis je retiens un peu mon souffle, après avoir doucement, délicatement prononcé ces mots. Mais était-ce bien ma voix qui les disait ? Un long silence suit. Puis les questions fusent :

« Mais quel âge avez-vous ?

— Comment avez-vous rencontré cet homme ?

— C'est un comte ? Ou quelque chose dans le même genre ? »

Là, mon interlocutrice a très envie d'embellir le texte…

J'ai surtout l'impression qu'ils veulent savoir s'il est riche. Leur déclarer tout à trac que non, il est relativement pauvre, risque de les troubler, de les empêcher de rêver un peu — donc, je choisis de ne dire qu'une partie de la vérité :

« Non, ce n'est pas un comte. C'est un banquier qui ressemble beaucoup à Peter Sellers.

— Oh, mon chou, faites attention ! s'exclame la femme qui se sent vieille. Vérifiez bien tout ce qu'il vous raconte. Tout, vous m'entendez ! Il y a quatre ans, mon amie Isabelle a fait la connaissance à Capri d'un Napolitain et il a presque réussi à l'embarquer dans un mariage express jusqu'au soir où elle l'a entendu chuchoter des mots doux dans son téléphone portable. Il était sorti sur la terrasse, juste à côté de leur chambre. Et imaginez qu'il a eu le culot de prétendre qu'il parlait à sa mère ! »

Je me dis qu'il y a dans cette histoire — qui n'a rien à voir avec moi — un bizarre mélange d'envie de bas étage et peut-être de réel désir de me protéger. Mais cette femme ne connaît pas Fernando. Et si moi non plus je ne le connais pas encore vraiment, cela n'a pas d'importance.

Une autre de mes visiteuses essaye de trouver quelque chose de plus exotique à me faire dire :

« Je parie qu'il habite une superbe maison. Racontez-nous ça !

— Oh non, je ne crois pas que ce soit superbe. En fait, c'est un appartement dans un immeuble des années cinquante au Lido, près de la plage. Et je ne l'ai pas encore vu.

— Vous êtes en train de nous faire croire que vous vendez votre maison et remettez en jeu toute votre vie sans même avoir... »

Là-dessus, le seul homme du groupe intervient pour essayer de ramener le calme :

« C'est peut-être de Venise que vous êtes amoureuse. Si j'avais la possibilité de partir vivre là-bas, je me moquerais bien de savoir où. »

Ils peuvent tous continuer leur discussion sans moi...

Quand finalement ils s'en vont, une femme reste avec moi, qui me fait aussitôt une proposition d'achat par écrit. C'est une offre très sérieuse, à peine inférieure de quelques milliers de dollars à la somme que mon notaire, Fernando et moi nous étions fixée. Elle m'explique qu'elle souhaite depuis longtemps se séparer de son mari, cesser d'être une simple employée et créer sa propre agence. Elle ajoute que ma si jolie petite maison est exactement ce qu'il lui faut pour démarrer son programme de renaissance personnelle.

Je la mets en garde :

« Attention, je ne vais pas laisser de poudre magique derrière moi. Si vous vous installez ici, cela ne signifiera pas forcément que vous allez tomber amoureuse, disons, d'un charmant Espagnol. Pourquoi ne prenez-vous pas le temps de réfléchir et nous en reparlerons plus tard. »

On dirait que je veux l'empêcher d'être trop impulsive — est-ce une façon de me protéger moi-même ? Je lui parle comme si j'étais une grande personne et elle une petite fille.

« Mais combien de temps vous a-t-il fallu pour dire oui à votre Vénitien ? me répond-elle. Certaines choses arrivent parce qu'elles doivent arriver. Bon, j'aimerais savoir quels meubles vous souhaitez vendre avec la maison. »

Sa voix a changé depuis tout à l'heure, elle semble venir de très loin. Beaucoup plus tard, j'ai appris qu'elle avait réellement démarré sa propre agence là et que ma jolie salle à manger aux murs couleur rouge à lèvres était devenue son bureau.

*

Je téléphone à mes enfants. À mon notaire. À Fernando. Qui me rappelle. Tout allait donc être aussi simple ? Je me change et me mets en jeans et bottes. Puis je passe un coup de fil à mon boucher, Mr. Wasserman, parce que je n'ai pas encore prévu le menu du dîner de ce soir au restaurant. Et voilà que je m'entends lui commander cinquante côtes d'agneau. Il s'étonne un peu, d'habitude je prends plutôt du gibier ou du veau. Mais il me promet que je serai livrée avant trois heures. Puis il s'enquiert :

« Et comment allez-vous les préparer ?

— Je vais les faire braiser doucement dans une sauce tomate au safran et je les servirai avec de la purée de lentilles et un trait de tapenade aux olives noires. »

C'est le chef en moi qui vient de parler — sans même m'avoir consultée, on dirait…

« Parfait, mettez-m'en deux de côté pour sept heures trente », me dit-il.

Après un coup d'œil à ma voiture couverte de givre, je décide d'aller jusqu'au restaurant à pied — ce qui ne m'est jamais arrivé auparavant. Cela fait un bon kilomètre et demi. Je patauge dans la neige, qui tombe maintenant à gros flocons. Mon long manteau blanc, très russe d'allure, traîne un peu sur le sol, blanc aussi, avec un léger crissement. Évidemment, je n'avais jusqu'à maintenant jamais cherché, le cœur battant, les derniers effluves de cigarettes italiennes dans ma chambre à coucher. Tout cela est tellement romantique… Je me demande quand même si je vais commencer à être triste de tout quitter ici. Le courage me manquera-t-il soudain ? Si j'écris le mot « fin » sur tellement de choses d'un seul coup, est-ce par défi? Mais défi de quoi? Me suis-je vue un jour lointain partir pour de nouvelles aventures en fauteuil roulant? Non. Mon ami Misha dit que je suis « *une grande cocotte** » avec de la farine plein les mains. Et des taches d'encre au bout des doigts. Non. Pas question de fauteuil roulant. Pourquoi compliquer ce qui aujourd'hui est absolument clair : il n'y a rien au monde que je désire plus qu'aller retrouver Fernando. Mais juin est encore loin, hélas, c'est cela qui est triste.

Je me rappelle soudain que j'ai rendez-vous avec mes deux associés avant le déjeuner. Il s'agit d'un père et de son fils, un vieux magistrat ronchon et un jeune philosophe qui s'est lancé dans la restauration pour faire plaisir à son impérieux papa. Les grognements du premier n'impressionnent nullement le second. Notre rencontre est brève, notre « divorce » tout à fait à l'amiable. Nous décidons de nous séparer officiellement le 15 juin, un an jour pour jour après mon emménagement à Saint Louis. J'appelle Fernando qui me demande de réserver mon billet d'avion, bien que nous soyons le 19 décembre… Il va être midi et j'ai déjà vendu ma maison et cédé mes parts du restaurant. Il ne me reste plus qu'à aller cuire mes côtes d'agneau.

* En français dans le texte.

4

CELA NE VOUS EST JAMAIS ARRIVÉ ?

Avant le départ de Fernando, nous avions esquissé ensemble une sorte de feuille de route, avec la liste des priorités absolues et la date à laquelle chaque chose devrait être faite. C'est lui qui a pensé qu'il valait mieux vendre la maison tout de suite, plutôt que la mettre en location un certain temps et voir venir. Vends aussi ta voiture, a-t-il ajouté. Et tes plus beaux meubles. Je devais arriver en Italie avec uniquement ce qui m'était indispensable. J'ai commencé par le trouver un peu mufle de parler ainsi, d'avoir l'air de considérer mon ravissant logis comme une sorte d'abri temporaire, bien décoré, certes, mais où je n'avais plus qu'à attendre le jour de mon départ. Puis je me suis souvenue de m'être dit, au bout de quelques jours à peine, que Fernando avait besoin d'être celui qui décide de tout.

Moi aussi, je savais prendre des décisions, en bien ou en mal. J'avais dû souvent trancher dans le vif quand le destin ne me laissait guère d'autre choix. Alors que Fernando n'avait jamais fait que regarder passivement sa vie s'écouler et se laisser porter, en quelque sorte, par les événements. Il prétendait que m'avoir téléphoné ce jour-là, au restaurant Vino Vino, puis courir après moi ensuite jusque dans le Missouri étaient les premières véritables décisions qu'il avait prises dans toute sa vie. Il n'aurait jamais rien osé de tel auparavant. J'ai alors pensé que c'était en réalité quelqu'un de fragile. Et voilà qu'il commence imperceptiblement à sortir de sa coquille et qu'il a désespérément besoin de sentir qu'il est responsable de ce qui va se passer. Bon, d'accord. Je sais commander, mais je sais aussi obéir. Même si, parfois, ce n'est pas toujours facile.

« Commençons par le commencement », m'a déclaré Fernando, qui a passé presque toute sa vie sur une île de moins de quatre kilomètres de large et d'à peine douze de long, n'a déménagé qu'une seule fois et a commencé à travailler dans une banque à vingt-trois ans, alors qu'il avait envie de piloter des avions et de jouer du saxophone. Sans lui demander son avis, son père lui avait décroché un poste et après avoir posé sur son lit un costume neuf, une chemise et une cravate, lui avait annoncé qu'on l'attendait là-bas à huit heures le lendemain matin. Et Fernando y était allé. Il y va toujours. Or, bizarrement, il me disait à moi qu'il était un débutant, alors que tant de choses dans sa vie restaient exactement les mêmes. Voulait-il me signifier qu'elles commençaient à changer ?

Il allait donc falloir que je décide ce qui traverserait l'océan avec moi et ce qui resterait en Amérique. Ce que je voulais garder composait une liste assez hétéroclite : une petite table ovale, avec dessus en marbre noir et pieds contournés, pratiquement une centaine de verres à vin en cristal (ne pas oublier que je partais pour le paradis du verre soufflé !), trop de livres, pas assez de photos, moins de vêtements que je ne l'aurais cru (les serveuses de mon restaurant allaient recevoir en cadeau de quoi s'habiller jusqu'à la fin de leur vie), un vieux dessus- de-lit de chez Ralph Lauren, un service complet d'argenterie ancienne (soigneusement emballé et expédié séparément pour des raisons de sécurité, mais qui ne devait jamais arriver à Venise…), et des coussins, des douzaines de coussins, des petits, des grands, des moyens, avec rubans, avec pompons, en velours, en soie, en chintz, brodés, à volants, comme autant de souvenirs de tous les lieux où j'avais vécu. Autant de preuves que j'aimais douillettement tapisser mes nids. Peut-être aussi les emporterais-je pour rendre mon atterrissage plus confortable ?

Le reste, j'en ai fait des lots que j'ai distribués. Mon amie Sophie transformait une chambre d'ami pour en faire un bureau ? Elle a eu droit à ma table de travail. Je savais que Luly, une autre amie, aimait beaucoup ma grille de boulanger. Ce qui fait qu'un soir nous avons réussi à la faire entrer dans le coffre de sa voiture. Il y a eu beaucoup d'autres scènes semblables. Et au lieu d'être triste en me séparant de tant d'objets familiers, je me suis souvent sentie très heureuse de m'apercevoir que je pouvais vivre avec beaucoup moins de choses qu'avant. C'était comme si j'avais élagué, allégé, creusé et creusé encore pour arriver de l'autre côté de la terre — en Chine !

*

Mes journées étaient bien remplies. Le matin, je me rendais au restaurant, l'après-midi, j'écrivais mes articles, puis je retournais en cuisine pour préparer les repas du soir. Au milieu de tout cela, je devais trouver le temps d'aller à l'autre bout de la ville pour une série de rendez-vous au consulat italien, qui consistait en une vieille table en bois en mauvais état, une machine à écrire d'avant le déluge et une *Palermitana* — c'est-à-dire une femme originaire de Palerme —, *la* consul en titre, mariée à un agent d'assurances, qui lui octroyait un coin de son bureau. La signora avait des cheveux violacés, la taille épaisse et les jambes arquées, plus des ongles peints en rouge vif. Elle fumait non-stop, creusait ses joues en tirant sur sa cigarette, avalait la fumée à la fois par la bouche et par le nez, puis rejetait la tête en arrière pour en exhaler quelques légers tourbillons, le tout sans lâcher une seconde le mégot en train de se consumer. Elle s'adressait à moi en chuchotant, comme si son mari, trônant à deux mètres de nous derrière un énorme bureau en Formica, ne devait rien entendre de ce que nous nous disions. Elle tapotait sur sa vieille Smith-Corona toute l'histoire de ma vie, ce que j'avais fait jusqu'à maintenant, mes raisons de vouloir partir vivre en Italie, des témoignages comme quoi j'étais bien célibataire et citoyenne américaine, l'état de mon compte en banque au moment où je quitterais les États-Unis, les documents nécessaires pour me marier à l'église. Tout, je dis bien tout. Il aurait fallu pour cela, disons, en travaillant bien, quarante minutes, peut-être moins. Mais la signora née à Palerme avait décidé que quatre rendez-vous se prolongeant de neuf heures à midi n'étaient pas de trop. Elle souhaitait bavarder un peu. Elle voulait être sûre, me chuchotait-elle à travers un nuage de fumée, que je savais ce que je faisais. «Vous croyez connaître les hommes italiens?» me demandait-elle en me dévisageant de ses yeux mi-clos.

Je me contentais de sourire, alors elle tapait plus vite et tamponnait d'un geste brusque les feuillets à en-tête officiel qu'elle arrachait à sa machine. Puis elle reprenait : « Ce sont tous des *mammoni*, des petits garçons à leur maman. C'est pour cela que moi, j'ai épousé un Américain. Les Américains sont moins *furbi*, moins rusés, tout ce qu'ils veulent, c'est une télé à grand écran, aller jouer au golf le samedi, dîner au Rotary Club le mercredi et vous reluquer de temps en temps quand vous vous habillez. Ils ne se plaignent jamais de la nourriture, du moment que c'est de la viande, que c'est chaud et servi avant six heures du soir. Vous avez déjà cuisiné pour un Italien ? »

Au fur et à mesure que ses questions devenaient plus intimes, elle martelait ses touches plus fort, ainsi que son tampon. Elle a fini par me conseiller de laisser mon argent en Amérique et de mettre mes affaires au garde-meuble. Elle était sûre que je reviendrais au bout d'un an. Elle a gardé pour la fin l'histoire d'une jolie blonde de l'Illinois qui avait divorcé de son beau politicien de mari pour épouser un Romain déjà pourvu d'une épouse soigneusement cachée, plus, comme elle l'a découvert ensuite, d'un copain de cœur à Amsterdam, à qui il rendait visite une fois par mois. J'ai dû lui payer des honoraires extravagants, puis j'ai fourré dans un sac le gros dossier — impeccable, je dois dire — qu'elle m'a remis, subi des baisers parfumés à la cigarette Marlboro et je suis remontée dans ma voiture en me demandant pourquoi plusieurs femmes semblaient tellement vouloir me protéger de mon bel étranger.

Le soir, le plus souvent, j'étais seule et me laissais aller à paresser un peu. Avant de quitter le restaurant, je choisissais ce qui me plaisait à emporter pour mon dîner et je rentrais chez moi vers huit heures. J'enfilais le vieux tricot de Fernando par-dessus ma chemise de nuit — je ne l'avais toujours pas lavé — , j'allumais un bon feu dans une de mes trois cheminées et me versais un verre de vin. Après avoir bien travaillé toute la journée à m'alléger matériellement, je voulais penser à autre chose qu'à des meubles et à de l'argenterie. Je souhaitais me préparer, spirituellement parlant, à mon prochain mariage.

Je m'adressais à des fantômes, surgis des ténèbres d'il y avait bien longtemps, je revoyais de vieux tableaux, je revivais des scènes très anciennes. Je me rappelais ma grand-mère et ses bons yeux toujours un peu humides, à genoux près de son lit en train de réciter son chapelet — et moi, agenouillée à côté d'elle. Je finissais toujours la première, parce que je sautais le troisième grain de chaque dizaine. Elle le savait, mais ne me grondait jamais. C'est elle qui m'a appris le sens du mystère — à moins que nous l'ayons toujours eu, elle et moi. Nous aimions tailler ensemble les maigres buissons et la rangée de zinnias derrière notre maison. Nous allions ensemble aussi acheter le pain chez le boulanger, deux miches à la fois, une pour le dîner et une autre pour grignoter toutes les deux sur le chemin du retour. Ma grand-mère était très réservée, elle ne s'exprimait guère devant quiconque, mais à moi elle racontait des secrets. J'étais encore trop petite pour comprendre quand elle m'a parlé de son petit garçon.

Il avait cinq ans, peut-être moins, et tous les matins elle le réveillait avant les autres membres de la famille et l'envoyait chercher en courant des morceaux de charbon de l'autre côté des voies de chemin de fer. Ensuite, ils remplissaient ensemble le vieux poêle en fonte, mettaient l'eau à chauffer pour le café et faisaient griller le pain pour tout le monde. Ce jour-là, elle le suivait des yeux, comme d'habitude, debout près de la fenêtre de la cuisine, quand soudain un train de marchandises a surgi littéralement de nulle part, un train qui n'aurait jamais dû passer à cette heure-là. Ses hurlements ont été couverts par le fracas des roues au moment où elle a vu son petit se faire écraser. Elle est allée toute seule le chercher et l'a ramené chez elle, en le portant dans les plis de sa jupe.

C'est seulement à la naissance de mes propres enfants, peut-être un peu avant, que j'ai commencé à comprendre pourquoi elle m'avait raconté cette histoire-là à moi, alors qu'elle était incapable d'en parler depuis près de cinquante ans. Certes, autour d'elle, tout le monde la connaissait, mais pas de sa bouche. Elle avait vécu la pire souffrance que puisse connaître un être humain, et la partager avec moi c'était me faire un très grand cadeau, c'était me permettre de toujours tout mettre plus tard en perspective, me donner un prisme au travers duquel je pourrais examiner mes propres blessures, les évaluer et trouver l'énergie d'inventer des solutions.

J'ai vécu trop peu de temps avec ma grand-mère. J'aurais voulu être plus âgée que ses enfants, plus âgée qu'elle, afin de pouvoir en prendre soin. Mais elle est morte seule, au crépuscule d'un jour de décembre. Il neigeait. Et les lambeaux d'illusion qui me restaient à l'égard de ma famille ont disparu avec elle. Le sentiment de solitude dont j'ai tellement souffert dans mon enfance me hante encore souvent. Mais pendant les moments trop courts que j'ai passés chez ma grand-mère, la vie devenait douce, il suffisait qu'elle me tienne par la main, que je sois assez près d'elle pour sentir sa bonne odeur.

Au long de ces soirées solitaires auprès de mes cheminées, j'ai renoué peu à peu les fils de mon histoire. J'ai laissé ressortir des souvenirs de ces moments fugaces où l'on regrette ce qui a été perdu ou ce qui n'est jamais arrivé. Je crois que nous possédons tous cette habitude potentiellement dangereuse qui consiste à déformer, puis à détruire ce qui était resté caché dans les tréfonds de notre conscience. Nous accumulons les anciennes souffrances, on dirait presque que nous les collectionnons, que nous cherchons à les exhiber, à les empiler, à en faire une montagne qu'il faut escalader pour pouvoir crier, une fois arrivé en haut : « Hé, vous avez vu ? Vous comprenez à quel point je souffre ? À quel point j'ai besoin de votre sympathie, de votre aide ? » En même temps, nous regardons les montagnes des autres avec l'envie de dire : « J'ai souffert plus que vous ! »

Cela ressemble un peu à cette manie que certaines familles avaient à l'époque médiévale de rivaliser en bâtissant la tour la plus haute pour montrer sa toute-puissance. Une couche de pierres de plus, une couche de souffrances par-dessus. Encore, encore et on verra qui est le plus fort.

J'ai toujours lutté pour démolir ma montagne

à moi, pour rejeter le maximum de choses inuti-
les. Et désormais, plus que jamais, je me forçais
à regarder en face ce qui était fini et bien fini, ce
qui ne serait jamais plus. J'avais résolu d'aller
retrouver Fernando et, s'il existait une chance
que notre histoire dure, je savais que je devrais
procéder avec douceur. Je me doutais déjà que
la montagne du bel étranger nous donnerait à
elle seule bien assez de travail à tous les deux.

*

À l'exception de mes deux enfants, je n'ai guère
parlé à quiconque au cours de ces derniers mois
passés à Saint Louis, sauf deux amis, Misha et
Milena. Misha qui habite Los Angeles est venu me
voir et a condamné sans appel ma décision d'aller
vivre avec Fernando, la mettant sur le compte
d'une crise existentielle comme en connaissent
les plus de quarante ans. Milena, ma meilleure
amie, voyait les choses autrement. Née à Florence
et ayant passé plus de trente ans en Californie
— elle en avait alors cinquante-six —, elle a
d'abord été sévère, comme d'habitude. Mais je
savais que ce qu'elle pensait vraiment se lisait surtout dans ses yeux et c'était trop frustrant de ne se
parler qu'au téléphone. Je suis donc allée la voir à
Sacramento, et c'est seulement une fois assise en
face d'elle que j'ai compris qu'elle acceptait.

« Prends cet amour entre tes mains et tiens-le
bien serré, m'a-t-elle dit. Rappelle-toi que cela
n'arrive qu'une fois. »

Quand je lui ai fait part des cyniques prédictions de Misha, elle l'a traité de prophète de quatre sous. Et le regard soudain lointain, le menton relevé, elle a balayé du revers d'une de ses belles mains brunes son pessimisme : « S'il s'agit bien d'amour, si la possibilité existe que ce soit LE grand amour, qu'est-ce que tu as à perdre ? Qu'est-ce que cela va te coûter de le vivre jusqu'au bout ? Trop cher ? Tout ? Maintenant que tu l'as à ta portée, peux-tu imaginer une seconde de le laisser filer parce que quelqu'un t'aura dit de le faire ? »

Elle a allumé une cigarette. Elle n'avait rien à ajouter. J'ai voulu alors lui poser une question — et elle a fumé sa cigarette jusqu'au bout avant de me répondre :

« Milena, ça t'est déjà arrivé à toi ?

— Oui, je crois que oui. Mais j'ai eu peur que nos sentiments changent. J'ai eu peur qu'il me trahisse et je suis partie. C'est moi qui l'ai trahi, avant qu'il puisse le faire. Et j'ai peut-être cru que vivre quelque chose de si intense finirait par m'étouffer. Alors j'ai fait le choix d'un compromis agréable, sans risque, de l'émotion plutôt que de la passion. C'est ce que nous faisons presque tous, n'est-ce pas ?

— Mais moi je trouve que la passion, c'est magnifique. Je ne me suis jamais sentie aussi sereine que depuis ma rencontre avec Fernando. »

Elle s'est mise à rire :

« Tu resterais sereine en enfer. Tu te mettrais

à cuisiner, à faire du pain, à tout redécorer. Tu *es* ta propre sérénité. Cela ne vient pas de Fernando et ne s'en ira pas avec lui. »

Moins de six mois plus tard, à l'automne, Milena a appris qu'elle avait un cancer. Elle est morte la nuit de Noël.

*

Trop vite — et trop lentement — juin arrive. La veille de mon départ, mon fils Erich vient me voir. La maison est presque vide. Nous roulons ensemble sur le plancher de ma chambre deux dessus-de-lit oubliés par les déménageurs et les recouvrons de draps prêtés par Sophie, nous finissons une bouteille de Grand Marnier et passons le reste de la nuit à bavarder. L'écho de nos voix dans les pièces sans meubles me plaît. Le lendemain matin, nous nous disons au revoir sans trop de difficulté, puisqu'il est entendu qu'il viendra me rendre visite à Venise en août. Le taxi arrive, Erich et nos deux voisins y fourrent mes bagages. Il y en a beaucoup plus que je ne l'aurais cru.

À l'aéroport il me faut près de trois quarts d'heure pour tout décharger et pousser mes chariots jusqu'au comptoir d'Alitalia. L'excédent que je devrais payer est épouvantable… Je regrette de ne pas avoir suivi les bons conseils de Fernando qui me recommandait de n'apporter que l'*indispensabile*. Je n'ai pas d'autre choix que de vider plusieurs valises et improviser sur place une vente aux enchères.

Les employés viennent me donner un coup de main et extraire quelques trésors, que je propose immédiatement à la cantonade : « Qui aimerait m'acheter ce pot à chocolat en porcelaine de Limoges ? Toute une série de chapeaux, en fourrure, en paille, à voilette, à plumes, à fleurs ? »

Très vite, un attroupement se forme, certains regardent, l'air incrédule, d'autres, très contents, examinent ce que je leur tends. Je suis en train de négocier une caisse de cabernet châteaumontelena 1985 et plusieurs paires de chaussures, quand l'équipage de mon avion apparaît. Je reconnais aussitôt le capitaine qui a souvent été client de mon restaurant. Je lui donne une version abrégée de mon histoire et, après être allé conférer avec un responsable d'Alitalia, il revient me chuchoter que tout est arrangé, je n'ai qu'à le suivre, on s'occupera de mes bagages.

Un steward me fait entrer dans la salle d'attente des passagers de première classe et m'apporte une bouteille de schramberg blanc de noir, qu'il ouvre pour en remplir une flûte en cristal qu'il me tend. Je suis très impressionnée… Il ne me reste qu'à siroter mon vin, admirer mes sandales de chez Casadei, dénouer mes cheveux, et puis, réflexion faite, les relever. Je m'applique à respirer posément. Ignorant les six canapés vides autour de nous, une femme vient s'asseoir à côté de moi — la cinquantaine, un Stetson vissé sur la tête, chaussée de bottes en peau de lézard. Elle attaque aussitôt :

« Êtes-vous une femme qui a décidé de transformer sa vie ? »

Comme je ne suis pas sûre d'avoir bien compris, je me contente de lui adresser un grand sourire, puis de me concentrer à nouveau sur mes ravissantes sandales.

Mais elle repose sa question et, cette fois, je suis bien obligée de répondre :

« Eh bien, je crois que nous faisons toutes ça un jour ou l'autre, n'est-ce pas ? »

Elle me dévisage, le regard plein de pitié, et elle a manifestement envie de faire la leçon à l'innocente que je suis quand une hôtesse de l'air vient à mon secours pour me conduire à l'avant du 747, dans la partie réservée aux passagers de première classe, loin de ma place en classe touriste. Pendant tout le voyage, je vais être cajolée par l'équipage et par les quatre hommes d'affaires milanais installés avec moi. Après le repas, quand nous avons fini de déguster champagne et chocolats, le commandant ouvre son micro, nous souhaite à tous de passer une bonne nuit, puis il ajoute qu'en l'honneur de l'Américaine qui part se marier à Venise il va chanter une vieille chanson de Roberto Carlos. À environ neuf mille mètres d'altitude, il entonne d'une voix basse et sensuelle : « *Veloce come il vento voglio correre da te, per venire da te, per vivere con te.* Rapide comme le vent, je veux courir vers toi, venir vers toi, pour vivre avec toi. »

Quand le soleil se lève et inonde la cabine, je n'ai toujours pas réussi à dormir. Je m'efforce d'avaler mon petit déjeuner comme si c'était un matin semblable aux autres. Notre commandant de bord-chanteur annonce que nous amorçons notre descente sur Milan. Je me mets à trembler un peu, tout se brouille dans ma tête, je suis en train de tomber en chute libre dans une nouvelle vie. Je m'accroche aux bras de mon siège, mon cœur bat de plus en plus vite. Je suis venue si souvent en Italie auparavant, mais en touriste, avec toujours sur moi un billet aller-retour. Je n'ai que le temps de me repoudrer, de dénouer mes cheveux, et puis non, de les relever. Boum, l'avion vient de se poser.

5

SAVONAROLE AURAIT PU VIVRE LÀ

Mes trois chariots à bagages pénètrent par les portes coulissantes dans l'horrible hall jaune et noir de l'aéroport de Malpensa. Mon merveilleux commandant a veillé à ce que mes valises et mes paquets soient soigneusement rassemblés. Un officier de police m'accompagne, pistolet automatique à la ceinture, et m'aide à pousser le tout. « *Buona permanenza, signora,* me dit-il à mi-voix. Bon séjour, madame. J'espère que c'est un vrai gentleman. »

Surprise, je demande :

« Comment savez-vous qu'un homme m'attend ?

— *C'è sempre un uomo,* répond-il. Il y a toujours un homme. »

Puis il me fait un petit salut et s'en va. Je prends deux sacs en bandoulière à chaque épaule et regarde la foule qui attend. J'entends la voix de Fernando avant de le voir :

« *Ma, tu sei tutta nuda* », s'exclame-t-il de derrière un énorme bouquet de fleurs jaunes. Sa chemise aussi est jaune et il arbore un short écossais dans les tons de vert. Au milieu de la cohue, il se détache en technicolor, plus petit et plus mince que dans mon souvenir. Ses yeux bleu myrtille brillent dans son visage bronzé. Je me dis que je vais épouser ce bel étranger en chemise jaune, un homme que je n'ai connu qu'en hiver. Jamais encore en été. Tandis que je me dirige vers lui, tout le reste est en sépia, il est le seul que je vois en couleurs. Et encore aujourd'hui, quand je l'aperçois dans la rue, ou que je le retrouve au restaurant, devant l'horloge à midi, au marché ou dans une pièce pleine de monde, je repense à cette scène, à cet instant, et, une fois encore, il est le seul en couleurs.

« Mais tu es toute nue », répète-t-il en m'écrasant contre son bouquet. C'est un fait que j'ai les jambes nues et que je porte une jupe bleu marine très courte et un simple tee-shirt blanc. Lui non plus ne m'a jamais vue en été. Nous restons un long moment face à face après cette première étreinte. Nous nous sentons très intimidés — mais c'est agréable.

Nous réussissons à entasser une bonne part de mes bagages dans le coffre et sur la banquette arrière, le reste va sur le toit. « *Pronta*? demande-t-il, prête? » Et tels de nouveaux Bonnie and Clyde, en route pour s'emparer de l'histoire d'amour du siècle, nous fonçons sud-est à cent à l'heure. L'air conditionné est mis à fond et des petites bouffées glaciales se mêlent à l'air brûlant du dehors car Fernando a également baissé les vitres. Il aime sans doute cet étonnant mélange.

À la radio, Elvis vide son cœur. Le bel étranger connaît les paroles de ses chansons par cœur, mais seulement phonétiquement. Il me demande de les lui traduire : « Je ne peux pas m'empêcher de t'aimer, inutile d'essayer… » Je dois dire que je n'avais jamais prêté attention à ces couplets sirupeux, alors qu'il a l'air de les avoir écoutés en boucle. « Tu m'as manquée depuis mes quatorze ans, peut-être même plus tôt encore, déclare-t-il soudain. Pourquoi as-tu mis si longtemps à venir me trouver ? » J'ai envie de lui répondre qu'il en fait trop, qu'il nous met un peu trop en scène — mais voilà que j'entonne à pleine voix à mon tour « *I can't stop loving you,* je ne peux pas m'empêcher de t'aimer ! » Peut-être ai-je moi aussi attendu cette rencontre depuis toujours…

Deux heures et quelques plus tard, nous prenons l'embranchement en direction de Mestre. Est-il possible que Venise soit située à côté de cette horreur qui abrite les réserves de carburant de tout le nord de l'Italie ? Mais voici bien vite le Ponte della Libertà, long d'environ huit kilomètres, construit presque au ras de l'eau, et qui relie Venise à la terre ferme. Nous sommes presque arrivés. Il est midi et la lagune ressemble à un immense miroir qui scintille et nous aveugle. Dans un petit bar à côté du parking où nous avons garé la voiture en attendant le ferry qui va nous conduire au Lido, nous déjeunons de sandwiches croustillants à la mortadelle.

Après quoi nous embarquons sur le *Marco Polo*

qui, en quarante minutes, va nous conduire le long du canal de la Giudecca jusqu'au Lido, l'île qui est en fait la plage de Venise. Il y a près de mille trois cents ans, des pêcheurs et des fermiers y vivaient. Je sais qu'aujourd'hui c'est une station balnéaire très « fin de siècle », mais du temps de sa splendeur, des artistes, des écrivains s'y pressaient, venus de toute l'Europe et des États-Unis. Je sais que le village de Malamocco, Metamaucus du temps des Romains, a été le siège de la république de Venise au XVIIIe siècle, que le Festival du film se passe au Lido et qu'il y a là aussi un casino. Tout cela, Fernando me l'a déjà dit plusieurs fois. Il m'a également beaucoup parlé de la toute petite église en briques rouges tournée vers la lagune. Je sais que mon bel étranger a vécu au Lido presque toute sa vie. Le reste, il faudra que je le découvre.

Une fois la voiture sur le ferry, Fernando m'embrasse, me dévisage longuement, puis déclare qu'il monte sur le pont pour fumer. Le fait qu'il ne m'invite pas à venir avec lui m'étonne un peu. Mais bon. Si j'avais vraiment envie de le suivre, je le ferais. Je me renfonce un peu sur mon siège et ferme les yeux, en essayant de penser à ce que je dois désormais oublier. Y a-t-il encore du travail qui m'attend ? Ne me reste-t-il rien à terminer ? Eh bien non, rien. Je n'ai absolument rien à faire. Ou alors, peut-être tout à commencer ? La voiture oscille un peu avec le mouvement des vagues. Je me sens dans une sorte d'équilibre différent — différent d'avant.

J'ai encore un pied à des milliers de kilomètres… Mais voici que le bateau arrive le long de
la jetée, Fernando apparaît et nous débarquons.

Mon bel étranger me signale au passage les
endroits intéressants, tandis que nous roulons
tranquillement. J'essaie de me souvenir depuis
combien d'heures je n'ai pas dormi et, en calcu-
lant bien, j'arrive à plus de cinquante. « S'il te
plaît, est-ce qu'on peut aller directement chez
toi ? » J'ai l'impression de ne plus reconnaître
ma propre voix. Il quitte alors le Gran Viale Santa
Maria Elisabetta, qui longe le front de mer, prend
une petite rue derrière le Palais du festival et le
très décrépit casino, puis un *vicolo*, une ruelle
étroite bordée de platanes dont les branches se
rejoignent pour former une voûte fraîche
au-dessus de nous, franchit une grille et pénètre
dans une cour d'immeuble sinistre entourée de
garages. Je lève la tête et vois trois étages de fenêtres, presque toutes fermées par des persiennes
métalliques rouillées. Exactement comme il me
l'avait annoncé, « chez lui », c'est à l'intérieur
d'une sorte de bunker en béton datant de
l'immédiat après-guerre. Il n'y a personne, à part
une très petite femme d'âge indéterminé qui sautille autour de notre voiture en effectuant une
sorte de tarentelle.

« *Ecco Leda*, voici Leda, notre sympathique
gardienne, me dit Fernando. *Pazza completa*. Complètement folle. »

Elle fixe le ciel, comme si elle priait. Est-ce
l'émotion de nous voir qui est trop forte ? Elle

ne me dit même pas bonjour, n'esquisse aucun salut de la tête, aucun geste de bienvenue, rien. « *Ciao, Leda* », ajoute Fernando, sans la regarder et sans me présenter. Elle marmonne quelque chose, comme quoi il ne faut pas stationner trop longtemps à l'entrée de la cour.

Je risque quelques mots :

« *Buona sera, Leda. Io sono Marlena.* Bonsoir, Leda, je suis Marlena.

— *Sei americana ?* demande-t-elle. Vous êtes américaine ?

— *Si, sono americana.* Oui, je suis américaine.

— *Mi sembra più francese.* Vous m'avez plutôt l'air française. »

Elle aurait dit « martienne » de la même façon…

Pendant que nous commençons à décharger la voiture, elle continue sa tarentelle. Et je ne peux m'empêcher de lui jeter des coups d'œil en douce. C'est un troll faustien, avec des yeux noirs abrités par de lourdes paupières, comme un faucon. Pendant les trois années qui vont suivre, je ne l'entendrai pas rire une seule fois mais, plus souvent que je ne le souhaiterais, j'aurai droit à ses hurlements bizarres, proférés en tendant les poings en l'air. J'apprendrai qu'elle ne met son dentier que pour aller à la messe. Mais pour l'instant, je la vois sous un jour romantique et je me dis qu'elle a sans doute besoin d'un peu d'affection et d'une bonne part de gâteau au chocolat.

Tandis que nous portons mes valises et mes sacs dans le hall jusqu'à l'ascenseur, quelques personnes sortent ou rentrent. « *Buon giorno, buona sera* », bonjour, bonsoir, pas un mot de plus. Nous pourrions trimbaler des cadavres dissimulés dans des draps que cela n'intéresserait pas davantage les habitants de cet immeuble. Juste à la fin de nos allées et venues, je remarque que quelques persiennes se sont entrouvertes. *L'Americana è arrivata.* L'Américaine est arrivée. Je me prépare alors à une scène sortie tout droit de *Cinema Paradiso*, une vieille femme en bas noirs, un fichu sur la tête, va sûrement surgir et me serrer contre son ample poitrine, dans des effluves de rose et de sauge. Mais personne n'apparaît.

Les ascenseurs, tout comme les halls d'entrée, en disent généralement long sur l'histoire des immeubles. Celui-ci, privé d'oxygène à force de trimbaler depuis plus de cinquante ans ses cargaisons d'êtres humains la cigarette au bec, doit faire un mètre sur un mètre cinquante. Du linoléum au sol. Les parois peintes en bleu marine. Il grince horriblement sous le poids d'une seule personne, même si une notice fixée sur la porte précise qu'il peut porter jusqu'à trois cents kilos. Nous y mettons les valises, pas trop à la fois, et les laissons monter seules, pour grimper l'escalier quatre à quatre et aller les sortir sur le palier. Nous faisons ainsi six voyages. Là, Fernando ne peut plus reculer. Il est bien obligé d'ouvrir la porte de l'appartement. Et il annonce d'un air bravache : « *Ecco la casuccia.* Voici la petite maison. »

D'abord, je ne vois rien, excepté des cartons entassés partout. Fernando allume la lumière — une simple ampoule au bout d'un fil — et je me dis que c'est un gag. Que j'espère que c'est un gag. Pour me faire une blague, il m'a d'abord emmenée dans une sorte de garde-meuble, qui se trouve être au troisième étage, un endroit non habité où entasser mes affaires avant de les déballer à loisir. Si bien que je me mets à rire et m'exclame : « *Che bellezza !* Comme c'est beau ! », en me cachant le visage entre les mains. C'est peut-être là, c'est sûrement là que la vieille femme aux bas noirs va surgir, me prendre dans ses bras, puis me conduire à ma vraie maison. Mais je reconnais alors mon écriture sur les cartons et il devient clair que *c'est* ma vraie maison. Ici. Dépourvu de la moindre fanfreluche, c'est le repaire d'un ascète. Savonarole aurait pu vivre là. Le temps n'y a pas imprimé sa marque — pas plus qu'un chiffon sur la poussière accumulée. Je suis venue vivre dans une sorte de Bleak House, toutes persiennes fermées.

En plus, c'est très petit et je me hâte de me dire que, tant mieux, un minuscule appartement sera plus facile à rénover qu'un grand. Fernando passe ses bras autour de ma taille. Mais moi je veux ouvrir les fenêtres, laisser entrer de l'air et du soleil. La cuisine est microscopique, le fourneau ressemble à un jouet. Dans la chambre, un étrange tapis d'Orient est accroché au mur, encadré de très vieilles médailles gagnées à des épreuves de ski, pendues à des clous rouillés. Des lambeaux de rideaux encadrent une porte-fenêtre ouvrant sur une petite terrasse pleine de pots de peinture vides. Le lit est en tout et pour tout un matelas posé par terre, flanqué à la tête d'une sorte de montant en bois sculpté accoté contre le mur. Pénétrer dans la salle de bains se révèle dangereux car il y a beaucoup de carreaux cassés au sol, plus une machine à laver d'avant le déluge, coincée de travers entre le lavabo et le bidet. Je remarque que son tuyau s'écoule dans la baignoire. À part cela, il y a encore trois pièces minuscules dans un tel état qu'il vaut mieux ne pas en parler. De toute évidence, rien n'a été prévu pour l'arrivée de la fiancée, mais Fernando n'a même pas l'air honteux, il ne s'excuse absolument pas et se contente de dire : « Petit à petit, on arrangera tout ça à notre goût. »

Il m'avait pourtant bien dit et répété que son appartement n'était que l'endroit où il dormait, regardait la télé et prenait sa douche. Si j'ai du mal à me remettre d'un choc pareil, c'est entièrement ma faute, j'ai voulu tout imaginer sous de brillantes couleurs. Lui, il a été honnête dès le début. Et puis, c'est une bonne chose qu'il sache que c'est pour lui que je viens vivre en Italie et pas pour sa maison. Je repense soudain à quelqu'un que j'ai connu en Californie. Il s'appelait Jeffrey, c'était un gynécologue réputé, très amoureux de Sarah, une artiste sans le sou, complètement folle de lui. Après avoir louvoyé pendant des années pour ne pas trop s'engager, il l'a laissée tomber pour une riche ophtalmologiste, qu'il a épousée tout de suite. Il disait qu'avec elle il aurait une plus belle maison. Voilà, Jeffrey s'était marié avec une maison. Me souvenir de cette histoire m'aide à me calmer un peu. Cela étant, j'ai envie de mon beau lit à baldaquin de Saint Louis, j'ai envie de boire un très bon vin dans un verre de cristal. J'ai envie d'un bain et de bougies parfumées. J'ai envie de dormir…

Nous dégageons de la place sur le lit et Fernando me répète ce qu'il m'avait déjà dit en Amérique : « Il y a *un po' di cosette da fare qui*. Il y a quelques petites choses à faire ici. »

*

J'aperçois le croissant de lune par la fenêtre de la chambre et je le fixe pour essayer de trouver le sommeil. Je suis encore dans l'avion, ou peut-être dans la voiture, ou sur le ferry. En passant d'une étape à l'autre, c'est comme si, à un moment ou à un autre, j'avais changé de registre. Et qu'au lieu de me retrouver au début d'une nouvelle vie je m'y sentais déjà complètement. Je n'arrive pas à dormir. Comment le pourrais-je ? Cette fois, c'est moi qui suis dans le lit d'un Vénitien. Fernando dort. Je sens son souffle chaud contre ma joue. Tout bas je commence à fredonner « je ne peux pas m'empêcher de t'aimer ». S'il est vrai que ce qu'on rêve juste avant de se réveiller est vrai, qu'en est-il de ce qu'on rêve avant de s'endormir ? Est-ce à moitié vrai ?

6

SI JE POUVAIS TE DONNER VENISE
POUR UNE HEURE SEULEMENT,
CE SERAIT CELLE-CI.

Je suis réveillée par l'odeur du café et un bel étranger rasé de près qui se penche vers moi. Il tient à deux mains un plateau sur lequel il y a une vieille cafetière au bec ébréché, des tasses, des cuillers et un paquet de sucre en poudre. À la lumière du jour, l'appartement me terrifie littéralement. Mais Fernando est resplendissant. Nous décidons de nous mettre à ranger pendant deux heures, pas plus. À onze heures, nous dévalons l'escalier. Son idée, c'est de partir pour Torcello, où nous pourrons parler, nous reposer et être seuls. Je demande :

« Mais pourquoi Torcello ?

— *Non lo so esattamente.* Je ne sais pas exactement. Peut-être parce que ce petit bout de terre est encore plus vieux que Venise. »

Il faut que nous commencions au commencement. « Disons qu'aujourd'hui ce sera désormais mon anniversaire, notre anniversaire. » Voilà, c'est dit.

Nous nous installons à l'avant du vaporetto, face au vent. Impossible, mais inutile aussi de bavarder là. Nous nous contentons de nous tenir par la main. Fernando m'embrasse sur les paupières et, escortés par des vols de mouettes, nous glissons, sous un ciel qu'on dirait peint par Tiepolo, à travers la lagune, entre des îlots souvent abandonnés qui étaient autrefois des pâturages et des jardins maraîchers. Nous accostons à Canale dei Borgognoni. Torcello est l'ancêtre de Venise, comme enroulée dans une feuille jaune et solitaire. On a l'impression d'entendre des échos très anciens, des secrets chuchotés : *Prends-moi par la main et redeviens jeune avec moi. Ne cours pas. Ne dors pas. Commence au commencement. Allume les bougies. Entretiens le feu. Ose aimer quelqu'un. Avoue-toi la vérité. Reste au cœur de l'enchantement.*

Il est maintenant plus de deux heures et nous mourons de faim. Nous allons donc nous attabler au Ponte del Diavolo, au pont du Diable, pour y déjeuner d'agneau rôti au feu de bois, de salade aromatisée au jus de viande et d'une montagne de délicieux morceaux de pain. Nous dégustons ensuite des fromages de montagne frais avec du miel de châtaigne. Nous restons là un bon moment, jusqu'à être les derniers clients à tenir compagnie au vieux serveur, le même qui m'avait servi du *risotto coi bruscandoli*, du risotto aux pousses de houblon, la première fois que j'étais venue à Torcello, voilà plusieurs années. Il porte aujourd'hui la même cravate en soie couleur saumon et se coiffe toujours avec la raie au milieu. Cela me plaît. D'un air béat, il plie artistiquement des serviettes tandis que nous, l'air tout aussi béat, nous mangeons des cerises pêchées une à une dans un bol d'eau glacée.

Édifiée sur ordre adressé directement par Dieu à l'évêque d'Altinum, la Basilica di Santa Maria Assunta est un sanctuaire byzantin couvert de dorures. Quand on y pénètre, on a le sentiment de respirer un air sacré, chargé d'histoire, hanté. Une très grande, très longue Vierge à l'Enfant se détache sur le vaste fond d'or de la conque de l'abside. Elle nous regarde, l'air sévère. C'est une église de campagne, mais pas une paroisse. Je demande à un moine en robe brune à quelle heure la messe est dite. Mais il se contente de passer sans s'arrêter et de disparaître derrière une porte recouverte d'une tapisserie. Mon italien est peut-être trop maladroit pour que je mérite une réponse. Je caresse du doigt le trône de marbre au fond du chœur, poli par des millions de mains avant la mienne, depuis l'époque où peut-être Attila s'y est assis, dirigeant des massacres au milieu des roseaux battus par le vent. J'ai soudain envie de m'endormir dehors, sur la pelouse devant le portail, là où les premiers Vénitiens ont dormi au vɪᵉ siècle, pêcheurs et bergers en quête de paix et de liberté. D'ici, l'appartement et son état lamentable ne paraissent plus si importants.

Rentrer au Lido pour se changer avant le dîner nous paraît être une perte de temps. Nous débarquons donc à San Marco. Comme j'ai emporté un sac avec tout ce dont j'ai besoin pour vingt-quatre heures, les toilettes pour dames de l'hôtel Monaco me serviront de boudoir. Ce n'est pas la première fois que leurs murs tapissés de chintz vert pâle et rose m'auront prêté secours. Assise devant le miroir, je me mets à penser, je ne sais pourquoi, à New York, au 488 Madison Avenue, le siège des bureaux de Herman Associates, où je débarquais de grande banlieue quatre fois par semaine pour écrire des slogans publicitaires et « m'initier aux affaires ». Les Herman adoreraient savoir que j'ai traversé les mers pour venir épouser mon bel étranger. Ils se flatteraient d'avoir été les premiers à découvrir mon goût pour l'aventure. Après tout, c'étaient eux qui m'avaient expédiée à Haïti, pour présenter au gouvernement un programme de promotion, quelques semaines après la fuite de Baby Doc.

Je me rappelle les deux types en jeans crasseux qui souriaient de toutes leurs dents et qui m'ont escortée sur le tarmac jusqu'à une camionnette couverte de graffitis, avant de m'emmener à tombeau ouvert au milieu des pires scènes de la misère humaine, en même temps que de paysages d'une beauté à vous couper le souffle. Plus tard, ce soir-là, couchée dans mon lit sous une moustiquaire rapiécée, j'écoutais le bruit des tambours, en respirant l'air étouffant et sucré. C'était exactement comme dans un film. Sauf que manquait au scénario un membre d'Interpol en smoking blanc qui se serait introduit dans ma chambre pour me persuader d'être sa complice dans une douteuse opération prévue pendant la nuit.

Je n'ai vu aucune femme américaine ou européenne, au cours de cette semaine à Haïti, les autres agences new-yorkaises ayant toutes envoyé au charbon des jeunes diplômés en col blanc. Le comité d'accueil comprenait aussi un officier de police, qui avait l'amabilité de poser son arme de service sur la table, quand il s'asseyait à côté de moi. Au début, j'ai pris des notes avec une certaine nervosité, mais peu à peu j'ai retrouvé mon assurance et une bonne dose d'aplomb et je suis rentrée à New York avec un long compte rendu.

Aujourd'hui, assise devant ce miroir, je me revois sortant en courant des bureaux de Madison Avenue pour aller me pomponner un peu dans d'autres toilettes pour dames, en général celles d'un grand magasin, puis attraper le train de cinq heures cinquante-sept pour Poughkeepsie, où j'habitais alors, chercher les enfants à l'école, préparer leur dîner, les faire manger, surveiller les devoirs et le bain, avant le long cérémonial du câlin du coucher. « Maman, je sais exactement comment je me déguiserai à Halloween, me déclarait Erich dès le mois de juillet.

— Bonsoir, mon grand. Bonsoir, ma puce. »

Il y a si longtemps... Enfin, pas tellement. Que fais-je donc ici, à Venise, sans eux ? Pourquoi tout cela n'est-il pas arrivé il y a vingt ans, il y a quinze ans ? Allons, je me rafraîchis le visage, je change de chaussures et échange mon chemisier de coton noir contre une vaporeuse blouse de mousseline blanche. Je m'accroche des boucles de perles aux oreilles. Et comme mon bel étranger adore les perles, j'ajoute un collier. Et une bouffée d'Opium, mon parfum fétiche.

Au bar, je retrouve Paolo, mon cher Paolo qui doit être barman ici depuis une éternité. C'est lui qui avait fourré du papier journal dans mes bottes, huit mois auparavant, quand je ne parvenais pas à rejoindre Fernando à cause de la pluie. Il nous pousse tous les deux sur la terrasse, dans la splendeur d'un début de soleil couchant. Il nous sert du vin bien frais et ordonne « *Guardate*, regardez », en désignant du menton le Canaletto en vrai qui s'étale devant nous. Ce tableau-là le ravit tous les jours, le surprend chaque fois. À mes yeux, Paolo ne vieillira jamais.

En face, de l'autre côté du Grand Canal, se dresse la Douane de mer, édifiée sur des milliers de pieux en bois. En haut de la petite tour blanche qui la surmonte, deux statues jumelles en bronze soutiennent une boule dorée sur laquelle trône la Fortune. Elle est belle. Un vent léger la caresse. L'éclairage doré de ce moment-là lui va très bien. Nous nous répétons l'un à l'autre : « *L'ultima luce*, la dernière lumière », comme une prière. « Promets-moi que nous serons toujours ensemble à cette heure-là », me dit Fernando qui n'a absolument pas besoin que je le lui promette.

Si je pouvais te donner Venise pour une heure, pas plus, ce serait celle-là. Je te ferais asseoir sur cette chaise-là, sachant que Paolo n'est pas loin, veillant au confort de chacun et que la nuit, qui va bientôt nous dérober cette lumière, emportera aussi nos peines et nos angoisses. Car c'est ainsi que cela doit être.

« Marchons jusqu'à Sant'Elena », annonce le bel étranger. Nous coupons par la Piazza San Marco, direction le Ponte della Paglia, puis le Ponte dei Sospiri, le Riva degli Schiavoni, l'hôtel Danieli, encore un pont, une statue en bronze de Vittorio Emanuele à cheval, un autre pont jusqu'à la hauteur de l'Arsenal. Je m'inquiète :

« Combien de ponts encore ?

— Seulement trois. Puis nous prendrons le bateau jusqu'au Lido. Après cela, un kilomètre à pied, et nous serons chez nous. »

Cette vie n'est pas faite pour les petites natures…

*

Au bout de deux jours, Fernando doit reprendre son travail à la banque. Et je me retrouve complètement seule. Je parle très mal l'italien et je n'ai que deux réels points d'ancrage : une sorte d'acceptation philosophique des choses et mon bel étranger. Je suis libre de commencer à mettre des couleurs sur cet espace tout neuf qui va désormais être ma vie, il semble.

Nous avons le projet de refaire l'appartement de fond en comble après notre mariage. Nous abattrons des murs, repeindrons les plafonds, changerons les fenêtres, rénoverons la salle de bains et la cuisine, achèterons des meubles à notre goût. Pour l'instant, nous nous contenterons de bien nettoyer et de dissimuler certaines misères sous des tissus drapés. Fernando me dit de me faire aider par Dorina, sa *donna delle pulizie*, sa femme de ménage. J'ai envie de crier : mais a-t-elle jamais compris le sens du mot « ménage » ?

Elle se présente à huit heures et demie. Elle est grosse, n'a pas dû se laver depuis longtemps, affiche une petite soixantaine, porte un tablier rayé qu'elle enlève pour en mettre un autre, apporté dans un sac à provisions rouge miteux, ainsi que des pantoufles éculées. Après quoi elle se déplace d'une pièce à l'autre en traînant un seau d'eau sale et une serpillière noire de crasse. Elle ne change pas l'eau et ne rince pas la serpillière. Ce soir-là, je demande à Fernando si nous ne pourrions pas trouver quelqu'un de plus énergique, mais il refuse, prétextant que cela fait des années que Dorina travaille pour lui. Qu'il soit aussi loyal me plaît, évidemment. Il va simplement falloir que je ne la laisse plus s'approcher du seau et lui trouve d'autres tâches, du repassage, par exemple, du raccommodage, quelques courses. Comme elle ne vient que tous les quinze jours, j'ai deux semaines devant moi pour me mettre au nettoyage à fond. Je me dis qu'il me faudra quatre ou cinq jours, grand maximum.

Fernando veut m'aider en me montrant comment marche sa cireuse électrique — qui, à mes yeux, ressemble à un prototype de moteur pour scooter, mais dont il m'assure que c'est « le summum de la technologie italienne ». L'ennui, c'est que je n'arrive pas à contrôler ce maudit engin, qui m'entraîne sans que je puisse le diriger. Je demande s'il faut porter un casque pour s'en servir et ma plaisanterie n'a pas l'heur de plaire au bel étranger qui devient grincheux. Il essaye de s'y coller à son tour, mais n'y parvient pas mieux que moi. Après quoi, il n'y a plus qu'à ranger la chose, que je ne reverrai d'ailleurs plus. Il a dû en faire cadeau à Dorina.

Le lendemain matin, je passe le sol dans les moindres recoins à l'eau vinaigrée, armée d'un balai tout neuf. Après quoi, j'asperge partout un liquide odorant de couleur brune qui s'appelle Marmi Splendenti, « Marbres Resplendissants », et je me livre à une longue séance de patinage, les pieds dans les grosses pantoufles en feutre de Fernando. Au bout d'un certain temps, le carrelage commence à briller un peu. Ce n'est pas encore resplendissant mais j'aime bien les teintes de gris veinées de rouge qui apparaissent. Cela me donne envie de continuer. Mais Fernando ne voit pas les choses comme moi. À chaque nouvelle étape, il se plaint — avant de manifester d'un haussement d'épaules un enthousiasme très modéré. Nous procédons à une véritable excavation du site, pour trier ce que nous trouvons avec un soin d'anthropologue, agenouillés devant de vieilles caisses couvertes de moisi. Dans l'une, je trouve une série de cinquante-quatre cassettes audio, dans leur emballage plastique intact, intitulée *Memoria e Metodo*, censée vous apprendre à « mettre en ordre vos idées ».

« Bon sang ! s'exclame Fernando, je l'ai cherchée partout ! » Chaque soir, quand nous débarrassons l'appartement d'une nouvelle couche de son passé, il va jusqu'aux poubelles en faisant une tête d'enterrement, avec des yeux d'oiseau mort. C'est lui qui me pousse à continuer ce nettoyage en règle — mais cela l'angoisse terriblement. Il veut que les choses avancent — mais à condition de ne rien changer.

Je commence à mettre au point des rituels de survie. Dès le départ de Fernando, le matin, je prends mon bain, m'habille, descend (par l'escalier, pas par l'ascenseur…), passe devant la loge du troll, franchis la grille et tourne à gauche, direction Maggion, qui sent bon la levure et le sucre. C'est une toute petite *pasticceria*, dont le patron ressemble à la fois à un bonhomme en pain d'épice et à un chérubin. Je me dis, quelle chance, une pâtisserie à moins de trente mètres de chez moi ! J'achète deux *cornetti*, des croissants bien dorés, fourrés à l'abricot, que je mange, le premier en route vers le bar (à cinquante mètres), où je bois un cappuccino, le second, en direction du *panificio*, la boulangerie (à soixante mètres) où je prends deux cents grammes de *biscotti*, des biscuits au vin blanc, à l'huile d'olive, écorce d'orange et graines de fenouil. Je me dis que cela me fera office de déjeuner. Mais en fait, je les mange pendant que je me promène au bord de l'eau, le long de la plage privée de l'hôtel Excelsior. Bien que Fernando m'ait assuré que je peux parfaitement passer par le hall, aux grandioses portes en verre, et accéder directement à la mer, je préfère aller enjamber un muret de pierre, un peu plus loin, marcher jusqu'à l'embarcadère, puis arriver ensuite au bord de l'eau brune de l'Adriatique. Je me répète : « Je n'ai pratiquement qu'une rue à traverser pour être là… » Au cours des trois années qui vont suivre, je viendrai faire cette promenade tous les jours, été comme hiver, qu'il pleuve ou qu'il vente, emmitouflée dans un manteau de fourrure ou une serviette de bain, et parfois plongée dans un profond désespoir…

Ensuite, je remonte l'escalier pour me remettre au travail, le redescend deux ou trois fois pour aller boire un *espresso*, respirer un peu d'air frais — et peut-être m'offrir une ou deux minuscules tartes aux fraises chez le bonhomme en pain d'épice. Chacune de mes sorties et entrées est soigneusement notée par le troll et ses copines, toutes en blouse à fleurs. Nous nous contentons d'échanger des « *buon giorno* ». Je n'ai plus aucun espoir de rencontrer ma grosse dame aux bas noirs et je ne crois plus à l'effet que produiraient un peu d'affection et une part de gâteau au chocolat. Il y a une chaîne stéréo dans l'appartement mais, à part les cassettes *Memoria e Metodo*, uniquement des enregistrements d'Elvis Presley. Alors je chante. Je chante ma joie de tout recommencer à zéro. Combien de maisons ai-je rénovées ? Je me le demande. Et combien y en aura-t-il encore ? On dit que lorsque votre maison est terminée, l'heure est venue de mourir. La mienne n'est pas terminée.

Au bout de trois jours, je suis venue à bout du plus gros du nettoyage à fond et je suis prête à commencer à faire des achats. Fernando a demandé que nous choisissions absolument tout ensemble. Donc, à l'heure où il quitte son bureau, je l'attends devant la banque et nous allons chez Jesurum acheter des draps ocre foncé, un dessus de lit et un édredon bordés de dentelle. Nous prenons aussi quantité d'épaisses serviettes-éponges blanches et des peignoirs, blancs également, rebrodés dans des teintes chocolat, plus une nappe damassée d'un beau brun doré et d'immenses serviettes assorties. Tout cela coûte presque aussi cher qu'un piano à queue mais, au moins, il y aura quelques traces de confort dans l'antre ascétique du bel étranger.

Une autre fois, nous achetons un grand pan de dentelle ivoire, absolument splendide, dans une *bottega* près du Campo San Barnaba. Notre trésor soigneusement empaqueté nous faisons quelques pas jusqu'au Fondamenta Gherardini, où se balance depuis sept ou huit cents ans une barque chargée de fruits et de légumes, un petit marché flottant. Nous prenons un kilo de pêches. De la dentelle et des pêches, la main de Fernando dans la mienne, tout va bien. Et c'est d'humeur joyeuse que j'accroche mon morceau de dentelle au-dessus de notre lit, en le fixant aux montants du panneau de bois posé contre le mur. Voilà, nous avons maintenant un baldaquin, qui donne à la pièce un côté plus intime.

Un vase en verre d'un beau bleu cobalt,

trouvé sous l'évier, devient magnifique quand j'y installe des fleurs et du feuillage acheté à la fleuriste près de l'embarcadère. Un immense cendrier de la même couleur est maintenant garni de branches de citronniers avec fruits et feuilles. Je remplis de reines-claudes un panier acheté autrefois à Madère et que j'ai trimbalé de New York en Californie, puis du Missouri à Venise. Des rayonnages en verre soigneusement époussetés ont été débarrassés de maquettes d'avions à moitié cassées et de piles de numéros d'avant le déluge de la *Gazzetta dello Sport*. J'y installe à la place des livres et des photos dans des cadres en argent. J'en pose aussi sur un superbe coffre en bois — superbe maintenant qu'il a été bien ciré — dont Fernando me dit qu'il vient de Merano, à la frontière autrichienne, la ville où vivait autrefois sa famille et où il est né.

Je mourrai sans m'être guérie de ma passion pour les tissus. Je les aime encore plus que les meubles. À part de belles pièces anciennes, provenant par exemple d'un héritage, je préfère de loin draper, recouvrir, camoufler le mobilier en mauvais état plutôt que de le faire réparer. Sans hésiter un instant, je fonce au marché du Lido qui se tient le mercredi au bord des canaux. J'y achète des mètres et des mètres de damas beige qui seront parfaits pour « habiller » un vieux canapé en cuir noir. Avec des pans de soie sauvage crème, j'offre aux chaises dépareillées un superbe « emballage cadeau », noué de rubans autour des pieds. La table de la salle à manger, en verre et en métal, disparaît sous un grand dessus-de-lit blanc qui retombe en plis gracieux jusqu'au sol. J'y aligne ensuite ma collection de bougeoirs géorgiens en argent, briqués jusqu'à ce qu'ils scintillent.

Je trouve la place qui leur convient à presque tous les coussins que je n'ai pas voulu laisser à Saint Louis. Les ampoules trop fortes sont remplacées par des voltages plus bas, presque des veilleuses, et des bougies parfumées au santal et à la cannelle. Soleil le jour, chandelles le soir, nous pouvons presque nous passer de lumière électrique. J'exulte — mais mon bel étranger fait la moue.

Il va littéralement blêmir quand je lui montre fièrement les murs de la chambre que je viens de lessiver. Il s'exclame qu'à Venise on ne peut faire cela qu'à l'automne quand l'air est relativement sec, sinon la redoutable *muffa* noire, le moisi, va gagner partout. Mon Dieu, comme s'il n'y avait que ça, me dis-je intérieurement. Bon, eh bien, perchés à tour de rôle sur une échelle, nous allons sécher les murs avec mon séchoir à cheveux.

Fernando se plaint aussi quand il voit que j'ai relégué ses plantes vertes crevées sur la terrasse. « *Non sono morte, sono solo un po' addormentate.* Elles ne sont pas mortes, elles sont seulement un peu endormies... »

En ronchonnant à mi-voix, je les rapporte dans la chambre, en ôtant toutes les feuilles mortes, jusqu'à ce qu'il ne reste que les tiges dénudées.

Je commence à comprendre à quel point c'est commode parfois de parler une langue que son bien-aimé ne comprend pas. Et sans pouvoir m'empêcher de taper du pied à l'occasion, je me demande pourquoi, à un bel amour, se mêle par moments une once de désir de vengeance…

Un tapis de laine blanche originaire de Sardaigne dissimule le carrelage en si mauvais état de la salle de bains. Quant au miroir entouré de plastique rouge au-dessus du lavabo, il est remplacé par une petite merveille dans un cadre biseauté doré acheté chez Gianni Cavalier, sur le Campo Santo Stefano. Le vendeur nous persuade de prendre aussi deux appliques, dorées également, de les fixer au mur de part et d'autre et d'y mettre des bougies. Ce que nous faisons sans tarder. Débarrassé de son côté tristounet, l'appartement devient maintenant un lieu chaleureux. Nous nous répétons à plusieurs reprises qu'il a un aspect cottage, petite maison de campagne. Je décide de l'appeler la « datcha », ce qui plaît beaucoup à Fernando. C'est désormais un endroit où il fera bon manger, boire, parler, réfléchir, se reposer — s'aimer. Mon bel étranger y circule de long en large, trois ou quatre fois par jour. Il observe, touche, un petit sourire aux lèvres, pas encore décidé à tout approuver.

Sa curiosité étant la plus forte, le troll sonne un soir à la porte, tenant à la main une lettre qu'elle a gardée depuis le matin, ce qui lui donne un prétexte pour venir chez nous : « *Posso dare un occhiata ?* Je peux jeter un coup d'œil ? »

Ses exclamations font très plaisir à Fernando :
« *Ma qui siamo a Hollywood. Brava, signora, bravissima. Auguri, tanti auguri!* Mais on est à Hollywood, ici. Bravo, signora, encore bravo. Tous mes vœux, mes meilleurs vœux ! » dit-elle avant de repartir en courant par l'escalier. Notre immeuble-bunker saura tout avant minuit. Grâce au troll, je commence à comprendre que Fernando a besoin d'être encouragé, félicité, avant de réellement prendre la mesure de ce que j'ai accompli. Si cela plaît aux autres, il est content et cela lui plaît à *lui*. Sept ans et trois maisons plus tard, je me dirai la même chose, mot pour mot. Il continuera à attendre l'approbation d'un tiers — ou deux — avant de se détendre et de formuler la sienne.

Désormais tout ragaillardi, il commence à inviter des voisins et des collègues de travail à venir regarder ce qu'est devenu l'appartement. Personne n'est prié de s'asseoir ni de boire un verre. Chacun sait parfaitement que son rôle est de regarder, puis d'aller faire son rapport au reste du Lido. Moi, je ne suis guère qu'un meuble, peut-être une chaise tapissée de neuf, et personne ne me parle directement. Peut-être un visiteur, s'adressant à quelques centimètres au-dessus de ma tête, ira-t-il jusqu'à me demander quelque chose d'aussi peu compromettant que : « *Signora, Le piace Venezia ?* Madame aime-t-elle Venise ? » Puis, comme dans un menuet bien réglé, il me tournera le dos et se dirigera vers la porte. Il me faudra du temps pour comprendre que c'est là un aspect de la vie sociale vénitienne et que certains de nos « invités » se répandront longtemps sur « le si bon moment » passé chez nous. J'ai l'impression qu'autour de moi rien n'est réel, en tout cas pas encore. Et je me demande ce qui le sera un jour. J'ai le sentiment de jouer à la maison, un peu comme je jouais à la poupée avec mes enfants quand ils étaient petits. Mais aujourd'hui, c'est différent. Autrefois, j'étais plus âgée…

Bien qu'il soit, lui, sur son territoire, et qu'il fasse tous les jours ce qu'il a toujours fait, Fernando aussi a l'air d'être passé de l'autre côté du miroir. Il marche dans les mêmes rues, dit « *buona sera* » aux mêmes gens, achète ses cigarettes au même tabac, boit le même *aperitivo* au même bar que depuis trente ans, et pourtant, rien n'est plus pareil. Fernando devient en quelque sorte étranger à lui-même. Je lui dis qu'il entame, comme moi, une nouvelle vie.

Il répond que non, pas une nouvelle vie, une première vie, où il n'existe plus, enfin, comme simple observateur. Il y a une forme d'amertume douce-amère, chez mon bel étranger, et une forme de colère rentrée depuis trop longtemps. Je sais à quel point on doit se sentir seul quand la vie vous malmène et qu'on se contente de s'accrocher. Je crois au destin, à une sorte de prédestination de base, mais elle doit s'accompagner d'une forme de stratégie personnelle. Je me rappelle avoir lu, très jeune encore, une phrase de Tolstoï qui disait qu'une vie trouve sa forme toute seule. Je n'étais pas complètement d'accord, mais cela me rassurait de penser qu'elle ferait une partie du travail, que je pourrais me reposer de temps en temps. Mais se contenter de la laisser s'écouler en dormant, comme Fernando dit l'avoir fait, c'est très triste.

Ce samedi soir-là, nous n'avons pas de projet particulier. Nous prenons le vaporetto et, une fois sur le pont, je sors de mon sac une bouteille de prosecco qui a passé une heure au freezer. Il est encore bien glacé et les bulles nous anesthésient la langue. Mon bel étranger est timide, mais il boit son vin à longues gorgées. « *Hai sempre avuto una borsa così ben fornita ?* me demande-t-il. Tu as toujours avec toi un sac aussi bien garni ? » Je lui explique que c'est la sorte de sac dans lequel je portais les couches de mes enfants. Enfin, j'essaye de lui expliquer. Nous parlons une sorte de sabir fait de nos deux langues, un espéranto qui nous est propre. Il arrive qu'il me pose une question en anglais et que je réponde en italien. Nous essayons de nous faciliter mutuellement les choses. Le bateau fend l'eau sombre, l'air est humide, soyeux, la lumière rose devient peu à peu couleur d'or, puis d'ambre.

Nous débarquons sur les Zattere, et prenons une autre ligne jusqu'à San Zaccaria. Il est maintenant presque neuf heures. Il y a curieusement peu de touristes, ce soir, et la Piazza San Marco somnole dans la touffeur de cette fin de journée. Nos pas résonnent, des bouffées de Frescobaldi et de Vivaldi nous parviennent des cafés de part et d'autre de la place. Nous nous mettons soudain à danser, même si cette musique ne s'y prête pas vraiment. Et voilà que quelques Allemands très bruyants se joignent à nous. « *Sei radiosa*, tu es radieuse, me dit Fernando, Venise te va bien. Ce n'est pas le cas pour tout le monde, même pour les Vénitiens. Quant aux étrangers, en général, elle leur fait de l'ombre, ou elle les ignore. Ils deviennent invisibles, ici. Mais pas toi, tu es très visible. » C'est dit très doucement, mais je me demande si ça ne serait pas plus simple pour lui que je ne le sois pas trop…

Nous décidons de dîner au Mascaron, à Santa Maria Formosa, un de mes repaires favoris depuis mes premiers séjours à Venise. J'adore m'attabler devant le grand bar en bois derrière lequel s'alignent des bonbonnes de refosco, de prosecco et de torbolino. Gigi nous sert des verres de tokay pétillant couronnés de mousse. Nous choisissons nos hors-d'œuvre dans des plats ovales blancs : *baccalà mantecato, castraure, sarde in saor, fagioli bianchi con cipolle* — de la mousse de morue, des bébés artichauts, des sardines à l'aigre-doux, des haricots blancs aux oignons. Saveurs anciennes, sensuelles. Les vrais goûts de la Venise de toujours au bout d'une fourchette.

Tandis que nous repartons prendre le bateau, la lumière ambiante prend des teintes bleu foncé. J'ai un petit frisson en me disant qu'« ici, c'est maintenant chez moi », et un vertige me prend, j'ai presque envie de pleurer. Pourtant, comme si c'était vrai depuis toujours, cela me rend heureuse et je me sens bien dans ce bonheur-là. Seulement voilà, Monsieur Vif-Argent, qui est le spécialiste des brusques sautes d'humeur, va vite mettre en pièces ce sentiment de paix que j'éprouve.

Quand je lui demande le nom de tel palais, ou que je lui pose une question à propos de tel artiste qui a vécu là, soit il ne me répond même pas, soit il se montre un guide peu communicatif. « Venise n'a rien d'exotique pour un Vénitien, dit-il. En plus, je n'ai pas toutes les réponses. Il y a des coins de la ville où je ne suis jamais allé. Ce que je veux, c'est d'abord que tu apprennes à me connaître *moi*. En ce qui concerne la ville, on verra plus tard. Rappelle-toi que tu n'es pas ici en vacances. »

Il parle comme un amant jaloux. Et moi, j'ai envie de me mettre à crier : « En vacances ? Mais est-ce que tu te rends compte de tout ce que j'ai fait ces dernières semaines ? » Je pourrais presque hurler, en regardant mes mains endolories, mais je ne peux exprimer cela qu'en anglais et il se dépêcherait de se réfugier derrière le prétexte qu'il ne comprend pas un mot de ce que je dis — même si, bien sûr, c'est faux.

« Chez moi, je ne retrouve plus rien, dit-il en reprenant d'un seul coup ses yeux d'oiseau mort. Je cherche des ciseaux et il n'y en a nulle part. »

Je vais aussitôt lui rafraîchir la mémoire, en étant aussi brutale que possible. Maintenant, je suis lancée, il faut qu'il sache ce que j'éprouve et ce sera dans ma langue :

« Mais moi, je n'ai même pas de véritable maison à moi. Je n'ai plus d'équilibre, pas de travail. Et pas d'ami. Est-ce qu'il y a quelqu'un qui me regarde, qui m'écoute, qui est content de me voir ? Je n'ai même pas trouvé un seul verre propre en arrivant chez toi ! »

Je bouillonne de colère, il faut que cela sorte. Nous faisons encore quelques pas, puis il s'arrête, esquisse l'ombre d'un sourire et me demande : « Dis-moi ce qu'il faut que je fasse pour que tu te sentes chez toi. »

Je ne réponds pas. Ce sera ma petite vengeance.

7

CET INSTANT SAVOUREUX
D'AVANT LA MATURITÉ

Et lentement, très lentement, je vais commencer à me sentir chez moi. Parfois, j'essaye de nous observer de l'extérieur, de vérifier s'il n'y a pas un côté farce dans ce qui nous arrive. Sommes-nous deux vieux qui jouent à redevenir jeunes ? Non. Le diagnostic, même le plus sévère, est toujours négatif. Nous ne sommes pas trop vieux. Nous arrivons à cet instant savoureux d'avant la maturité, celui où l'amour a des échos de rhapsodie. À la lueur des bougies parfumées à la cannelle, nous nous sentons bien dans notre petite datcha. En tant que couple, il y a toujours entre nous une part de risque, d'aventure, de piquant, comme les bulles d'un bon prosecco bien glacé. Nous nous surprenons l'un l'autre, au point de nous écrier « mais c'est de la folie ! », à tour de rôle, tout en ayant quand même le sentiment de vivre quelque chose d'enchanté.

*

Le bel étranger aime que je lui raconte des histoires. Un soir, étendu sur le canapé, la tête sur mes genoux, il demande :

« Raconte-moi ton premier séjour à Venise.

— Mais voyons, tu connais toute l'histoire !

— Non, pas toute. Donne-moi *tous* les détails. Tu étais avec un homme, n'est-ce pas ? »

Et il se redresse pour me regarder bien en face. Je prends un ton de défi :

« Et quand bien même ? »

Il ne se fâche pas :

« S'il te plaît, n'omets rien.

— D'accord. Mais ferme les yeux et écoute-moi vraiment, parce que c'est une très jolie histoire. Essaye de ne pas t'endormir.

« Bon, tu connais le début. J'étais à Rome et je n'avais pas envie d'en bouger pour aller à Venise. Seulement on m'avait commandé un article et je devais absolument l'écrire là-bas. Voyons, je te l'ai déjà dit vingt fois…

— Oui, oui, je sais. Tu es arrivée par le train et tu as pris le vaporetto jusqu'à San Zaccaria pour entendre la Marangona et…

— Et elle n'a pas sonné.

— Non, elle n'a pas sonné. Mais comment as-tu pu décider de ne pas faire les quelques pas jusqu'à la Piazza San Marco ? Comment as-tu osé lui tourner le dos, alors que tu te trouvais à moins de trente mètres ? »

Il se redresse encore pour me dévisager. Il allume une cigarette à la flamme d'une bougie, puis se lève, traverse le salon et va sur la minuscule terrasse, d'où il m'observe, attendant la suite, adossé à la balustrade.

« Je ne sais pas, Fernando. Je crois que je n'étais pas prête. Pas prête pour ce que Venise allait m'inspirer, dès cet instant où je suis sortie sur les marches, devant la gare. On aurait dit que ce n'était pas seulement une ville, plutôt quelqu'un, à la fois familier et étranger, qui me prenait au dépourvu. À l'époque, je travaillais beaucoup, je voyageais très souvent, je connaissais toutes sortes d'endroits, mais rien ne m'avait préparée au tourbillon d'émotions que j'ai ressenti alors.

— Comme le jour où tu m'as rencontré ?

— Oui, absolument comme ce jour-là. Allez, étends-toi à nouveau et ferme les yeux, pour que je te raconte la suite. »

Fernando s'exécute. Je reprends :

« Carte en main, j'ai cherché Il Gazzettino, le petit hôtel choisi pour moi par mon journal. J'ai trouvé assez facilement le Campo San Bartolomeo, puis j'ai pris à gauche dans la petite rue qui mène aux Merceria, en tirant et en poussant ma maudite valise.

— Le Campo San Bartolomeo ? Alors tu es passée juste devant la banque ! »

On dirait presque que je lui ai manqué de respect ! Je proteste :

« Tiens-toi tranquille et ferme les yeux. Je continue. J'ai ouvert une porte donnant sur une minuscule entrée et j'ai appuyé sur la sonnette fixée au mur. L'hôtel Il Gazzettino, que j'ai surnommé plus tard le Travesti vénitien, est entièrement décoré en verre de Murano. Il y a partout des lustres, des vases, des sculptures aux formes bizarres et aux couleurs plus étranges encore, sauf là où on a accroché des gravures représentant de lascifs personnages du carnaval. C'est très mal éclairé. D'un seul coup, Rome me manque. Soudain de derrière une porte jaillit une toute petite femme souriante qui me dit s'appeler Fiorella, tandis qu'elle s'empare de ma satanée valise et la hisse dans l'escalier. Ma chambre est aménagée dans le même esprit que le reste de l'établissement. Vite, je drape un châle en dentelle sur un arlequin grimaçant. Mais ce qu'il y a de grotesque dans ce décor n'a plus aucune importance quand je me penche à la fenêtre qui donne sur le Sottoportego de le Acque. Je reste là un moment, le dos appuyé contre un des épais volets noirs. Et quand j'applaudis le gondolier qui vient de chanter d'une voix basse dans sa gondole sur le petit canal tout proche, il s'incline vers moi, cérémonieusement. Le soir tombe et je commence à avoir froid. Je sautille à droite et à gauche dans ma chambre, comme un boxeur avant un combat, sans trop savoir comment m'y prendre pour serrer Venise dans mes bras. Et si je descendais dîner ? Dois-je enfin aller voir la Piazza San Marco, ou vaut-il mieux attendre qu'il fasse tout à fait nuit ? Je décide de me laver les cheveux, de me changer, puis de sortir faire un tour dans les environs, à la recherche d'un bon apéritif.

« Je me coiffe, me glisse dans un fourreau de

soie couleur safran acheté des années auparavant à Rome — très joli — et me chausse de mes
sandales en lézard gris. Je pars à la découverte
de Venise.

— Tu l'as encore, cette robe ? s'enquiert mon
bel étranger.

— Non, j'ai grossi et elle ne m'allait plus.
Alors j'ai fait des housses de coussins avec le
tissu. Mais si tu m'interromps encore une fois, je
vais me coucher. Je continue…

« Quand Fiorella me voit, elle me conseille
d'attendre le lendemain pour aller à la recherche de restaurants typiques. Pour ce soir, elle
suggère que j'aille à l'Antico Pignolo. Je vais vite
apprendre que les suggestions de Fiorella sont
des ordres. Elle téléphone au Pignolo, me retient
une table et recommande sévèrement qu'on me
réserve le meilleur accueil. Après quoi, elle m'en-
joint de remonter vite dans ma chambre pour
changer de chaussures. Je n'ai pas eu le temps de
dire un mot… Mais je fais semblant de ne pas
comprendre en ce qui concerne mes sandales et,
vite, je me précipite dehors, dans le soyeux crépuscule.

« Défiant Fiorella encore un peu, je marche
vite, comme si je courais à un rendez-vous, je
remonte la Calle Fiubera, la Calle dei Barcaroli,
la Calle del Fruttarol, jusqu'au Campo San Fan-
tin. Là, je m'installe à la terrasse de la Taverna
della Fenice, pour boire un verre de prosecco
bien frais et je sens une sorte d'apaisement
m'envahir. L'effet du vin ? Ou de l'air humide et

doux du soir sur ma peau ? La vieille princesse me donne le sentiment d'être encore une étrangère — et pourtant, bizarrement, je commence à me sentir à ma place, un peu chez moi. Quand je me décide à revenir sur mes pas, j'avance sans me presser, je m'arrête, je repars, je caresse au passage les pierres usées d'un mur, le heurtoir en bronze en forme de tête de lion d'une porte, je regarde à droite et à gauche... Je comprends peu à peu le jeu qu'on peut jouer avec Venise — et qu'elle joue avec ses visiteurs : elle vous accepte, vous rejette, vous reprend. Je passe de places éclairées en ruelles obscures. Je vais au hasard. Un peu comme je l'ai parfois fait dans ma vie. Si bien que j'arrive une heure et demie en retard au restaurant, assez honteuse et mourant de faim. »

Fernando m'interrompt :

« Et après le dîner, tu as fini par aller sur la place Saint- Marc ?

— Oui.

« J'y suis arrivée tout droit et j'ai eu le sentiment de pénétrer dans une immense salle de bal éclairée par la lune. Je me dis que, sur ses pavés polis par l'eau de la lagune et la pluie, ont marché des pêcheurs et des courtisans, des belles dames et des vieux doges, des enfants, des conquérants, des rois. Il y a peu de passants, ce soir-là. Quelques touristes sont attablés au Quadri et au Florian, où un orchestre joue des valses de Vienne. Deux couples plutôt âgés se mettent à danser. Je m'installe à une table près de la leur

116

pour boire un café. Quand presque tout le monde est parti, je laisse des lires sur ma soucoupe, car je ne veux pas déranger les serveurs qui ont commencé à dénouer leur cravate et à allumer une cigarette. Je ne suis pas très sûre de retrouver mon chemin jusqu'à mon affreuse petite chambre d'hôtel mais, après quelques détours et retours en arrière, je finis par y arriver.

« Le lendemain, je prends le bateau pour Torcello et je marche longuement dans les hautes herbes. Puis je fais une pause dans la pénombre de Santa Maria dell'Assunta. Je m'assois sous la pergola de l'Osteria al Ponte del Diavolo, où un garçon aux cheveux gominés, la raie au milieu, me sert du risotto aux pousses de houblon. Je remarque sa cravate en soie couleur saumon.

— C'est là que nous avons déjeuné le lendemain de ton arrivée, remarque Fernando.

— Écoute la suite, s'il te plaît… Je visite ensuite des douzaines d'églises et j'admire les sublimes peintures qui s'y trouvent. Au cours de ce premier séjour, je n'ai même pas eu le temps d'aller à l'Accademia, pas plus qu'au musée Correr. J'explore plutôt les *bacari*, les bars à vins. Dès que j'en vois un qui me plaît, j'entre boire un peu d'incrocio-manzoni ou de recioto, toujours accompagné de merveilleux *cicchetti*, des petits hors-d'œuvre. J'adore les moitiés d'œuf dur au jaune presque orange, surmontés d'un filet de sardine, les bébés poulpes à l'huile et les artichauts à l'ail, gros comme l'ongle d'un pouce. Je parviens très bien à éviter le côté cliché de Venise dont je me méfiais tellement. Son véritable visage se dissimule sous les colifichets qui l'encombrent — en quelque sorte, le mien aussi. »

Je ne sais pas depuis combien de temps Fernando s'est endormi. Ni pourquoi je n'ai pas entendu tout de suite son léger ronflement. Ce n'est pas grave, je suis contente de m'être raconté mon histoire à moi-même. Et à voix haute. Tout doucement, je le fais se lever et le conduis jusqu'à notre lit, persuadée qu'il ne va pas se réveiller vraiment. Mais à peine installé, il se redresse sur un coude et demande : « Est-ce que demain soir tu me diras *tout* ? »

Mon bel étranger a moins de mal à rester éveillé quand nous prenons un bain ensemble. Pour deux personnes encore si pleines de mystère l'une à l'égard de l'autre, il y a dans ces instants-là une sorte d'intimité, autant spirituelle que physique, qui n'a pas besoin d'être stimulée. Je verse dans la baignoire des poignées de sel au thé vert et au santal, de l'huile de pin, plus un peu de musc. Puis je fais couler de l'eau très chaude et, quand Fernando vient me rejoindre, je suis déjà plongée dans de la mousse et de la vapeur brûlantes. Il allume les bougies disposées un peu partout. Il lui faut ensuite quelques minutes pour s'habituer à la chaleur. Sa peau très blanche devient cramoisie. « *Perché mi fa bollire ogni volta ?* Pourquoi veux-tu me faire bouillir encore une fois ? »

Un soir, c'est là, dans la salle de bains, que notre sujet de conversation porte sur la cruauté. J'ai envie de lui en dire plus sur mon premier mariage. J'y vais en direct :

« J'ai trompé mon mari. C'était quelqu'un qui attendait patiemment que je lui fournisse une excellente excuse pour me quitter. Il n'arrivait pas à me dire : je ne t'aime plus, je ne veux plus de ce mariage, ni de toi ni des enfants. Il me l'a expliqué des années plus tard. Mais à l'époque, ce qu'il voulait, c'était jouer sur ma terreur pathologique d'être quelqu'un qu'on ne pouvait pas aimer.

« Il est psychologue de métier. C'est un être très rusé. Et un jour, il a tout simplement cessé de me parler. Il s'est en quelque sorte mis en retrait et m'a laissée trébucher et trembler toute seule, à me demander ce qui m'arrivait. Les rares fois où il m'a encore adressé la parole, cela a été pour me ridiculiser ou me menacer. Ce pouvoir qu'il avait de me terroriser semblait le remplir d'aise. »

Le visage de Fernando n'est plus rouge du tout, il a blêmi. Il me faut cinq minutes au moins pour essayer de lui traduire chaque phrase — et il a besoin de cinq minutes de plus pour comprendre. L'eau du bain refroidit. Et je me mets à pleurer.

Mais je reprends :

« Je ne savais pas alors ce que c'était que la dépression, mais je devais être très déprimée. C'est pendant que j'attendais Erich que cela a été le pire. Peut-être parce que je savais déjà que son papa nous avait quittés. C'est Lisa, encore toute petite, qui m'a le plus aidée. L'arrivée prochaine du bébé l'excitait beaucoup, elle posait sa tête sur mon ventre pour le sentir bouger, elle lui chantait des petits airs, lui disait à quel point nous l'aimions, combien nous avions envie de le prendre dans nos bras. Mais malgré cela, Erich est né dans une atmosphère de grande tristesse. »

Maintenant, c'est au tour de Fernando de pleurer. Il me dit qu'il veut me serrer contre lui. Nous sortons de la baignoire et allons nous blottir dans le lit. Il me demande de continuer :

« Quelque temps après la naissance d'Erich, j'ai décidé d'affronter mon mari en face, je lui ai dit à quel point j'avais peur et me sentais seule. Je lui ai demandé pourquoi il était si cruel, pourquoi il ne prenait jamais ses enfants dans ses bras, pourquoi il ne nous aimait pas. Mais tout ce qui comptait pour lui, c'était de trouver le bon moment et le bon motif pour s'en aller.

« Alors, le motif, je le lui ai fourni. J'ai rencontré un homme dont je suis tombée follement amoureuse. Je le trouvais tendre, plein de sensibilité. Nous ne pouvions nous voir que rarement, mais il m'avait persuadée que la passion qu'il me manifestait était un véritable amour. Quand mon mari a découvert ce qu'en réalité je voulais qu'il découvre, j'ai cru qu'il lutterait pour me garder. Mais en trois jours, il était parti. J'ai pensé que tout irait bien après cela, puisque mon amant m'aimait tellement. De cela, je ne pouvais qu'être sûre.

« Comme je ne voulais pas lui annoncer la nouvelle au téléphone, j'ai pris le train et l'ai retrouvé pour déjeuner. Je lui ai simplement dit : "Il sait, il sait tout, il m'a quittée et maintenant nous sommes libres.

« — Libres de quoi ? m'a-t-il demandé, sans ôter sa cigarette de sa bouche.

« — Mais libres d'être ensemble. C'est bien ce que tu veux, n'est-ce pas ?"

Il a tiré une bouffée et, à travers la fumée, m'a littéralement craché : "Idiote !" Il a dû ajouter autre chose, mais je ne me souviens de rien. Je me suis levée de ma chaise pour me traîner jusqu'aux toilettes pour dames, où je suis restée très longtemps à vomir. Quand j'ai fini par en ressortir, la préposée m'attendait, une serviette mouillée à la main. Elle m'a dit de m'asseoir, de me reposer. J'ai essayé de plaisanter, de suggérer que j'étais peut-être enceinte. "Non, m'a-t-elle répondu, vous avez le cœur brisé." Les Français disent, paraît-il, qu'on ne peut mourir que de son premier chagrin d'amour. En ce cas, je suis morte deux fois la même semaine. »

Fernando se redresse et pose ses mains sur mes épaules :

« Tu sais, me chuchote-t-il, il n'y a aucune souffrance au monde plus forte que la tendresse. »

8

ON SE SOUCIE TOUJOURS DE SAVOIR
COMMENT ON VOUS JUGE

S'il m'arrive de donner à mon bel étranger des raisons de pleurer, on dirait que je lui fournis au moins autant d'occasions de rire. Je déclare à un de ses collègues de la banque, qui est originaire de Pise, que *i piselli* sont, à mon avis, les plus gentils des Italiens. L'ennui, c'est que *i piselli* signifie les petits pois. Les natifs de Pise s'appellent *i Pisani*. Signor Muzi est assez malin pour ne pas réagir tout de suite à ma gaffe — et suffisamment bavard pour aller raconter toute l'histoire de l'*Americana*, en l'embellissant au passage, à tout le personnel, plus quelques clients.

Mais cela ne me gêne pas. Je suis contente de les avoir amusés. Et puis j'essaye de me concentrer sur des petits plaisirs au jour le jour, au point de ne pas prendre garde au malaise qui, peu à peu, s'empare de moi : un mélange de tristesse et de nostalgie, un mal diffus qui va et vient. Cela n'a rien de tragique et n'entame en rien la plénitude de ma nouvelle vie. C'est surtout que ma langue à moi me manque. J'ai envie d'entendre des tonalités américaines. Je veux comprendre et être comprise. Bien entendu, je sais qu'il y a des moyens de remédier à cela. Le temps, d'abord. Puis la petite communauté parlant anglais dont les membres sont dispersés partout dans Venise. J'ai besoin d'un ou d'une amie. Mais il y a peut-être autre chose : je souffre de ne plus pouvoir manifester mon enthousiasme comme j'ai l'habitude de le faire.

Je me sens en quelque sorte oppressée par ce qu'on appelle dans le nord de l'Italie *la bella figura*, l'obligation de toujours faire bonne figure, l'impossibilité de s'autoriser une spontanéité qui dérogerait avec ce qu'on appelle ici l'« élégance ». Cela me contraint à une liste assez brève de questions et de réponses. Fernando me sert de bouclier, il nous protège tous les deux des bêtises que je pourrais dire. Quand nous sommes dans un endroit public, il se comporte avec une certaine affectation, en essayant de m'empêcher de commettre des gaffes. Mais cela ne sert à rien. J'ai toujours le sentiment d'être trop voyante et d'avoir mis un rouge à lèvres trop vif pour mon âge. Je n'arrive pas à me contrôler, je parle à tout le monde, je suis curieuse, je souris trop, je scrute, je dévisage, j'inspecte à tort et à travers. On dirait que nous ne sommes à l'aise l'un avec l'autre, le bel étranger et moi, que lorsque nous nous retrouvons seuls.

« *Calma, tranquilla* », m'enjoint-il, dès que j'ai un comportement qui ne figure pas sur sa liste. Il convient d'adopter des airs convenus à l'égard de gens qui, de toute évidence, se soucient comme d'une guigne les uns des autres et qui pratiquent entre eux une sorte de patois sans paroles que je suis incapable de comprendre. C'est exactement contre cela que Misha m'avait mise en garde.

Né et éduqué en Russie, Misha a émigré en Italie au terme de ses études de médecine. Il a vécu et pratiqué à Rome, puis à Milan, pendant près de dix ans, avant de venir se fixer aux États-Unis. Nous nous sommes connus à New York et avons continué à nous voir même quand il est parti à Los Angeles et moi à Sacramento. Misha a toujours beaucoup à dire. Peu après ma rencontre avec Fernando, il m'a rendu visite à Saint Louis et notre premier déjeuner ensemble a été long et orageux.

« Pourquoi fais-tu cela ? Qu'est-ce que tu attends de ce type ? Il ne semble avoir aucune des qualités qui ferait qu'une femme traverse la moitié du globe pour venir s'accrocher à ses basques », a-t-il commencé par déclarer de sa voix de Raspoutine. Et il en a rajouté sur les périls encourus quand on change de culture et sur le fait que je devrais renoncer même au simple plaisir d'une bonne discussion. « Quand on apprend à parler et à penser dans une autre langue, ce n'est jamais comme dans la sienne. Tu ne comprendras pas et on ne te comprendra pas. Or cela a toujours été très important pour toi, toi qui adores les mots et dis de si jolies choses de ta petite voix douce. Personne, tu m'entends, personne ne t'écoutera. »

Même si cela ressemblait plutôt à un soliloque, j'ai tenté d'intervenir :

« Misha, je suis amoureuse pour la première fois de ma vie. Est-ce si bizarre que j'aie envie de vivre avec cet homme, et peu importe qu'il soit à El Paso ou à Venise. Je ne choisis pas une autre culture. Je choisis un amant, un compagnon, un mari. »

Mais il est resté sur ses positions :

« Là-bas, qu'est-ce que tu seras ? Qu'est-ce que tu feras ? La culture méditerranéenne en général et l'italienne en particulier fonctionnent d'après des critères très différents de ceux que tu connais en matière d'impressions et de jugements. Tu n'as plus dix-neuf ans, ne l'oublie pas, et ce que tu peux espérer de mieux, c'est qu'on dise : "Elle a dû être jolie autrefois." Ce serait important que tu puisses faire croire que tu possèdes une fortune, mais ce n'est pas le cas. Or rien d'autre ne comptera vraiment. Tu es sur le point de t'embarquer dans quelque chose de très hasardeux. Là-bas, pour la plupart, les gens se méfieront de toi et se demanderont ce que tu es venue faire chez eux. Ils seront incapables de te prêter des motifs parfaitement honnêtes parce qu'ils sont constamment sur leurs gardes eux-mêmes. Chaque parole, chaque geste est fait pour provoquer un effet contraire. Je ne prétends pas que ce soit spécifiquement italien, mais je suggère que là-bas rien n'a changé depuis le Moyen Âge dans la façon dont on se comporte. Si maligne que tu sois, tu seras pour eux trop gamine, trop enfantine. Que tu recommences une fois de plus tout à zéro leur paraîtra extrêmement frivole. Il vaudrait mieux que ton Fernando soit un vieux salaud perclus de rhumatismes mais plein aux as. Tout le monde comprendrait alors pourquoi tu l'aimes.

— Misha, ne peux-tu pas tout simplement accepter que je sois heureuse et être un peu heureux pour moi ?

— Heureuse ? Ça veut dire quoi ? Le bonheur est fait pour les pierres, pas pour les gens. De temps à autre, notre vie est illuminée par quelque chose ou quelqu'un. Un flash se produit et nous appelons ça le bonheur. Toi qui te comportes toujours si spontanément, tu seras jugée à l'aune de leurs critères à eux et la spontanéité n'entre pas dans leur façon d'être.

— Peu m'importe la manière dont on me jugera.

— On se soucie toujours de savoir comment on vous juge. »

Sur le moment, je l'avais écouté, mais très vite j'ai voulu oublier ses sombres prédictions qui risquaient de trop m'effrayer. Et y repenser maintenant me rend triste et me fait peur.

Timidement, Fernando commence à me présenter à des gens, à quelqu'un rencontré dans la rue ou sur le ferry, devant le kiosque à journaux le dimanche matin, chez Chizzolin où nous prenons l'apéritif ou chez Tita où j'aime déguster des glaces. Le week-end, nous allons en voiture en direction d'Alberoni, nous arrêtant au passage chez Santin pour boire le meilleur café de l'île et déguster des petits gâteaux au chocolat et au rhum encore tièdes. Nous y revenons dans la soirée, quand c'est bondé, pour boire du prosecco et manger des tartelettes à la ricotta. Mais là-bas, personne ne semble avoir envie de bavarder avec quiconque. Soit les gens viennent seuls, ce qui a l'air de leur convenir, soit ils sont là pour jouer un rôle et ils parlent à l'adresse de toute l'assistance. Il en va de même dans le Lido entier. Je vais vite apprendre que ceux que Fernando appelle ses amis n'échangent guère plus de cinq phrases avec lui quand il les rencontre, en général sur le temps qu'il fait. Puis on se salue en se promettant de se faire signe bientôt. Mais au Lido, personne ne fait signe à personne.

En général, cette ambiance guindée me fait sourire. J'essaye de me dire que ce n'est pas plus pour son île que pour son appartement que je suis venue vivre avec Fernando. Je m'amuse à composer des petites chansons en anglais que je lui apprends et où je me moque du côté absolument prévisible de chaque rencontre. Cela lui plaît, malicieusement, il en rajoute même un peu. Mais si j'ose protester devant telle réaction ou tel incident qui me surprennent beaucoup, il a le sentiment que je l'agresse et aussitôt il change de ton, défendant son île et ses habitants avec hauteur. « Mais pour qui te prends-tu à vouloir nous juger et tenter de changer nos façons d'être ? *Quanto pomposa sei.* Comme tu es prétentieuse... »

J'essaye de lui dire que je ne juge personne, pas plus que je ne voudrais changer quoi que ce soit. J'essaye seulement de rester moi-même, de rester fidèle à *ma* culture, à *mes* façons d'être. Mais même si Fernando est maintenant tenté de se moquer de « la bella figura » et parfois de déclarer qu'il l'a en horreur, tout cela est encore trop récent pour lui. Il fait un pas en avant, puis plusieurs en arrière. Il dansera encore long-temps les vieilles danses qu'il connaît — et moi, je continuerai à danser les miennes.

Et quand il arrête de dire soit trop de bien, soit trop de mal du Lido, il me raconte com-ment c'était autrefois, jusqu'au début des an-nées soixante. Le Gran Viale était bordé de terrasses de café très chics avec des serveurs en veste blanche. Des quatuors à cordes jouaient partout, des jolies créatures venues de France ou d'Autriche se promenaient, en chapeau à voi-lette, accompagnées de jeunes gens en complet de lin froissé. J'arrive quarante ou cinquante ans trop tard. Maintenant, il n'y a plus que des piz-zerias. Les seuls personnages exotiques que je croise sont des natifs de Düsseldorf venus cher-cher le soleil en short et sandales plastiques. Et la seule femme qui porte un chapeau, c'est moi. Mais en fait, il ne s'est pratiquement rien passé au Lido depuis que Byron a galopé dans les vagues sur un étalon roux, puis plongé dans la lagune et nagé jusqu'au Grand Canal, en fen-dant les eaux bleues et vertes.

Tous ceux qui ont un endroit où aller s'échappent du Lido le matin, comme si c'était le dixième cercle de l'enfer, tandis que ceux qui restent sont condamnés pour survivre à effectuer de brèves virées dans les magasins, avant de rentrer faire la sieste, volets fermés, et regarder la télévision. En dépit de tout ce qui n'est guère plaisant dans cette vie-là, je m'efforce d'en trouver les bons côtés. Ce qui facilite les choses, c'est qu'on est entouré par la mer. Les nombreuses plages deviennent pour moi d'autres pièces de notre appartement. Le problème, c'est qu'il y règne une sorte de torpeur généralisée.

Jusqu'à maintenant, je n'ai, au cours de ma vie, jamais passé plus de quarante minutes en tout à me dorer sous un soleil brûlant. J'ai grandi dans un milieu où on recommande aux femmes de ne pas exposer leur visage à ses rayons. Je n'ai même jamais possédé de costume de bain.

Désormais, la datcha, comme nous continuons à appeler l'appartement, est plus ou moins en ordre et je me rends à Milan pour une question de papiers à remplir au consulat américain. Là-bas, j'achète un superbe maillot une pièce signé Alaïa, en me disant que, si je ne peux pas *devenir* italienne, je peux faire illusion. Et un beau matin, drapée dans un magnifique paréo, chapeautée Versace, un rose pâle aux lèvres, je sors vers dix heures — les dames qui vont à la plage ne se lèvent pas très tôt. Je traverse la rue, entre bravement dans le hall de l'hôtel Excelsior et émerge sur le sable. Là m'attend le onzième cercle de l'enfer.

Des femmes sont étendues devant leur cabine de bain. Elles restent là à fumer pendant trois heures, rentrent dormir chez elles pendant deux heures, puis reviennent se rôtir à nouveau pendant trois heures, toujours la cigarette aux lèvres. Les maris viennent les retrouver pour l'apéritif à six heures trente au bar. La peau recuite, chargée d'un bon kilo de bijoux et de colifichets, elles ont l'air plus fatiguées que leurs conjoints. Mon costume de bain est vite relégué au fond d'un tiroir.

Après avoir tiré un trait sur les possibilités de la vie à la plage, je pense me mettre à faire la cuisine. Depuis mon arrivée, nous avons surtout dîné dans de petits bistros vénitiens. Parfois nous sommes rentrés nous changer pour aller pique-niquer de pain, de fromage, de vin et de chocolats sur les rochers, au bord de l'eau. Mais j'ai décidé que ce soir Fernando soupera chez lui.

Je me mets en route. Je traverse le Ponte delle Quattro Fontane, puis je prends la Via Sandro Gallo, direction le *quartiere popolare* où, d'après mon bel étranger, je trouverai des produits de meilleure qualité et moins chers que dans les boutiques près de chez nous. Il a peut-être raison, mais je découvre que la distance est longue, surtout en plein soleil, entre les étals du fromager, du boucher, du poissonnier, du marchand de fruits, du marchand de légumes (ce n'est pas le même) et du marchand d'herbes. J'achète de la farine, de l'huile d'olive, de la *pancetta* au *gastronomia*, puis, à la boulangerie, je demande de la

130

levure, qui se dit *lievito*. La boulangère écarquille les yeux et m'informe qu'elle n'en vend pas, elle vend du pain. Elle me précise aussi que le pain est cuit dans le *forno*, un four installé à l'autre bout du Lido. Elle se contente de son rôle d'intermédiaire. Je lui demande si elle sait où je pourrais trouver de la levure. Pour faire un gâteau ? s'enquiert-elle, de la levure chimique ? Non, non, de la vraie levure, pour faire du pain. Ma réponse la trouble, elle pousse un profond soupir. Pour éviter de la perturber davantage, j'achète du pain. Je ne m'arrête pas, une centaine de mètres plus loin, à la *pasticceria* qui m'a été vivement recommandée par le marchand de vins et me contente de Maggion, plus près de chez nous. Il me semble que je suis sortie depuis plusieurs heures quand je rentre enfin, ployant sous le poids de mes sacs, le visage brûlé par le soleil, mais triomphante et prête à me mettre au travail.

Jusque-là, je n'ai allumé le fourneau à gaz que pour chauffer notre café du matin. Je découvre que le brûleur dont je me suis servie est le seul qui fonctionne, les autres ne rejettent que de l'air. L'unique fenêtre de la cuisine est coincée, on ne peut pas l'ouvrir, et dans cet espace minuscule on peut à peine bouger, tout juste se tourner un peu. Il n'y a pas de couteaux, sauf un pour évider les pamplemousses. On dirait que j'ai par inadvertance vendu les miens aux enchères à l'aéroport. Je pense aux centaines de cours de cuisine que j'ai donnés, au nombre de fois où j'ai insisté sur l'importance d'être bien équipée. Je m'entends encore répéter à mes élèves qu'il faut « de l'espace, de bons outils, tout l'équipement nécessaire ». Ce qui ne m'empêchait pas d'ajouter gaiement : « Mais si on est vraiment une bonne cuisinière, on se débrouillera toujours avec une boîte de conserve vide et une cuiller en bois. » Eh bien, j'avais tort. Bon sang, j'aurais besoin de beaucoup plus que ça !

Je réussis quand même à confectionner de la pâte à beignets, où je tremperai tout à l'heure d'énormes fleurs de courgettes, plus de la farce à base de *pancetta*, de pistaches, de parmesan et de sauge pour un rôti de veau. Celui-ci, bien ficelé, va cuire lentement dans du beurre et du vin blanc. Après quoi, je le laisserai reposer. En entrée, il y aura de la soupe froide à la tomate, garnie de grosses crevettes grillées et parfumées à l'anis. Et pour finir, un morceau de taleggio à point, bien coulant, accompagné de figues (cela va bien avec ce fromage), plus des meringues de chez Maggion. Ce soir-là, nous dînons sans nous presser. Fernando pose des questions sur chaque plat, il veut savoir avec quoi c'est fait. Il me demande aussi combien de temps il m'a fallu pour préparer tout cela et je lui dis que la partie courses a été trois fois plus longue que la partie cuisine.

« Ne t'imagine pas que je m'attends à un festin pareil tous les soirs, me déclare-t-il alors. Je préfère des choses simples. En outre, tu as déjà beaucoup à faire, un mariage à préparer, un appartement à rénover, une langue à apprendre. »

Bon, j'ai compris. Le chemin du cœur de mon bel étranger ne passe pas par l'estomac. Je gémis :

« Mais je suis un chef ! Tu ne peux pas m'empêcher de faire la cuisine.

— Je n'ai pas dit ça. Mais ce que tu as préparé aujourd'hui est pour moi un repas de fête. »

Il s'exprime en serrant les dents et il me donne l'impression qu'un « repas de fête », cela a quelque chose d'excessif.

Or qu'y a-t-il de si bizarre à ce que je veuille cuisiner tous les jours ? Non, me précise-t-il, une fois par semaine, mettons deux, c'est très bien. Les autres soirs, nous pouvons manger des pâtes, ou de la salade avec du fromage, du *prosciutto* avec du melon, des tomates à la mozzarella. Ou sortir et acheter une pizza. Il insiste, la cuisine est trop petite, pas du tout faite pour y confectionner des plats raffinés. Je comprends que c'est lui qui n'est pas prêt pour cela. Mon idée de faire moi-même du pain le terrorise encore plus que la boulangère.

« Plus personne ne prépare son pain, ses gâteaux ou ses pâtes à la maison, m'informe-t-il. Même les grand-mères et les vieilles tantes aiment mieux faire la queue devant les boutiques que cuisiner pendant des heures. Nous appartenons à une culture moderne ! »

Et ça, il va me le répéter souvent. Au Lido, cela signifie que les femmes sont désormais libérées du joug de la cuisine, elles ont maintenant le droit de s'installer dans le salon pour regarder la télévision ou jouer à la canasta. Il ajoute : « Nous avons les meilleurs *artigiani* de toute l'Italie et, ce qu'ils font, nous n'avons plus besoin de le faire nous-mêmes. » Je m'attends qu'il m'indique ensuite les jours et les heures où passe le camion qui livre des surgelés à domicile. Mais il s'abstient.

Je sais bien qu'il essaye de m'aider, pour que je m'adapte plus facilement à ma nouvelle vie. Je n'ai plus à faire face à quarante clients affamés tous les soirs, comme c'était le cas dans mon café-restaurant de Saint Louis. Il n'y a plus d'enfants ni de membres de la famille, au sens large, pour venir s'asseoir à ma table. Et Fernando m'a avertie : ici, les voisins et les amis prennent leurs repas chez eux. Je me sens comme une sorte de Petit Chaperon rouge ménopausé… Cela va aller mieux une fois que le mariage aura été célébré, l'appartement rénové et que le temps sera moins chaud. Mon bel étranger m'annoncera qu'il a faim et je trouverai bien quelques personnes à convier pour dîner de temps à autre. J'irai travailler dans un restaurant. Ou j'en ouvrirai un. Fernando, qui comprend que, si je ne dis plus rien, c'est que je suis de mauvaise humeur, essaye de m'égayer un peu. Il annonce majestueusement : « Demain soir, c'est moi qui cuisinerai pour toi. » Ma seule réaction, c'est de me dire : « J'attends de voir ça ! » Plus tard, quand nous sommes couchés, je réfléchis aux moyens de mieux présenter à mon bel étranger l'aspect « culinaire » de ma personnalité.

Cela fait près de vingt ans que je travaille dans le domaine de la gastronomie, que j'écris des livres sur ce thème, que je donne des cours, que je voyage dans le monde entier pour cela et Fernando a l'air de considérer ma carrière comme une sorte de passe-temps, pour lequel on me paye, certes, mais un agréable passe-temps quand même, rien de plus. J'ai été en quelque sorte l'architecte des rêves gastronomiques des autres — des miens aussi, bien sûr — mais c'est tout. Il faudra que je lui explique ce qu'il en est réellement, que je sorte d'une vieille valise tous les articles écrits par moi ou me concernant, dans d'innombrables journaux et magazines. Mais le jour où je le fais, tout ce qu'il a à me dire, c'est : « Maintenant que tu n'as plus de langue à toi, tu crois que tu peux communiquer à travers la cuisine. » Ça ne me plaît pas du tout.

Pour moi, la nourriture va bien au-delà des métaphores sur l'amour et les sentiments — ou la « communication ». Je n'essaye pas de prouver mon affection pour quelqu'un en lui préparant des plats. Je cuisine parce que j'adore cuisiner, j'adore manger et si je me trouve en compagnie de quelqu'un qui partage les mêmes passions, tant mieux. La vérité, c'est que j'ai toujours aimé préparer de grandes quantités de tout, même si nous n'étions pas nombreux à l'heure du repas. J'ai toujours envie qu'il y ait *foule* autour de mes plats.

Mes enfants se souviennent encore d'une soupe au potiron crémeuse à souhait, aromatisée au cognac et à la muscade. Ils prétendent que j'en avais fait des *litres*. Au bout d'une semaine où ils en ont eu tous les soirs, ils m'ont regardée ajouter dans ce qui restait de l'emmenthal râpé, du poivre blanc et des jaunes d'œuf. Après, j'ai battu les blancs en neige très ferme, mélangé le tout et hop ! au four dans trois grands plats creux bien beurrés. Résultat : des flans absolument délicieux pour encore deux ou trois soirs. Lisa raconte que c'est à ce moment-là que sa peau a commencé à tourner à l'orange. La fin du dernier flan, j'y ai ajouté du parmesan râpé et de la ricotta et j'ai fait une fournée de gnocchis, arrosés de beurre fondu à la sauge et parsemés de graines de potiron grillées. Les derniers ont été gratinés sous du gorgonzola et de la crème. Voilà tout ce qu'on peut imaginer à partir de restes. C'est peut-être naïf de ma part, mais j'aime cela, c'est mon côté « vie domestique », ce qu'il y a de plus ancien, de mieux ancré au fond de moi. La solitude mise à part.

*

Le lendemain soir, mon bel étranger est planté devant le minuscule fourneau. Il porte un short en soie rouge. D'un placard il sort une balance et pèse soigneusement 125 grammes de pâtes pour chacun. Je vais épouser un Vénitien qui pèse son dîner au gramme près. Dédaignant mes adorables sauteuses en cuivre, il verse dans une vieille casserole toute cabossée de la sauce tomate en boîte, du sel et quelques pincées d'herbes sèches extraites d'une boîte en fer-blanc. « *Aglio, peperoncino e prezzemolo*, annonce-t-il, ail, piment et persil. » C'est bon, je le lui dis, mais j'ai encore faim.

Trois heures plus tard, cela devient pire. Après m'être assurée que Fernando dort, je me lève en douce et vais me cuire une bonne livre de gros spaghettis. Je les arrose de beurre et j'ajoute quelques gouttes du vinaigre balsamique, vingt-cinq ans d'âge, acheté autrefois à Spilamberto, emporté à Saint Louis et arrivé à Venise empaqueté comme un œuf de Fabergé. Je râpe du parmesan à en avoir des crampes à la main, puis j'ajoute à la masse crémeuse et fumante une bonne dose de poivre. J'ouvre les persiennes dans la salle à manger pour laisser entrer les rayons de lune et la brise nocturne, allume une bougie, me verse un verre de vin. Et je dévore mes pâtes, je me ressers, une fois, deux fois, je les déguste, je les sens, je les mâche. Comme cela fait du bien ! Dans un pur esprit de rébellion, je les tourne autour de ma fourchette exactement comme Fernando m'a dit de ne pas le faire. Au bout du compte, Lucullus aura dîné chez Lucullus.

Puis, enfin rassasiée, je reste là un moment, très lasse d'un seul coup. Fernando peut se nourrir très frugalement si tel est son bon plaisir, mais moi je vais cuisiner et manger comme je l'entends. Comment m'a-t-il qualifiée ? « Prétentieuse », voilà ce qu'il a dit. J'aimerais bien savoir qui est le plus prétentieux des deux.

Depuis un mois, j'ai patiemment écouté plus de conseils que durant toute ma vie. Il n'aime pas mes vêtements, il n'aime pas ma façon d'être, mon genre de vie, ma cuisine. Ma peau est trop blanche, ma bouche trop grande. Il est peut-être tombé amoureux d'un profil, plus que d'une femme. De moi. J'ai soudain l'impression d'avoir bu une potion qui n'était pas du tout magique. Fernando cherche à me rabaisser, à me diminuer. Et je l'ai laissé faire.

Essayant de toujours garder le sourire, j'ai tenté de respecter le pacte que je m'étais fixé, à savoir comprendre son besoin d'être celui qui décide de tout. Mais mon pacte n'impliquait pas cette subtile forme de tyrannie. Je sais qu'il croit m'aider. Il se voit peut-être comme une sorte de Svengali, comme mon sauveur. Ai-je été si docile depuis mon arrivée ici parce que j'ai peur que le moindre désaccord entre nous le fasse fuir ? Ai-je voulu mettre des couleurs trop gaies, trop parfaites sur cette page encore blanche où je vais écrire ma nouvelle vie ? J'essaye peut-être de trouver une forme de compensation à mes échecs sentimentaux passés, de façon qu'il ne me quitte pas, lui aussi ? C'est si beau d'aimer Fernando et d'être aimée par lui — mais je regrette la véritable Marlena. Je la préférais à cette petite créature effacée qui s'étiole dans ce sinistre appartement. Je ne veux pas rester ici, pas plus au Lido que dans ce bunker, à courtiser l'inconscient local. Culinairement ou pas, me dis-je en caressant mon estomac bien plein, je préfère me joindre à ces fugitifs qui quittent le Lido le matin et filent à Venise, plutôt que de faire la sieste au milieu des gens du cru. Je fais disparaître les traces de mon délit et vais me recoucher sans bruit. Mon bel étranger ne m'entend pas pleurer.

9

COMPRENEZ-VOUS QU'IL S'AGIT DES MEILLEURES TOMATES DU MONDE ?

Le lendemain matin, je suis résolue à réveiller la voluptueuse créature qui somnole en moi. Après le départ de Fernando pour la banque, la serviette vide à la main, qu'il tient à trimbaler avec lui partout, je vais et viens dans l'appartement, enlève les morceaux de cire fondue d'une bougie, retape les coussins, me contente d'une toilette rapide, file chez Maggion, fais quelques pas sur la plage, puis cours jusqu'à l'embarcadère pour attraper le vaporetto de neuf heures. Je vais au marché.

C'est au Rialto, la « rivière haute », que les premiers habitants de Venise se sont installés. En tout cas, certains le croient. Des marchands du monde entier sont venus là au fil des siècles et, aujourd'hui encore, c'est le cœur bruyant et coloré du commerce vénitien. Son symbole, c'est le pont pointu qui enjambe à cet endroit le Grand Canal et sert de point de repère à tous les visiteurs.

Au cours de mes voyages à Venise, j'avais toujours pris le temps de venir flâner au marché du

Rialto, que je trouvais charmant, mais peut-être pas aussi magnifique que d'autres vus ailleurs en Italie. Seulement désormais, il va être le mien et je veux qu'on devienne intimes tous les deux. La première chose à découvrir, c'est comment y accéder autrement que par le pont sur lequel s'alignent des boutiques de bijoux d'or et d'argent, de masques bon marché, de tee-shirts de quatre sous, plus des étals de pommes passées à la cire, de fraises importées du Chili et de morceaux de noix de coco baignant dans des bacs en plastique. C'est de l'autre côté que des monceaux de fruits et légumes annoncent la couleur, toutes les séductions d'un vrai marché. Un peu en arrière se dresse un bel édifice du XVIe siècle, le tribunal de Venise.

Je me rappelle avoir vu des *pretori*, des juges en robe, libérés de leur tâche pour aller boire en vitesse un café ou un campari, en train de se faufiler entre des tas de choux et d'aubergines, esquivant les tresses d'ail ou de piments, avant de retourner derrière les portes épaisses du tribunal, pour se soucier à nouveau de la justice vénitienne. Une fois, j'ai remarqué un prêtre et un juge, robe gonflée par le vent, qui se penchaient sur une charrette remplie de haricots verts qu'ils examinaient soigneusement. Mais même si j'aime ce genre de scène folklorique, cela ne suffit pas à me faire emprunter le pont où se déroule un carnaval quotidien. Je choisis de quitter le vaporetto à San Silvestro, la station d'avant le Rialto. Je passe sous une sorte de tunnel et émerge dans une rue, qui débouche en plein milieu de l'effervescence du marché.

J'entends, je ressens l'appel de la vie sauvage. Je marche vite, plus vite, je passe devant une fromagerie à ma gauche, puis une marchande de pâtes et finalement je freine devant un étal tellement somptueux qu'on dirait qu'il attend le Caravage. Maintenant, j'avance lentement, m'enhardissant à toucher ici ou là, avec un petit sourire au passage, hésitant à m'arrêter. Je me dirige vers la *pescheria*, la bruyante halle aux poissons, où se mêlent de puissantes odeurs de sel de mer et de sang de toutes ces créatures luisantes, qui se tortillent parfois encore et qui viennent d'être sorties des eaux de l'Adriatique pour échouer sur d'épaisses tables de marbre. De là, je vais chez les *macellerie*, les bouchers en train de trancher des steaks très minces, presque transparents, et qui sont adossés à une sorte de tapisserie macabre, faite de lapins morts, pendus par les pattes arrière, des touffes de poils encore collées à la chair, comme preuves que ce ne sont pas des chats.

Peut-être que la *botteghe*, la boutique la plus vénitienne du Rialto, est la Drogheria Mascari, où l'on fait commerce d'épices. Cent grammes de clous de girofle, une poignée de *pepe di Giamaica* ou de quatre-épices, des baies, des noix de muscade presque aussi grosses que des abricots, de très longs bâtons de cannelle au parfum douxamer, du miel de châtaignier noir du Frioul, toutes sortes de thés, de cafés, de chocolats, de fruits secs ou à la liqueur. J'ai envie de sortir des billets et des pièces de la petite bourse noire que je porte en bandoulière et de les fourrer dans les grosses pattes rugueuses des vendeurs. Ce qui est terrible, c'est que je suis littéralement affamée de tout, c'est encore pire qu'à l'époque où je n'avais pas de quoi me payer ces merveilles. Parce que aujourd'hui, je suis seule avec mon appétit baroque. Je ressors et vais choisir des pêches, mûres pratiquement à la perfection, des laitues blanches veinées de pourpre et un melon, dont l'exquise odeur sucrée flirte déjà avec un léger début de pourriture.

Les clients sont surtout des femmes, des ménagères d'âge, de taille et d'apparence très variés — mais presque uniformément pourvues d'une voix plus aiguë qu'un cri. Elles tirent des *carrelli*, des sacs à roulettes, doublés de plastique et on a tôt fait de comprendre l'intérêt qu'il y a à ne pas trop s'en approcher : parce qu'elles se déplacent très vite. De petits groupes d'hommes âgés sont spécialisés dans la vente de bouquets de pissenlits et d'herbes sauvages de toutes sortes, bien serrés par un bout de ficelle. Des fermiers, venus présenter en direct leurs produits, sont de véritables bateleurs de foire, drôles et provocants à la fois. En excellents comédiens qu'ils sont, ils s'expriment dans un dialecte rocailleux, pratiquement une langue de plus que je vais devoir apprendre. « *Ciapa sti pomi, che xe così bei.* » Mais qu'est-ce qu'il me dit? Ah, il m'offre un morceau de pomme. « *Tasta, tasta, bea mora. I costa solo che do schei.* Goûtez, goûtez, jolie brune. Elles coûtent si peu cher… »

Au bout de quelques équipées matinales de la sorte, des sourires commencent à s'échanger. Je peux maintenant demander à tel ou tel marchand — ou marchande — de me mettre de côté pour le lendemain de la menthe ou du romarin, peut-être un petit panier de mûres. Il y a Michele, au visage rougeaud, ce qui met bien en valeur les chaînes dorées qu'il porte au cou, et à l'épaisse chevelure blonde. Luciano, qui a disposé une table digne du Caravage. La dame aux épices, aux ongles très longs et très ébréchés, que je verrai, hiver comme été, coiffée d'un immuable bonnet vert en laine. Ils appartiennent à la même troupe chargée de me séduire, ils sont tous doués pour le théâtre. L'un d'eux me tend un unique petit pois qui fond dans la bouche ou une grosse figue violette d'où coule un jus au goût de miel. Un autre ouvre de la pointe de son couteau un petit melon d'eau appelé ici *anguria* et m'en offre une tranche rouge vif. Pour faire mieux encore, le troisième me coupe un morceau de pastèque, à la peau vert pâle et me le présente bien enveloppé dans un papier brun. Tandis qu'un quatrième me crie : « La pulpe de mes pêches est aussi blanche que votre peau ! »

*

Un matin, alors que j'attends mon tour pour acheter deux côtes de veau chez le *macellaio*, j'entends une femme dire : « *Puoi darmi un orecchio ?* Pouvez-vous me donner une oreille ? » Je trouve ça charmant. Cette dame a envie d'une bonne discussion avec son boucher. Elle veut peut-être lui demander de mettre de côté des restes de viande pour ses chats. Ou lui commander un chapon bien gras pour samedi prochain. Sebastiano descend de l'espèce de plate-forme couverte de sciure d'où il officie, se détourne de son billot de bois passé à l'huile d'olive et disparaît dans le saint des saints, la chambre froide. Il en ressort presque aussitôt en brandissant une sorte de grosse tranche presque translucide de chair rosâtre : « *Questo può andar bene, signora ?* Ça ira, madame ? » Elle approuve, les yeux mi-clos, sans desserrer les lèvres. Vendu. Une oreille de cochon. Puis elle ajoute, comme pour se justifier, mais sans s'adresser à quiconque en particulier : « *Per insaporire i fagioli.* Pour donner du goût aux haricots. »

Peut-être que ce que je préfère à tout, sur le marché, c'est l'étal de la marchande d'œufs, une simple table qu'elle n'installe jamais tout à fait de la même façon. Je vais finir par comprendre que, chaque fois, cela dépend d'où vient le vent, parce qu'elle cherche avant tout à protéger ses poules. C'est fascinant de la voir faire. Tôt le matin, elle arrive de sa ferme située sur l'île de Sant'Erasmo, en portant un vieux sac en toile avec cinq ou six volatiles dedans. Elle fourre ledit sac sous la table et se penche pour parler en dialecte vénitien à ses pensionnaires qui caquettent en s'agitant comme des folles : « *Dai, dai me putei, faseme dei bei vovi !* Allez, allez, mes bébés, faites-moi de beaux œufs ! » Après quoi, elle s'assoit, attend le client, mais de temps à autre se baisse à nouveau et fouille dans le sac. Sur sa table, elle a posé une pile de carrés de papier journal impeccablement découpés dans lesquels elle va envelopper l'un après l'autre chaque œuf nouvellement pondu, qu'elle déposera ensuite dans un panier en osier tressé, avec la délicatesse, disons, d'une madone de Bellini. Certains jours, elle ira jusqu'à apporter avec elle deux ou même trois sacs pleins de poules et la « récolte » sera excellente. Elle tortille le papier de façon que chaque petit paquet ressemble au genre de papillote qu'on offre aux invités d'un goûter d'enfants. Si on veut six œufs, il faut attendre qu'elle ait fait ses six pàpillotes. Quand son panier est vide et qu'un client s'approche, elle lui demande un peu de patience, se penche une fois de plus pour chuchoter quelque chose à ses poules, afin de les encourager. Puis au bout de quelques secondes, elle se redresse et, avec l'air triomphant d'une sage-femme, elle brandit un œuf d'un blanc crémeux, tout juste pondu et encore chaud.

Une vieille femme qui s'appelle Lidia vient au marché vendre les fruits de son jardin. Elle est toujours enfouie sous plusieurs couches de gilets de laine et de châles, quelle que soit la saison. L'été, elle a l'air de suffoquer et, l'hiver, elle grelotte. À l'automne, elle a des pommes et des poires, en été, des prunes, des pêches, des abricots et des figues. Le reste de l'année, elle offre les mêmes, mais séchés au soleil. J'aime particulièrement aller me fournir chez elle, à la saison où les épais brouillards de l'Adriatique envahissent Venise. Elle allume alors un petit brasero au charbon pour se réchauffer les pieds et les jambes — les mains aussi, à l'occasion. Elle enfouit dans les cendres encore chaudes des pommes et, quand une délicieuse odeur commence à se faire sentir, elle s'empare d'une grande fourchette pour les ressortir l'une après l'autre, toutes noires et tendres comme un entremets. Elle ôte soigneusement la peau calcinée, puis elle déguste à la cuiller la chair délicate et parfumée. Un jour, je lui raconte que sur le marché de Palmanova, dans le Frioul, j'ai vu une femme faire la même chose : elle aussi avait un petit réchaud à côté d'elle, la seule différence, c'est qu'elle enveloppait ses fruits dans une feuille de chou, pour éviter le contact avec la cendre. Puis elle alternait chaque bouchée avec une petite gorgée de rhum. Lidia n'a eu que mépris pour cette histoire de feuille de chou. Quant au rhum, seuls des « Friuliani » sont capables d'inventer un mélange de saveurs aussi grossier. Qui, mais qui à part ces sauvages en vêtements de cuir, pourrait supporter l'horrible odeur de chou brûlé ? « *I Friuliani sono praticamente slavi.* Les Friuliani sont pratiquement des Slaves », me confie-t-elle.

Les heures passées au milieu de ces hommes et de ces femmes ont quelque chose de lumineux que je garde encore au fond de moi. Ils m'ont appris tant de choses sur la nourriture, sur la cuisine, sur la patience. Ils m'ont parlé de la mer, de l'influence de la lune, de la guerre, de la faim, de grands festins aussi. Ils m'ont raconté leurs histoires, m'ont chanté leurs chansons et, peu à peu, ils sont devenus ma famille et moi j'ai été leur enfant. Je sens encore leurs mains déformées et rugueuses entre les miennes, leurs baisers humides et âcres sur mes joues. Je revois leurs bons yeux un peu délavés à la couleur aussi changeante que celle de la mer. Ils sont les Vénitiens de base, ceux qui se sont toujours contentés de ce que la vie leur a donné, des descendants de femmes qui n'ont jamais orné leurs cheveux de perles, d'hommes qui n'ont jamais porté d'habit de satin, ni bu de thé au café Florian. Ils sont les autres Vénitiens, ceux qui ont, jour après jour, traversé la lagune pour aller vendre au marché les produits de leur ferme, ne s'arrêtant que pour pêcher le poisson du dîner ou réciter une prière dans une petite église isolée. Ils ne sont jamais allés faire un tour sur la Piazza San Marco.

Un jour je passais devant l'étal de Michele. Il était penché sur une pile de petits oignons argentés dont il nouait la tige séchée pour en faire une tresse. Sans relever la tête, il m'a tendu d'une main une grappe de tomates minuscules, qui ressemblaient à de tout petits boutons de rose. J'en ai cueilli une que j'ai gardée dans ma bouche un moment avant de la mâcher lentement. Sa saveur et son parfum équivalaient à ce qu'aurait distillé un kilo entier de tomates mûries au soleil et c'était là, dans ce minuscule fruit rouge. Toujours sans me regarder, Michele a demandé : « *Hai capito* ? Vous avez compris ? » Il voulait dire : « Comprenez-vous qu'il s'agit des meilleures tomates du monde ? » Il savait très bien que je le savais aussi.

Et comme si le marché n'était pas suffisamment un cadeau en soi, il y avait aussi la Cantina Do Mori, le café niché dans une petite rue tranquille à deux pas. J'adorais m'installer dans l'étroite salle assez mal éclairée et assister au cocasse défilé qui commençait en fait très tôt le matin, bien avant que je n'arrive moi-même : poissonniers en tablier plastique, bouchers à la blouse tachée de sang, maraîchers et petits fermiers, presque tous ceux qui travaillaient sur le marché surgissaient en groupe toutes les demi-heures environ pour venir s'accouder au bar datant du XVe siècle, ainsi que l'avaient fait pendant cinq cents ans avant eux des bourgeois comme des brigands. Il leur suffisait d'un subtil hochement de tête, d'un imperceptible geste d'un doigt, d'un clin d'œil, pour commander. Ils avalaient d'une seule gorgée — deux, s'ils parlaient en même temps — leur rasade de vin blanc, puis reposaient brusquement leur verre et repartaient au travail.

Il m'arrivait souvent d'être la seule femme présente, à part quelques touristes de temps à autre, ou la rare incursion d'une vendeuse à l'étalage. Pour veiller sur nous, il y avait l'omni-présence de Roberto Biscotin, le plus charmant des tenanciers de bistro, qui faisait la cuisine, servait à boire et souriait à tout le monde, sans désemparer depuis quarante ans. Dans ce qu'on peut appeler cette minisalle de théâtre, plu-sieurs spectacles se déroulaient en simultané : des touristes japonais réclamaient du sassacaia à trente mille lires le verre, des Allemands vou-laient de la bière, des Américains lisaient à voix haute leur guide de Venise, des Anglais se plai-gnaient qu'il n'y ait ni tables ni chaises dans l'établissement, des Français n'appréciaient pas le vin et des Australiens semblaient déjà ivres. Mais les habitués faisaient comme s'ils ne les voyaient pas.

À midi environ, le calme revient sur le marché. Pour la plupart les marchands rentrent chez eux. Ceux qui restent se préoccupent de leur déjeu-ner. Roberto a déjà préparé une armée de pani-nis au jambon ou à la truite fumée, des gros morceaux de fromage odorant, des platées d'arti-chauts et de petits oignons enroulés dans un filet d'anchois, plus des barriques et des bouteilles de vins du cru ou d'ailleurs.

Au cours du premier hiver, quand mon assi-duité, au bout de plusieurs mois, a fini par être prise en compte, Roberto m'a aidée à enlever et à remettre mon manteau et a proposé de garder mon sac rempli de tout ce que j'avais acheté au marché, pour que je puisse faire un tour. Chez lui, je mangeais et je buvais ce qui me plaisait, suivant le temps et l'importance de mon appétit. Et je me rappelle les repas pris debout à la Cantina comme les plus satisfaisants de ma vie. Petit à petit, j'ai appris à connaître les autres habitués et à me mêler à leurs échanges à bâtons rompus qui reliaient les jours entre eux — à savoir qui avait de la fièvre, qui souffrait de calculs, comment avançait la réparation de la superbe moto de Roberto, la meilleure façon de cuisiner des fèves dans la cheminée, où trouver des cèpes au fin fond de la forêt près de Trévise, pourquoi j'étais venue vivre en Italie et pourquoi c'est la destinée de tout Italien de tromper sa femme. La timidité qu'ils manifestaient envers moi s'estompe peu à peu — très lentement. Quand les « bonjour » et les « au revoir » assez formels cèdent la place à trois baisers sentant le vin sur les joues, plus un chaleureux « *ci vediamo domani*, on se voit demain », je sais qu'il y a en quelque sorte une pièce de plus dans mon appartement.

Ils s'expriment pratiquement toujours en dialecte vénitien et moi en italien, quand il ne m'arrive pas de retourner à l'anglais ou à une sorte d'espéranto à moi. À la Cantina Do Mori, mon cercle amical se compose d'un boucher, d'un poissonnier, d'un marchand de fromages, d'un producteur d'artichauts, d'un peintre local, d'un photographe professionnel, de trois ou quatre retraités des chemins de fer, de deux cordonniers et de quelques autres qu'un élan de sympathie mutuelle rapproche environ une heure par jour. Nous nous réunissons là où l'absence d'un seul serait remarquée et même déplorée. Le marché et ce petit café sont mon refuge, ils me protègent de ce mal-être diffus que j'éprouve, ils calment le chagrin qui m'envahit parfois dans cette ville où je ne me sens pas encore chez moi.

Do Mori ferme à une heure trente pour quelques heures et souvent je suis la dernière à en partir. Je n'aime pas pousser la porte à tambour et me retrouver dans la rue devenue silencieuse. Les étals sont vides, les pavés ont été balayés, le sol de la halle aux poissons a été passé au jet, il brille. On n'entend plus que les miaulements de quelques chats qui se disputent des restes que leur a jetés un boucher et le cliquètement de mes talons. La deuxième partie de ma journée commence.

Seuls les restaurants et les trattorias restent ouverts et ceux qui ne déjeunent pas dehors sont chez eux, à table ou au lit jusqu'à quatre heures au moins. Les *antipasti* de Roberto suffisent souvent à apaiser ma faim et je ne vais pas prendre un vrai repas ailleurs. Ce dont j'ai envie, c'est de m'aventurer un peu au hasard, de découvrir un quartier éloigné où je ne suis pas encore allée.

Peut-être n'arrive-t-on jamais à connaître Venise autant qu'on s'en souviendra plus tard, en quelque sorte en rêve. À Venise, tout est fantaisie, l'eau, la lumière, les couleurs, les parfums, les masques sont autant de fils d'or tissés dans la soie de ses jupes qui traînent sur les pavés le jour et se déploient sur la lagune la nuit. Je suis allée là où Venise a voulu que j'aille. J'ai appris quels bancs restaient toujours à l'ombre, où je trouverais le meilleur café glacé, à quelle heure et dans quel *panificio* je verrais sortir du four le pain de l'après-midi, quelles églises sont toujours ouvertes et où sonner la cloche pour tirer de son *pisolino*, sa sieste, un sacristain encore mal réveillé. L'un d'eux, qui portait à la ceinture un énorme trousseau de clés noué d'un ruban vert, m'a emmenée voir à la lumière d'une bougie un Jacopo Bellini dans le *chiaroscuro* d'une minuscule chapelle. C'était un vieil homme aux yeux couleur de saphir brut qui m'a parlé de Canaletto, de Guardi, du Titien et de Tiepolo comme s'ils étaient ses amis intimes, chez qui il dînait tous les jeudis soir. Il m'a confié que la vie est une recherche de la beauté et que l'art aide à dissoudre la solitude. J'ai eu l'impression qu'il voulait parler de la sienne et de la mienne. Je ne suis donc pas seule. Je suis une vagabonde en chapeau cloche de feutre bleu, qui est venue à Venise pour tisser ensemble ses rêves.

*

Mais je me connais bien et je sais que mes rêves ne suffiront pas à me faire tenir debout. J'ai besoin, terriblement besoin, de me retrouver en cuisine. Et si je ne peux pas cuisiner pour nous deux, je le ferai pour d'autres. Mais qui ? J'ai d'abord pensé au troll et à ses copines. Puis j'y renonce. Je décide de tenter ma chance auprès des employés de la banque. Un jour, cela va être une tarte au chocolat et aux framboises. Un autre, une tarte encore, mais aux toutes petites prunes jaunes nommées *susine*. Je me risque aussi à faire du pain aux noisettes, que j'apporte encore chaud, avec un pot de mascarpone aromatisé au cognac. J'ai fourré tout cela dans un panier que je dépose à l'accueil comme s'il s'agissait d'un enfant trouvé. Fernando a onze collègues et il y en a toujours un qui sort commander à la Pasticceria Rosasalva des assiettes de gâteaux, des glaces et du prosecco. Je pense donc que mes petits cadeaux plairont. Mais non, ils embarrassent tout le monde, on ne m'a rien demandé et, avant même que Fernando me dise d'arrêter, j'abandonne mon rôle de Petit Chaperon rouge et retourne à mes rêves.

Un soir, nous sommes allés dîner, Fernando et moi, dans une bruyante *osteria*, Ruga del Rialto, fréquentée par les ouvriers du quartier et récemment reprise par un certain Ruggero. Ce n'est pas un Vénitien, il n'est pas là depuis très longtemps et il a eu une brillante idée, très simple en réalité : offrir à chacun un peu de l'histoire de sa gastronomie. C'est un vrai comédien, qui considère son restaurant comme un théâtre. Il annonce par un grand coup de gong l'arrivée d'un immense plat de risotto crémeux ou de pâtes à l'encre de seiche que sa cuisinière vient déposer sur le bar. Il sert alors une bonne portion à chaque client, pour la modeste somme de quatre mille lires par personne. Il y a des roues entières de merveilleux fromages de montagne et des corbeilles pleines de pains croustillants du boulanger voisin, de la morue salée très blanche et un immense saladier de haricots et de petits oignons à l'huile d'olive. Tout cela, plus les inévitables sardines baignant dans une sauce aigre-douce, compose un immuable menu. Du vin blanc très frais est tiré directement du tonneau dans les verres et au milieu d'une centaine de Vénitiens bruyants, affamés et assoiffés, vous dînez debout ou assis à une table recouverte d'une nappe en papier vert acide, comme cela se faisait dans les *bacari*, les bars à vins d'autrefois. Fernando et moi, nous adorons ce spectacle.

Un soir, Ruggero me déclare :

« Mes copains du marché m'ont dit que vous étiez un chef. Pourquoi ne venez-vous pas cuisiner chez moi un de ces jours ? On organisera une fête. On invitera des voisins, des habitués, des marchands, deux ou trois juges. Vous me dites le menu que vous voulez, je fais les courses, vous cuisinez et je m'occupe du service. » Fernando me donne un bon coup de pied sous la table : de toute évidence, Ruggero et son idée de fête ne lui plaisent pas du tout. Mais à partir de là, à peu près chaque fois que je vais au Rialto, je croise Ruggero et il insiste. Quand il m'apprend que mes amis Michele et Roberto seraient très contents que j'accepte, je dis oui, sans attendre la bénédiction de mon bel étranger.

J'ai envie d'offrir de la cuisine typiquement américaine à ces Vénitiens. Je pense que cela peut beaucoup les amuser, étant donné qu'ils sont persuadés que tous les pauvres Américains — *poverini!* — ne subsistent qu'à coup de pop-corn, de barbecue et de surgelés réchauffés au micro-ondes. Je prévois un repas de six plats pour cinquante personnes. Mais d'abord, je demande à Ruggero de me montrer sa cuisine. J'ai, dans le passé, officié dans toutes sortes d'endroits, certains splendides et superbement équipés, d'autres plus rudimentaires, et je crois que rien ne peut m'étonner. Mais là, j'ai carrément peur. Dans la cuisine de Ruggero, la graisse dont l'odeur imprègne l'air est collée sur les carreaux du sol. Le fourneau à gaz est rouillé, la porte du four ne ferme pas. Les quelques casseroles datent du néolithique. À l'évier, il n'y a que de l'eau froide. Je frémis en pensant à tous les repas que j'ai pris ici et qui ont été préparés dans cet univers de crasse. Ruggero se hâte de m'informer que presque tous les plats qu'il sert sont en réalité cuisinés dans un autre restaurant et livrés tous les jours. Ici, il ne prépare que les *primi*, c'est-à-dire le minestrone, le risotto et les pâtes. J'essaye désespérément de me souvenir si j'en ai mangé chez lui, mais une nausée me submerge.

Comment les services d'hygiène peuvent-ils tolérer cela ? Je regarde autour de moi et vois, fixée au mur graisseux, sous un verre graisseux lui aussi, une licence en bonne et due forme. Je n'ai pas encore réussi à articuler un mot que Ruggero me promet que tout sera *bello ordinato*, « absolument impeccable », la semaine prochaine. Il me montre une caisse pleine de produits d'entretien achetés en mon honneur. Me jure qu'un ami à lui va venir réparer le four et qu'un plombier sera à l'œuvre dès le lendemain. Ajoute que tout ce dont nous avons besoin, c'est de l'enthousiasme, de bonnes idées, de la gaieté — et la fête sera très réussie.

La cuisinière est une femme d'environ cinquante ans, cheveux noirs et bas rouges, qui profite d'un instant où Ruggero va répondre au téléphone pour me demander si je connais Donato. Je réponds non, je ne crois pas. Elle me dit alors qu'il est le *capitano della guardia di finanza*, celui qui a signé la fameuse licence, à la suite d'un petit arrangement : il déjeune ici tous les jours et y dîne aussi assez souvent. Elle entrouvre la porte et me l'indique discrètement. Mais moi j'ai vraiment envie de faire cette expérience d'un repas américain pour des Vénitiens. Aussi je préviens Ruggero : je ne peux rien lui promettre s'il n'améliore pas l'état de sa cuisine. Nous sommes mardi. Il me dit alors de revenir jeudi soir, pour constater les progrès.

Fernando n'arrive pas à comprendre pourquoi je veux que nous allions d'abord dîner à La Vedova puisque nous avons prévu de voir Ruggero. Je lui dis de me faire confiance, pour une fois, et il obtempère. Arrivée Ruga del Rialto, je fonce directement à la cuisine. Je n'ai parlé de rien à Fernando et c'est tant mieux, parce qu'il m'aurait accusée d'avoir exagéré. Tout brille — enfin, autant que faire se peut. De l'ammoniaque et du détergent à l'essence de pin ont chassé les mauvaises odeurs, le sol est décidément moins sale, il y a des tapis en caoutchouc neufs, ainsi qu'une nouvelle — et modeste — batterie de casseroles. La cuisinière a cette fois mis un tablier blanc. Avant que Ruggero vienne se joindre à nous, elle nous explique qu'il a offert à un groupe d'habitués le déjeuner gratis, plus autant de vin qu'ils pouvaient en boire, en échange de deux heures de nettoyage dans la cuisine. Il paraît que six ont accepté, suivis de six autres et encore six de plus. Les équipes se sont relayées et voilà le résultat. Elle ajoute qu'on n'a pas pu réparer le four et que le plombier n'est jamais venu. Mais le reste n'est-il pas merveilleux ? Encore sur mes gardes, je vais quand même établir le menu avec Ruggero.

Il y aura ce que nous appelons du caviar du Mississippi — même si je dois utiliser une autre espèce de haricots noirs, des *borlotti*, assez différents de ceux que nous avons en Amérique, du pain de maïs, un ragoût d'huîtres, des crabes mous au beurre noisette, du bœuf en croûte de poivre, sauce au bourbon du Kentucky, accompagné de crêpes de pommes de terre et de beignets d'oignons et, pour finir, un fondant au chocolat tiède avec de la crème au caramel. Ruggero est surpris, il trouve qu'il n'y a rien de très exotique — il veut dire, américain — sur ma liste. Je lui explique que c'est la façon de cuisiner les huîtres et les crabes mous, ainsi que le bœuf et l'entremets, qui fera toute la différence. Je le prie de garder la cuisine bien propre, de faire les courses et je l'informe que je pars quelques jours en Toscane. Je ne mentionne ni le four ni le plombier.

Bientôt, le Rialto entier est au courant du fameux dîner. Sur le marché, tout le monde m'en parle. Cela me touche beaucoup que ces gens, repliés sur leur petit paradis doré, les pieds dans l'eau, soient brusquement très curieux de savoir quel goût ont les beignets d'oignons et le bœuf au bourbon. Fernando et Ruggero vont officier en tant que sous-chefs et notre plus grand problème va être de dire non à tous ceux qui veulent nous aider. Le four ne fonctionne toujours pas, il n'y a pas d'eau chaude, mais nous nous en sortons quand même très bien, à force de frire, sauter, braiser à tour de bras. J'ai fait cuire mes pains chez le *panificio* du coin de la rue, en lui en offrant quelques-uns pour prix de la location de son matériel. Ruggero a mis un smoking et engagé deux guitaristes, élèves au conservatoire Benedetto-Marcello, qui nous jouent du Fernando Sor. Dans la petite salle derrière le bar, éclairée aux bougies, deux longues tables ont été dressées. Je me répète que nous sommes dans une *ruga* de Venise, près du marché et du pont du Rialto, et cela m'excite terriblement.

Quand le repas prend fin, je peux m'asseoir un peu, une assiette de dessert sur les genoux, entre mon copain Roberto et mon poissonnier favori. J'aperçois Donato — celui qui a « négocié » la licence de Ruggero — en train de discuter avec les guitaristes, puis de me désigner du doigt. Ruggero demande un peu de silence. Soudain démarre un langoureux *Jalousie*, un de mes tangos préférés, et voilà Donato qui s'approche, et sans même demander mon avis m'entraîne, encore toute rouge et la bouche pleine de chocolat, pour danser entre les tables. Je bénis le souvenir de ces cours de danse que mon ami Misha m'avait offerts en cadeau d'anniversaire il y a bien longtemps. Je me rappelle ces soirs — toujours le mardi — chez la señora Carmela qui nous répétait : « Mes chéris, le cou tendu, le menton relevé, le regard droit, le dos cambré ! » Je n'avais plus jamais dansé le tango depuis cette époque et me voilà en train de tournoyer entre les bras d'un officier en uniforme gris. Je devrais évidemment porter une robe vaporeuse, plutôt qu'un tablier et ne pas sentir l'oignon frit. L'assistance, ravie, se lève pour applaudir. Fernando sent que c'est l'heure de partir.

Les invités se resservent à boire, nous prenons discrètement congé de Ruggero et nous dirigeons vers la sortie. Au bar, un groupe d'habitués — disons, du troisième âge — est rassemblé autour du plat dans lequel a cuit le fondant. Ils raclent ce qui reste à la cuiller et se lèchent les doigts comme des écoliers. J'entends l'un d'eux demander : « *Ma l'ha fatto l'Americana ? Davvero ? Ma come si chiama questo dolce ?* C'est vraiment l'Américaine qui a fait ça ? Mais comment s'appelle ce dessert ? »

10

J'AI CONNU UNE FEMME,
J'AI CONNU UN HOMME

Mais on ne peut pas organiser une fête tous les jours. Un matin, me voilà le visage enfoui dans mon oreiller couleur ocre, sous le *baldacchino* de dentelle en train de pleurer. Que m'arrive-t-il donc? Fernando pense que j'ai une chute de tension et qu'il n'est nullement nécessaire de consulter un médecin. Mais j'en cherche quand même un dans l'annuaire. Je réalise alors qu'il n'y a pas de listes par profession et qu'il faut connaître le nom pour trouver le numéro de téléphone. Que faire? Je décide d'aller au bureau du tourisme, où on m'informe que le seul médecin parlant anglais à Venise est un allergologue, très *simpatico*, paraît-il. J'en accepte l'augure et prends rendez-vous à son cabinet, Campo San Maurizio. Il est de petite taille, affiche un air las, fume une cigarette après l'autre et me reçoit dans une très longue pièce assez sombre, lui assis à un bout dans un confortable fauteuil recouvert de velours gris, et moi à l'autre, sur une petite chaise très dure. Il me demande d'abord si j'ai une vie sexuelle normale. Je suis perplexe. Suggérerait-il que je suis allergique au sexe ? Je lui réponds que pour moi tout est normal.

Après une interruption, consacrée à une discussion avec sa domestique à propos du menu de son déjeuner, il se lève, s'approche pour prendre mon pouls et déclare : « C'est simple, *cara mia*, vous avez simplement peur. » Je m'enquiers de ses honoraires et il prend un air choqué, comme si je gâchais notre tête-à-tête en parlant d'argent. Des mois plus tard, je recevrai sa facture : 350 000 lires, environ 175 dollars, un tarif très spécial, réservé aux riches Américaines.

Au cours de mes promenades à travers la ville, je commence à m'intéresser aux touristes américains. Ils me paraissent mieux habillés que les autres et leurs intonations nasales déclenchent chez moi un réflexe pavlovien. Comme s'ils étaient tous d'excellents amis potentiels, j'ai envie de leur parler, même s'ils ne font pas attention à moi, désormais vénitienne. Je m'attarde à une terrasse de café, je me faufile dans une queue à l'entrée d'un musée tellement désireuse d'engager la conversation. Certains commencent par me demander depuis combien de temps je suis ici, et où j'irai ensuite, persuadés que je voyage, comme eux. Quand je réponds que je vis à Venise, que je suis sur le point d'épouser un Italien, je sens que leur premier élan de sympathie diminue aussitôt. Une amie très riche m'avait dit un jour que l'attitude des gens à son égard, dès qu'ils apprenaient l'étendue de sa fortune, consistait à voir le fric d'abord, la femme ensuite. Dès que je raconte mon histoire, je suis virée de la catégorie des « compatriotes », pour aller dans celle des « créatures exotiques ». Je n'appartiens plus à leur monde. Je suis tout juste bonne à leur indiquer un restaurant où aller dîner, le *farmacista* qui leur vendra des antibiotiques sans ordonnance, à moins qu'ils ne me demandent si je n'aurais pas une chambre libre chez moi pour loger un de leurs amis.

J'hésite à aller m'inscrire au British Women's Club. Peut-être que ces Anglaises sauraient m'aider à aller mieux. J'apprends qu'elles sont environ quatre-vingts, qui partagent les mêmes déceptions sur l'Italie et le mariage avec un Italien. En général, elles vivent en dehors de la ville, à Udine ou Pordenone, et doivent donc prendre le bateau pour assister à leur réunion mensuelle. Plusieurs sont arrivées encore très jeunes, pour des cours d'été ou une année à l'université de Rome, de Florence ou de Bologne. Elles se sont retrouvées environnées de garçons aux yeux noirs et, de chasseresses, sont devenues gibier. Au Lido, il n'y en a que trois.

Toujours coiffée d'un turban, plusieurs rangs de perles autour du cou, Emma, quatre-vingt-deux ans, a épousé il y a bien longtemps un guide vénitien, plus jeune qu'elle de douze ans, qui l'a vite abandonnée pour s'enfuir avec un amour de jeunesse. C'est arrivé il y a plus de vingt-cinq ans, mais la blessure, à l'entendre, est encore fraîche. Caroline, la cinquantaine, blonde, les dents du bonheur, nous raconte que, lorsqu'elle va faire ses courses, elle se précipite de chez le boulanger jusque chez le boucher et retour, comme si elle avait des bandits à ses trousses. Je pense qu'elle est victime de ses fantasmes. J'ai oublié le nom de la grande femme au teint terreux, les cheveux ras plutôt que courts, qui habite à San Nicolo, près de l'église. Je suis allée une fois chez elle et j'ai vu dans l'entrée la photo prise le jour de son mariage, elle qui pose, très raide, le visage criblé de taches de rousseur et lui, si jeune encore, dont les mèches gominées arrivent à peine à la hauteur du menton de sa femme. Chaque fois que je les ai croisés en train de se promener au Lido, j'ai pensé à cette photo et souri. Je crois qu'ils s'aimaient toujours.

La présidente de l'association est l'épouse du consul d'Angleterre. C'est une Sicilienne, qui croasse en anglais avec un accent de Transylvanie. Quand je viens m'inscrire, son mari, petit et morose, a déjà été averti qu'il n'y aura bientôt plus de fonds pour entretenir les bureaux du consulat au *piano nobile* — le premier étage — d'un palazzo du XVIe siècle situé en face de l'Accademia. Mais pour l'instant, ces dames se réunissent encore dans une pièce aux boiseries d'acajou, en haut d'un grandiose escalier de marbre, pour boire, manger un petit quelque chose et ressasser de vieilles rancœurs tribales. Même si je trouve certaines d'entre elles charmantes, je sens que je ne parviendrai pas à atteindre le degré de familiarité qu'elles ont entre elles. En outre, je ne suis pas certaine que dans vingt ans j'aimerais encore répéter, comme elles le font, que c'est agaçant de ne pas trouver facilement en Italie de biscuits au gingembre.

*

Tous les jours, à cinq heures et demie, je vais chercher Fernando à la banque. J'aime beaucoup ces rendez-vous, même si c'est le moment où il est presque toujours de fort mauvaise humeur. Une fois, il m'informe qu'il a besoin de cinq minutes pour ranger quelques papiers et me demande de l'attendre dans son bureau, une grande pièce qu'il n'aime pas parce qu'il y a l'impression d'être coupé de tout. Les murs sont décorés de fresques représentant d'aguichantes nymphes, sur la cheminée de marbre vert trône une photo de nous deux à Saint Louis et il flotte dans l'air un mélange d'odeur de cigarette et d'eau de Cologne. Moi, je me plais ici…

Quand nous quittons la banque, nous nous dirigeons vers la station du vaporetto. Maintenant que nous dînons plus souvent chez nous, Fernando renonce souvent à nos promenades du soir. Il a envie de retrouver le confort de l'appartement. Il prétend qu'il a mal aux pieds, que ses yeux le brûlent, qu'il fait trop chaud, ou trop froid, qu'il y a trop de vent, il ouvre nerveusement son troisième paquet de cigarettes depuis le matin et je retombe amoureuse de lui, heureuse que les guerres qu'il a menées aujourd'hui soient pour l'instant terminées. Il commence à détester son travail à la banque ou, plus exactement, les efforts qu'il lui consacre. En un sens, il y est à l'abri. Que ses employés travaillent ou pas, ils toucheront leur chèque à la fin du mois. Quelque part, cela lui convient de rester là, entouré de collègues et de clients qu'il connaît, mais il a des problèmes de conscience. À part une vieille *contessa* à moitié ruinée ou deux, dont il gère les comptes depuis un quart de siècle, il s'occupe surtout des commerçants du quartier souvent en difficulté. Il prend soin d'eux, fait retarder certaines échéances, adapte les règlements de façon que des vautours en chapeau mou et pardessus de cachemire ne s'approchent pas trop près. Il se soucie beaucoup de ces gens-là, mais infiniment moins du système bancaire en soi. Il dit que, depuis que nous vivons ensemble, son travail le laisse exsangue. Il aimerait restaurer des vieux meubles, apprendre à jouer du piano, partir vivre à la campagne, avoir un jardin. Il commence à se rappeler ses rêves. Mon Dieu… Tel un gros ours aux yeux bleus qui sort de son hibernation au printemps, Fernando est en train de préparer en douce son *risorgimento* à lui.

Sur le bateau qui nous ramène au Lido, nous nous asseyons toujours à l'extérieur, quel que soit le temps. Mon bel étranger fixe l'eau que nous fendons, un soupçon de sourire aux lèvres. Il se retourne deux ou trois fois, comme pour vérifier que je suis bien là. Parfois il me raconte une bêtise faite par un collègue, ou plus souvent par un des directeurs. Il lui arrive, d'une façon que je trouve poignante, de soulever une de mes boucles et de l'embrasser. Un soir, sur le bateau, il salue un vieux monsieur aux yeux rieurs, qu'il me présente, signore Massimiliano, lequel serre ma main entre les siennes et me dévisage longuement, avant de se diriger à pas comptés vers la sortie. Fernando m'explique que c'était un ami de son père et que, dans son enfance, Massimiliano l'emmenait souvent à la pêche, pour attraper des *passarini*, des tout petits poissons qu'on frit et qu'on mange entiers, la tête, la queue et les arêtes. Il ajoute que, lorsqu'il avait environ dix ans et faisait souvent l'école buissonnière, Massimiliano lui a demandé un jour s'il préférerait épouser plus tard une fille aimant les garçons qui sèchent l'école ou une fille aimant les garçons qui lisent Dante. Fernando a rétorqué : pourquoi pas une fille aimant les deux ? Mais ce n'était paraît-il pas possible. Alors il a choisi une fille aimant les garçons qui lisent Dante. « Bien, lui a dit Massimiliano, en ce cas, pourquoi ne commences-tu pas à te préparer pour elle dès maintenant ? » À partir de cette réponse qui l'a énormément frappé, Fernando s'est mis à lire Dante tous les jours, en attendant que la fille surgisse. « C'est étrange, murmure-t-il, comme certaines conversations ou certains événements vous restent en mémoire, alors que d'autres disparaissent comme neige au soleil. » Je dis que je suis d'accord.

J'ajoute que j'ai connu une femme qui, après avoir vu *L'Homme de la Mancha* à Broadway, était rentrée droit chez elle et avait fourré dans une valise tout ce à quoi elle tenait, pendant que son mari dormait. Après quelques heures de sommeil auprès de lui, elle avait filé à l'aéroport, téléphoné de là-bas à son patron pour lui dire au revoir et pris dans la matinée un avion pour Paris, où elle voulait réfléchir. Elle y était toujours. « Et je crois qu'elle va mieux, qu'elle va bien », ai-je conclu.

C'est au tour de Fernando : « J'ai connu un homme qui avait trompé sa femme toute sa vie parce que la Madone lui était apparue la veille du mariage pour l'absoudre à l'avenir de tout péché. Absolution qui vaudrait aussi pour ses fils. »

C'est à nouveau mon tour : « J'ai connu une femme que les frasques de son mari détruisaient peu à peu et quand son médecin lui a dit que, si elle ne le quittait pas, elle mourrait, elle lui a demandé : "Mais alors, que devient notre histoire ? Cela fait presque trente ans que nous vivons ensemble." Le médecin a rétorqué : "Et vous avez envie que ça fasse trente et un ? Vous voulez continuer à être en colère, pour vous protéger de la peur et de votre paresse ?" »

Au tour de Fernando : « J'ai connu un homme qui disait : "Certaines personnes mûrissent, d'autres pourrissent. Parfois nous grandissons, mais nous ne changeons jamais. C'est impossible. Ce que nous sommes est fixé à l'avance. Il n'existe pas une âme qui puisse en modifier une autre, pas même la sienne." »

À mon tour : « J'ai connu un homme qui était en train de déjeuner dans un self, près de Lincoln Center, avec sa femme qui venait de le quitter. Pendant qu'ils mangeaient des courgettes sautées, il lui a demandé si elle l'avait jamais aimé. Elle a répondu : "Je ne m'en souviens pas. Peut-être, mais j'ai oublié." »

Là-dessus, Fernando me regarde d'un air froid et il enchaîne, en utilisant mes mots à moi : « Je connais une femme qui prétend que c'est seulement à trois heures du matin qu'on peut prendre la véritable mesure des choses. Elle affirme que si on s'aime soi-même à cette heure-là et qu'on a dans son lit quelqu'un qu'on aime au moins autant, qu'on a le cœur en paix et qu'aucune ombre ne traverse la chambre, alors tout va bien. Elle prétend que trois heures du matin, c'est le moment où on peut le moins se mentir à soi-même. »

Nous jouons souvent à « J'ai connu une femme, j'ai connu un homme » sur le bateau qui nous ramène au Lido. Cela semble apaiser un peu le banquier et faire resurgir Fernando. Une fois à la maison, après un bon bain ensemble, un martini et un souper léger, il se rappelle qu'il sait rire.

*

Un samedi matin d'automne, Fernando me reproche d'avoir utilisé le « tu », trop familier, en m'adressant à un homme qu'il m'a présenté sur le vaporetto. Un bel homme d'environ soixante-cinq ans, bien habillé, foulard de soie autour du cou. Il y a eu comme une gêne entre eux, quelque chose de déplaisant. Ai-je donc tellement gaffé ? Tandis que nous déambulons dans Venise, Fernando reste silencieux. Je vois bien qu'il est en colère. Je ne comprends pas qu'un malheureux « tu » puisse le mettre dans un état pareil. Est-ce encore un problème dû à cette maudite « bella figura » ? Finalement, nous allons nous asseoir à l'intérieur du Florian et il commence à m'expliquer. Cet homme est un médecin, qui exerçait depuis très longtemps au Lido et qui a été l'amant de sa mère. Cette liaison a duré environ douze ans et elle a détruit une grande partie de son enfance. C'était comme si, me dit Fernando, quelqu'un de plus important que son père, que son frère Ugo ou lui, vivait chez eux. Personne n'en a jamais parlé mais cela a brisé leur vie à tous. Les habitants du Lido n'ont rien pardonné, ils se sont acharnés à dénoncer ce scandale, à raconter partout que son père était le plus grand cocu de ce temps-là. Le malheureux s'est retiré à l'autre bout de leur maison, est tombé malade du cœur et il a mis des années à mourir.

« Tu n'as pas encore fait ton deuil, dis-je.

— Il n'est pas question d'"encore". Je peux le pleurer maintenant, uniquement parce qu'une femme en long manteau blanc m'a en quelque sorte sorti de la chape de glace qui me recouvrait. Je suis content d'avoir croisé Onofrio tout à l'heure, content que tu l'aies tutoyé. Mais je suis triste pour mon père. Je suis triste qu'il se soit enfoncé en silence dans une si longue nuit à cause de la "bella figura". Et il m'a transmis son flambeau. J'ai dû à mon tour me taire, refréner mes désirs, en fait m'interdire d'en avoir, être courageux. J'étais censé porter bravement le poids des chagrins d'autrefois. Mais je ne veux plus le faire. Je ne veux plus être comme mon père, qui ressemblait à un visiteur de sa propre vie, qui avait peur de déranger, d'offenser, d'être trop présent, au point de n'en pas finir de mourir. »

Et, ajoute Fernando, l'année où c'est quand même arrivé, Ugo, son frère, est mort brutalement. Il avait fui le Lido et sa désastreuse famille depuis longtemps. Il était diplomate, en poste au Parlement européen à Strasbourg. Il a été foudroyé à quarante ans par une crise cardiaque. « Cela pèse encore comme un sac de briques sur ma poitrine, dit Fernando. Nous n'avions parlé de la liaison de ma mère qu'une seule fois, il avait alors quinze ans et moi douze. C'était le soir et nous étions au lit, en train de fumer en cachette. Je lui ai demandé si c'était vrai et il m'a dit oui, c'est tout. Jusqu'à aujourd'hui, je n'ai plus abordé cette histoire avec personne.

— Parle-moi d'Ugo. Comment était-il ?

— Comme toi, effervescent, toujours prêt à être séduit. Il vivait intensément chaque instant.

En une heure, il pouvait faire tenir toute une vie. Ce qui lui arrivait se transformait toujours en aventure. J'allais l'attendre au débarcadère du ferry quand il revenait pour quelques jours. Il conduisait une décapotable dont il ne relevait jamais le toit, même en hiver, et il portait une longue écharpe blanche au cou. Il avait toujours du champagne dans le coffre et deux flûtes en cristal dans un étui doublé de feutre rouge. Le jour où nous nous sommes rencontrés, quand tu as sorti de ton sac un gobelet et une petite bouteille de cognac, j'ai cru que mon cœur allait s'arrêter. »

Nous n'avons plus rien dit pendant de longues minutes. Puis il a relevé la tête et m'a regardée bien en face. Ce n'était plus un étranger qui me dévisageait, c'était seulement Fernando.

11

AH, *CARA MIA*, EN SIX MOIS,
TOUT PEUT CHANGER EN ITALIE

Vivre en couple ne signifie jamais que le partage est égal. Chacun son tour doit donner plus qu'il ne reçoit. Cela n'a rien à voir avec, par exemple, laisser l'autre choisir si on dînera dehors ou à la maison, ou qui massera ou se fera masser à l'huile d'amandes douces ce soir. Il y a des saisons dans la vie d'un couple qui ressemblent un peu à une garde de nuit. L'un veille, parfois longtemps, à donner à l'autre la sérénité dont il a besoin pour réussir quelque chose — un quelque chose parfois douloureux et semé d'épines. Il y en a un qui s'enfonce dans le noir, tandis que l'autre reste dehors, à veiller que tout se passe bien. Je sais qu'actuellement je ne dois pas peser sur Fernando. Les angoisses, les envies, les verbes irréguliers, c'est à moi de les assumer pendant qu'il est occupé à se mettre au clair avec lui-même. Il a un gros travail à faire. Je dois lui procurer la paix dont il a besoin. Bien sûr, je veux qu'il m'aime, mais je veux au moins autant qu'il s'aime lui-même. Je crois qu'il le veut aussi. Il n'est pas seulement en train d'émerger de sa torpeur, il est prêt à livrer bataille pour y parvenir. « Pour pouvoir respirer, il doit d'abord briser toutes les fenêtres. » Il paraît que Virginia Woolf a dit cela à propos de James Joyce. J'essaye d'imaginer son commentaire sur Fernando. Moi, j'ai envie de le comparer à un mameluk, brandissant deux cimeterres, les rênes de son cheval entre les dents, manteau soulevé par le vent, qui fonce sus à l'ennemi, à travers des étendues de sable brûlant.

« Abattons donc tous les murs, me déclare-t-il un matin — au sens figuré, certes —, tous les murs et, pendant que nous y sommes, arrachons toutes les portes. » Je traduis par : j'ai envie de respirer. « Une nouvelle salle de bains, des nouveaux meubles, allons-y. Tout ce qui m'est arrivé auparavant a quelque chose de surréaliste. J'ai vécu une espèce de vie au rabais, une vie d'occasion, qui ne me convenait jamais vraiment, n'était jamais la mienne. Maintenant, je me sens comme un Juif qui va faire sa sortie d'Égypte. »

Mon Dieu, ne pourrait-il pas parler plus simplement…

« Tu arrives à suivre mon rythme ? » me demande-t-il. Et ses yeux scintillent. « Par exemple, sais-tu que nous allons nous marier le 22 octobre ? »

On est déjà au début de septembre. Je m'enquiers :

« Le 22 octobre de quelle année ? »

Six semaines plus tôt, nous avions entamé l'inévitable valse-hésitation avec l'Ufficio Stato Civile du Lido. Le cœur en fête, pleins d'enthou-

siasme, nous acceptions d'avance la glouton-
nerie de l'État pour les déclarations, les auto-
risations, les attestations sur l'honneur, etc. Nous
étions prêts à signer tout ce qu'on allait nous
demander, fournir tous les témoignages nécessaires, ainsi que d'innombrables timbres fiscaux
et autres. Nous voulions obtenir notre licence de
mariage.

La première fois, un samedi matin, nous avons
grimpé l'escalier de pierre de la minuscule mairie, juste à côté de la caserne des carabiniers. Je
me dis que je suis comme un pèlerin qui s'ap-
prête à traverser la forêt vierge pleine de dangers
de la bureaucratie italienne. Armée de patience,
très calme, je serre contre moi, tel un bouclier,
mon dossier rempli de feuilles dûment tamponn-
nées par la *Palermitana* de Saint Louis, avec tous
les sceaux officiels italiens. Je me dis qu'on approche de la fin. Il ne reste que quelques détails à
régler, cela va être un jeu d'enfant. Nous attendons, debout devant le bureau d'une secrétaire.
Fernando m'a demandé de sourire et de ne pas
parler. Il m'a prévenue que la bureaucratie se
montre toujours plus indulgente envers ceux et
celles qui ont l'air sans défense, je dois donc jouer
le rôle de la petite fille apeurée. La secrétaire
nous informe que, bien sûr, la *direttrice* est occu-
pée et elle veut savoir pourquoi nous n'avons pas
pris rendez-vous. Fernando l'assure qu'il a téléphoné, laissé deux messages et également deux
notes écrites, pour solliciter ce fameux rendez-
vous.

« *Ah, certo siete voi. Lei è l'Americana.* Ah, bien sûr, c'est vous. Vous êtes l'Américaine », répond la secrétaire en m'examinant de la tête aux pieds. Elle porte un jeans blanc, un tee-shirt du groupe U-2, environ quarante bracelets et elle trimbale avec elle un paquet de Dunhill et des allumettes, au cas où elle aurait besoin d'allumer une cigarette pendant ses nombreux parcours — de dix mètres environ — entre son bureau et celui de la *direttrice*. Nous nous asseyons et attendons en échangeant des sourires. Ça y est, on touche au but, pensons-nous.

Le bel étranger et la petite fille apeurée vont attendre de neuf heures à presque midi. Fernando descend toutes les demi-heures me chercher un *espresso* dans le bar le plus proche. Une fois, il m'apporte aussi un petit croissant aux amandes. « *Simpatico* », déclare la secrétaire, avant de nous informer qu'il faudra revenir le samedi suivant.

Le samedi suivant et celui d'après se passent à peu près de la même façon, à la seule différence que nous allons au bar à tour de rôle, cette fois. Le quatrième samedi, nous n'avons toujours pas vu la *direttrice*. Le Lido est une île où vivent dix-sept mille habitants, dont seize mille sont à la plage le samedi matin en été, les mille autres restant à la maison pour regarder la rediffusion de *Dallas*. Qui peut donc se trouver dans le bureau de la *direttrice* ? Le cinquième samedi, on nous fait entrer directement dans le saint des saints. La dame est grise. Grise de partout, la peau, les lèvres, la robe informe sont couleur cendres. Elle exhale un petit nuage gris, éteint sa cigarette et me tend une grande main grise. Je crois que c'est pour serrer la mienne, mais non, c'est pour prendre mon dossier. Elle le feuillette lentement, comme si chaque page avait quelque chose de repoussant à ses yeux. Elle fume. Fernando fume. La secrétaire surgit pour ranger quelque chose et elle fume aussi. J'essaye de me distraire en regardant une gravure au mur représentant le Sacré-Cœur de Jésus. Et je me demande combien de temps il va me falloir, à moi dont les poumons n'ont jamais connu la nicotine, qui pourchasse les radicaux libres et avale religieusement des antioxydants depuis dix ans, pour mourir étouffée par leur fumée à tous. Les lunettes de la *direttrice* lui tombent régulièrement du nez, après quoi elle s'empare de celles de Fernando, qu'il a négligemment posées sur le bureau. Mais elle ne voit rien avec, de toute évidence.

Finalement, elle referme mon dossier et annonce :

« Ces documents sont trop vieux, ils n'ont aucune valeur. Les lois ont changé. »

La petite fille apeurée étouffe un cri :

« Trop vieux ? Mais ils ont été établis en mars et nous ne sommes qu'en septembre !

— Ah, *cara mia*, en six mois, tout peut changer en Italie. Nous sommes un pays en mouvement. Le gouvernement change, les entraîneurs de foot changent, tout change, même si rien ne change et il va falloir que vous le compreniez, *cara mia*. Vous allez devoir retourner aux États-Unis, y résider un certain temps, au moins un an, et faire refaire un nouveau dossier. »

Elle ne s'excuse même pas. La petite fille manque de s'évanouir.

Comme dans un brouillard, j'entends la voix de Fernando qui déclare :

« *Ma è un vero peccato perché lei è giornalista.* C'est vraiment dommage, parce qu'elle est journaliste. »

Il explique alors que j'écris pour un groupe de journaux américains très importants, qui m'ont demandé une chronique de ma nouvelle vie en Italie, où il sera question de mes expériences et des personnalités qui m'ont aidée à m'adapter. Mes éditeurs, précise-t-il, s'intéressent tout particulièrement à l'histoire de mon mariage. Or elle a des dates butoirs, *signora*. Ces articles seront lus par des millions d'Américains et ces personnalités dont il sera question vont automatiquement devenir célèbres aux États-Unis. La *direttrice* ôte les lunettes de Fernando qu'elle a sur le nez et remet les siennes. Elle le fait plusieurs fois. Moi, je regarde le bel étranger avec un mélange de réprobation et de crainte : il n'a pas arrêté une minute de mentir, en souriant de toutes ses dents blanches.

« Vous savez que vous aider, c'est ce que je souhaite le plus », déclare alors la *direttrice* en nous regardant vraiment pour la première fois. J'ai mes doutes sur la question. Appuyant ses poings sur ses tempes, elle ajoute : « Il va falloir que j'en parle au maire, à tous nos administrateurs. Pourriez-vous m'écrire le nom de ces très importants journaux ?

— Bien sûr, signora, je vous promets que je vous en apporterai la liste moi-même lundi matin », répond Fernando.

Elle nous dit de revenir le samedi suivant, et là nous verrons. Je commence à comprendre que ce n'est pas tant la bureaucratie italienne qui se révèle faite pour torturer les gens. Ce sont ceux qui y travaillent en y ajoutant leur touche très personnelle, faite de corruption et de raffinements de cruauté. Il n'y a en réalité pas de bureaucratie italienne, seulement des bureaucrates italiens. Fernando décide de raconter à la *direttrice* que c'est l'agence Associated Press elle-même qui m'a commandé cette série d'articles et donc il est possible que des centaines, des milliers de journaux les reprennent, d'un bout à l'autre des États-Unis. Il le précise dans un télégramme qu'il lui adresse. Je trouve que c'est diabolique, mais je prie pour que ça marche. La *direttrice* répond aussitôt, également par un télégramme — que le troll nous apporte et je vois tout de suite qu'elle l'a ouvert :

« *Tutto fattibile entro tre settimane. Venite sabato mattina.* Tout peut se faire en trois semaines. Venez samedi matin. »

Je m'inquiète :

« Mais qu'est-ce qu'on fera si elle demande à voir les articles ?

— On lui dira que l'Amérique aussi est en mouvement, qu'on t'a demandé d'écrire autre chose, que tout change et qu'elle doit le comprendre, *cara mia*. »

Si nous sommes maintenant en règle avec l'État, il nous reste à séduire notre Mère l'Église et ce n'est pas gagné. Au cours d'un entretien assez bref à la curie de Venise, nous avons appris qu'il va falloir en passer par une mystérieuse enquête destinée « à satisfaire l'évêque en ce qui concerne les intentions du couple de vivre en accord avec les lois de l'Église ». Faire des recherches dans le passé spirituel de Fernando ne devrait pas poser de problèmes, mais pourquoi mettre en branle l'Inquisition en ce qui me concerne ? A-t-on besoin des noms et des adresses des églises et des prêtres que j'ai fréquentés à New York, à Sacramento et à Saint Louis ? Existe-t-il une adresse Internet papale où il suffit d'entrer mon nom pour avoir la liste de tous mes péchés ? Et j'espère que, dans « les intentions du couple de vivre en accord avec les lois de l'Église », il n'y a rien qui concerne la contraception. Mais si je n'ai devant moi guère plus que quelques semaines de fertilité, je ne veux pas qu'on me dise ce que je dois en faire. Dans ma vie, j'ai été brisée par trop de lois, des anciennes et des nouvelles. Je propose :

« Nous avons l'autorisation de l'État, la mairie est très jolie, contentons-nous d'un mariage civil. »

Mais mon bel étranger dit non. Bien qu'il ne

se soit guère montré sur les bancs de sa paroisse de toute sa vie, maintenant il a besoin de rituels, d'encens, de cierges, de bénédiction, d'enfants de chœur, de tapis rouge et de fleurs. Il veut une grand-messe dans la petite église de briques rouges, tournée vers la lagune.

Un soir étouffant du mois de juillet, nous avons rendez-vous à la sacristie de Santa Maria Elisabetta avec don Silvano, le curé. Une fois expédié les politesses d'usage, il nous explique que ce sera très agréable d'avoir « un jeune couple comme vous » parmi ses fidèles. Je me pose alors la question de l'âge moyen de ses paroissiens. Nous allons devoir assister à des cours le mardi soir, très régulièrement, en même temps que d'autres candidats au mariage, où on nous enseignera « les impératifs moraux inhérents à tout sacrement administré par l'Église Catholique Romaine ». Mon Dieu ! Et nos impératifs moraux à nous, alors ? Pourquoi le père don Silvano nous parle-t-il comme s'ils devaient tous être d'abord décrétés par lui ? Il a le bon visage rond d'un prédicateur campagnard et ponctue chacune de ses phrases d'un *benone*, « très bien », mais il est en train de nous faire un sermon.

Nous commençons donc nos cours fin juillet, en retard par rapport aux autres « élèves ». Un soir, quand nous arrivons, le père nous prend à part et nous informe que notre dossier n'est pas complet, la curie a refusé l'autorisation de nous marier religieusement. Mais que manque-t-il donc ? demandons-nous. « Eh bien, par exemple, le certificat de confirmation de la signora. »

Je ne me rappelle pas l'avoir jamais vu. À vrai dire, je ne sais même pas si j'ai jamais été confirmée. Je n'aurais pas dû répondre ça, m'explique Fernando un peu plus tard, quand nous nous promenons au bord de la mer, c'est une grosse erreur de ma part. Il aurait suffi que je donne un minimum d'information — après quoi, à l'Église de faire ses recherches. Je proteste : « Mais cela n'aurait débouché sur rien. Et si je demandais le sacrement de la confirmation maintenant ? »

Nous allons soumettre cette idée à don Silvano, qui s'exclame *benone, benone* plusieurs fois, avant de me dire qu'il faut pour cela que je suive d'autres cours, qui commenceront fin septembre. Si tout va bien, je pourrai — au milieu d'un groupe d'enfants de dix ans — être confirmée en avril prochain. En avril ? En rentrant chez nous, je redemande à Fernando si nous ne pourrions pas nous contenter d'un mariage civil. Il sourit sans rien dire.

*

C'est pourquoi, quand mon bel étranger m'annonce que nous allons nous marier en octobre, j'en reste sans voix. Oublie-t-il qu'il a fallu six semaines, simplement pour venir à bout de la paperasserie à la mairie ? À l'église, cela risque de prendre des mois, des années. Quand je réussis à parler, j'essaye de comprendre :

« Tu vas ressortir l'histoire des articles commandés par l'Associated Press à don Silvano ?

— Pas du tout. J'ai une bien meilleure idée en ce qui le concerne. »

Fernando va lui raconter qu'il tient à se marier le 22 octobre, parce que c'est ce jour-là, en 1630, que la Sérénissime a promulgué un décret comme quoi une basilique serait édifiée au bord du Grand Canal et dédiée à la Vierge Marie pour la remercier d'avoir délivré Venise de la peste. On l'appellerait Santa Maria della Salute. C'est exactement ce qu'il faut pour amadouer le vieux prêtre. « *Che bell'idea,* dit-il. C'est rare de rencontrer un homme qui tient à associer l'aspect sacré de son mariage à celui de l'histoire de Venise. La curie doit absolument en tenir compte. Quant au certificat de confirmation, il finira bien par apparaître un jour ou l'autre. Je vais personnellement appuyer votre demande auprès de l'évêque. Mais vous êtes sûr que vous ne préférez pas la date du 21 novembre, le jour de la fête de la Salute ?

— Non, je tiens au 22 octobre parce que c'est ce jour-là que notre histoire a commencé. Que tout a commencé, mon père.

— Parfait, ce sera donc le 22 octobre. »

« Tu viens de mentir à un prêtre », dis-je, tandis que Fernando m'entraîne vers l'embarcadère du vaporetto. Il pousse un grand cri de joie et je réalise alors que c'est la première fois que je l'entends crier.

« Mais non, je n'ai pas menti. Je veux réellement me marier ce jour-là, où le gouvernement de Venise a donné à Longhena le feu vert pour commencer la construction de la Salute. C'est absolument vrai. Je peux te le montrer noir sur blanc. En outre, don Silvano savait très bien que j'allais insister, il attendait simplement que je lui donne des arguments pour convaincre son évêque. Il fallait que je choisisse une date et m'y tienne absolument, sinon rien ne se serait passé pendant très longtemps. Je sais comment les choses fonctionnent ici. "*Furbizia innocente*, de l'astuce innocente", c'est tout ce dont on a besoin pour vivre en Italie. L'Église, l'État, tous ceux qui ont affaire à l'une ou à l'autre savent le pouvoir d'un petit recours à l'ego ou aux sentiments. Nous, les Italiens, nous ressemblons plus à Candide qu'à Machiavel. Même si nous traînons une réputation de menteurs et de libertins, nous sommes avant tout des êtres qui se laissent embobiner dès qu'on fait appel à nos émotions et qui cherchent toujours à se faire admirer. Nous espérons tromper notre monde et nous avec, mais nous savons très bien qui nous sommes. Maintenant, du calme et réjouis-toi que la date de notre mariage soit fixée. »

Mon bel étranger m'emmène dîner à La Vedova, derrière la Ca' d'Oro, où Ada confectionne elle-même de délicieuses pâtes au blé complet, qu'elle sert avec du foie de canard et des oignons. Je la connais depuis mon premier voyage à Venise. Nous buvons de l'amarone sans cesser de nous sourire. Dès qu'Ada apprend que nous nous marions en octobre, tout le quartier le sait et les commerçants défilent pour nous offrir un *brindisi*, un toast. Personne ne comprend pourquoi nous levons notre verre à la santé de *la grigia*, la grise, et *du prete*, le prêtre.

Un soir, nous emportons un pique-nique et allons dîner près du *murazzi*, le grand mur de rochers édifié par les habitants du Lido au xvie siècle, pour protéger leur petite île des tempêtes maritimes. Nous cherchons une pierre plate suffisamment large pour faire office de table et y installons notre festin, éclairé par une bougie dans une lanterne en fer-blanc. Tandis que les vagues de l'Adriatique grondent autour de nous, nous dégustons des cailles farcies aux figues, rôties dans une tranche de *pancetta* et parfumées à la sauge, et nous les dévorons jusqu'à l'os. Il y a aussi une salade de haricots verts et de laitue à la menthe, arrosée du jus des cailles, du très bon pain et un excellent sauvignon blanc du Frioul. Est-ce vraiment mon bel étranger auparavant si frugal qui se lèche les doigts ?

Il entonne *Nessuno al mondo* et deux pêcheurs qui font griller des clams en contrebas, sur la plage, lui crient bravo. Nous parlons de notre mariage et Fernando me raconte l'histoire de la Festa della Sensa, les noces de Venise avec la mer. Le jour de l'Ascension, le doge habillé en marié embarquait au Lido sur la galère royale où s'activaient deux cents rameurs. Une procession de bateaux de toutes sortes l'escortait jusqu'à San Nicolò, l'endroit où la lagune rejoint l'Adriatique. Là, le patriarche, debout à la proue, bénissait la mer, tandis que le doge jetait son anneau dans les flots, « en signe d'éternelle domination, moi qui suis Venise, je t'épouse, ô mer ».

Le symbole me plaît, même si je trouve un peu suffisant de la part du doge, qui se déclare « être Venise », de croire qu'il peut soumettre la mer en l'épousant. Je le dis à Fernando. Et j'aimerais bien savoir si quelqu'un plongeait pour récupérer la bague où s'il fallait en offrir une nouvelle tous les ans.

« Je l'ignore, me répond-il, mais je sais que je suis plus sage que tous les doges réunis, car il ne me viendrait pas à l'idée d'essayer de te dominer. » Hum… Ça, je n'en suis pas sûre. J'enfile un pull et bois mon vin à petites gorgées. Je suis heureuse d'épouser mon bel étranger à ce moment-là de ma vie.

12

UNE ROBE EN LAINAGE BLANC
OURLÉE D'AGNEAU DE MONGOLIE

Dans un mariage entre un homme et une femme d'âge, disons, mûr, la question de savoir qui a du pouvoir sur qui, ou, plus poétiquement, qui apprivoise qui, ne se pose pas de la même façon que chez les jeunes. Nous savons, nous, que ce genre de manœuvre peut tout gâcher. Quand on est plus vieux, on se marie pour d'autres raisons. Il n'y a plus un homme qui vit de son côté et une femme du sien, tous les deux engagés dans une compétition, courtoise peut-être, mais compétition quand même, pour ce qui touche à la carrière, au statut économique et social, à la fréquence et à l'intensité des bravos récoltés. Ces deux-là se retrouvent à table ou au lit, chacun épuisé par sa course en solitaire. Plus tard, même si on ne travaille pas dans les mêmes domaines, on se souvient qu'on s'est marié pour faire équipe, avant tout pour être ensemble. Il me suffit de regarder Fernando pour le savoir.

Par ailleurs, je ne peux en aucun cas oublier à quel point les Italiens adorent les complications.

Ils ont besoin tous les jours de leur dose de mini-drame. Ou alors, moins souvent peut-être, il leur faut une bonne raison de s'arracher les cheveux. S'il n'y a pas un embryon de tragédie à la clé, à quoi bon faire les choses ? Cela va de choisir des tomates au marché à aller poster une lettre. Imaginez alors ce que peuvent être les préparatifs d'un mariage. Et pas n'importe quel mariage, le nôtre, qui doit être bouclé en six semaines, celui d'un Italien « d'un certain âge », avec une étrangère, également « d'un âge certain », qui a décidé de porter pour la cérémonie à l'église une robe en lainage blanc ourlée de vingt centimètres d'agneau de Mongolie. Il s'agit donc d'un mariage qui déborde de complications. La première : trouver la couturière capable de réaliser dans les temps la fameuse robe.

À travers l'histoire de Venise, les tissus ont toujours joué un grand rôle. Il suffit de regarder les portraits peints par les grands artistes de la Renaissance pour s'en rendre compte. Le personnage est quelquefois moins important que son costume. Chez Véronèse, Longhi, le Tintoret, les trois Bellini, on croit presque entendre le crissement d'une robe en satin jaune, toucher la douceur d'un col en velours bordé de zibeline. Les nobles, même ceux qui étaient ruinés et parfois les mendiants, portaient de la soie. On raconte qu'une vieille femme qui tendait la main aux passants tous les jours sur la Piazzetta, enveloppée dans une cape d'hermine, aimait répéter : « Et pourquoi est-ce que je m'habillerais comme une pauvresse ? » La traduction en vénitien du fameux « qu'ils mangent donc de la brioche » pourrait être : « au moins qu'ils aient des costumes en soie ».

Les peintres vénitiens en vêtaient les saints qu'ils représentaient et ne les laissaient que rarement pieds nus. Leurs madones ont des robes somptueuses, aux couleurs chatoyantes, que ce soit doré, bleu ou brun roux. Les contradictions ne les effrayent pas : par exemple que la mère du Christ soit en manteau de taffetas, un collier de rubis au cou, quand elle pleure au pied de la croix. Pour les Vénitiens, c'est parfaitement normal.

D'une certaine manière, ils n'en reviennent toujours pas d'être ce qu'ils sont. Qu'une princesse nommée Venise, en robe de soie, parfumée, ait surgi d'un marécage, c'est quand même un rêve absolument fou. Qu'elle ait prospéré fait d'elle un mythe et cela les convainc de la brièveté du temps qui passe. Il convient donc de profiter du présent et de le rendre aussi pittoresque que possible.

Plusieurs années ont passé depuis ces jours où je croyais possible de trouver quelque part à Venise un métrage d'un joli tissu blanc cassé, ni trop épais ni trop fin, ainsi qu'une vieille couturière qui en ferait la longue robe dont je rêvais. Et je me suis dit qu'il était préférable de la trouver, elle, d'abord, le tissu ensuite.

Il y a dans l'annuaire une douzaine de noms suivis du qualificatif *sartoria*, mais quand j'appelle la réponse est presque toujours : « oh, mais c'était ma grand-mère, *poveretta*, la pauvre, elle est morte il y a dix ans », ou : « c'était ma tante, *poveretta*, elle est devenue aveugle après avoir cousu toute sa vie ».

Quand finalement je déniche quelqu'un, un homme cette fois, ni mort ni aveugle, il aboie dans le téléphone :

« Je ne fais pas de robes de mariée ! »

J'essaye de lui expliquer qu'il ne s'agit pas d'une robe *de* mariée, mais d'une robe que je souhaite porter *à* mon mariage. Si pour moi c'est très clair en anglais, cela passe mal dans mon italien encore très maladroit, et il me raccroche à la figure avec un sec « au revoir ».

Je finis par trouver ma *sarta*, une femme à la voix mélodieuse, qui affirme coudre des robes de mariée pour les plus belles femmes de Venise depuis qu'elle a quinze ans. Deux, me dit-elle, ont été vues dans un programme de la cinquième chaîne et trois photographiées pour un magazine japonais. Pour qu'elle ne s'attende quand même pas à une commande extraordinaire, je tente encore ma phrase sur le fait que je cherche quelque chose à porter *à* mon mariage. Échec, comme précédemment. Nous convenons alors de nous voir pour un *dialogo*.

L'atelier se trouve Bacino Orseolo, derrière San Marco, au cinquième étage d'un bâtiment qui donne sur le coin des docks où les gondoliers se retrouvent pour fumer et manger un sandwich. L'assistante de la *sarta* me fait tout un numéro par parlophone interposé parce que je suis dix minutes en avance. Finalement elle me laisse entrer et je grimpe l'escalier, jusqu'en haut d'une tour. Cela ne doit pas faire aussi longtemps qu'elle me l'avait annoncé au téléphone que la *sarta* travaille, parce qu'elle n'a pas l'air d'avoir beaucoup plus de quinze ans. Son « assistante », je dirais douze. Elles m'invitent à m'asseoir et à feuilleter un cahier de croquis. Je recommence mes explications — une robe toute simple en lainage blanc, quelque chose de très classique. Elles n'ont l'air de m'écouter vraiment que lorsque j'aborde la question de la bordure en agneau de Mongolie. Immédiatement, un crayon surgit, une feuille de papier aussi et apparaît sous mes yeux un modèle de robe avec cape assortie et une sorte de béret, disons une toque qui aurait bien convenu à Gloria Swanson. Je proteste doucement : « Non, pas de cape, pas de chapeau, juste une robe.

— *Come vuole, signora*, comme vous voulez. »

Le ton est devenu un peu sec. Après quoi, on prend mes mesures. Des douzaines de mesures. Du genou à la cheville — debout. Puis du genou à la cheville — assise. La largeur des épaules — debout. Puis assise. Le tour des poignets, la longueur des avant-bras. La taille. Le cou. J'ai l'impression qu'on se prépare à m'embaumer. Ensuite la *sarta* me présente rouleau après rouleau de superbes tissus, mais quand je dis que celui-ci ou celui-là me plairait, elle s'empresse de préciser qu'il n'y a pas le métrage suffisant, que le fabricant est en congé, ou alors qu'on ne suit plus ce modèle-là depuis longtemps. Pourquoi donc me montre-t-elle ce qu'elle ne peut pas avoir ? Simplement parce que ce ne serait pas amusant du tout si elle avait sur place exactement ce qui me convient. Il n'y aurait ni suspense ni inquiétude d'aucune sorte. On ne parlerait plus que d'une robe ordinaire, pas d'une robe de mariée. « Il faut souffrir un peu avant que les choses s'arrangent », me dit-elle.

Je la dévisage, puis je crois que je commence à la comprendre, ce qui à la fois m'amuse et me fait peur. Nous arrêtons finalement notre choix sur un coupon de cachemire blanc, qui ressemble à une soie épaisse. C'est très beau et il y en a juste assez. Je demande le prix, et cela a le don de vexer la *sarta*. Elle me dit de revenir dans une semaine, le temps qu'elle discute d'un devis avec son assistante de douze ans. Je ne pourrais pas simplement téléphoner ? « *Signora*, c'est mieux si on se parle directement. Au téléphone, c'est un peu froid, n'est-ce pas ? » Touchée...

Me revoilà donc Bacino Orseole et je grimpe encore une fois les cinq étages. Je m'assois et vois au milieu de la table une grosse enveloppe à mon nom, posée sur une petite assiette. Dois-je la prendre et l'ouvrir? Ou est-ce l'assistante qui va me la lire? Convient-il que je l'emporte pour en regarder le contenu chez moi et revenir gravir les cinq étages pour simplement dire : « d'accord »? La *sarta* me tend le pli et je me dis qu'après tout allons-y. Je vois qu'il n'y a qu'une seule ligne :

« *Un abito di sposa*, sept millions de lires. »

C'est-à-dire trois mille cinq cents dollars au cours du jour. Pour cette somme, je pourrais avoir deux robes de chez Romeo Gigli, plus des bottes Gucci, plus un déjeuner une fois par semaine pendant un an au Harry's Bar. La *sarta* voit mon désarroi. Je lui explique que c'est beaucoup trop cher pour moi, je la remercie de m'avoir consacré du temps et je me dirige vers la porte. Même si elle a gonflé le prix juste pour voir jusqu'où elle pouvait aller avec moi — sa manifestation à elle de *furbizia innocente* —, je n'en reviens pas. Et je ne peux penser qu'à une seule chose : j'ai perdu une précieuse semaine. Une fois dehors, je suis un peu triste pour les gamines — quinze ans et douze ans à mes yeux, je le rappelle — qui devront trouver quelqu'un d'autre pour payer leur loyer des mois à venir.

Je décide de faire un trait sur l'agneau de Mongolie et de trouver une robe toute faite. Je tente ma chance chez Versace, puis Armani, puis Thierry Mugler. Rien. J'essaye Biagiotti et Krizia. Toujours rien. Un jour, en sortant de chez Kenzo, je passe devant une boutique qui porte le nom d'Olga Asta. Il est indiqué qu'on peut y faire faire le modèle que l'on veut. Je dis à la dame qui me reçoit que je cherche quelque chose pour porter à un mariage, sans préciser que c'est le mien. Elle me montre une série de petits tailleurs, en particulier un bleu marine avec une blouse blanche en shantung et un marron foncé avec haut assorti. Ça ne me convient pas du tout. Je n'ai même pas envie de les essayer. Alors je tente ma chance :

« Que diriez-vous d'une simple robe en lainage blanc bordée d'agneau de Mongolie.

— *Sarebbe molto bello, molto elegante, signora.* Ce serait très beau, très élégant. On pourrait ajouter une sorte de péplum pour mettre votre taille en valeur. »

Et elle va chercher des rouleaux de tissu, avec chaque fois un métrage suffisant pour une robe. Puis elle me dit d'attendre et monte à son atelier. On dirait qu'Olga Asta fait aussi office de fourreur, car ma vendeuse revient avec une longue bande d'agneau de Mongolie autour du cou. Elle me fait signe de la suivre jusque dans la rue pour que je constate à quel point le tissu et la fourrure sont assortis, ils ont la même teinte crémeuse. « *Destino, signora, è proprio destino.* Le destin, signora, c'est vraiment le destin. » Il va falloir que je connaisse le prix du destin. Craignant que cela le fasse grimper, je n'ai toujours pas avoué que la mariée, c'est moi. La dame s'assoit à son bureau, écrit quelque chose, téléphone à l'atelier, vérifie des étiquettes. Puis, respectant le même décorum que la précédente *sarta*, elle ne dit rien mais griffonne « deux millions de lires » au dos de la carte du magasin et me la tend.

Je dis *benone*, comme don Silvano et nous mettons au point une série de rendez-vous pour les essayages. Je précise la date très rapprochée à laquelle j'ai besoin de ma robe, mais ça ne semble poser aucun problème.

Nous nous serrons la main et j'exprime toute ma satisfaction, pour m'entendre répondre qu'une future épousée doit avoir ce jour-là exactement ce qu'elle désire. Comment a-t-elle deviné ? Je ne lui pose pas la question. Après le troisième ou quatrième essayage, comme tout va bien, je suggère qu'on finisse la robe, je suis sûre que ce sera parfait, et je viendrai la chercher la veille du mariage. C'est d'accord. Là-dessus, je me demande pourquoi tout ne peut pas être aussi facile, aussi simple. Puis je me souviens de ce qu'avait dit la première *sarta* : « Il faut souffrir un peu avant que les choses s'arrangent. »

*

Mon bel étranger a décidé que le déjeuner de mariage aurait lieu à l'hôtel Bauer Grunewald. Son vieil ami et client, Giovanni Gorgoni, y officie comme concierge et il a promis à Fernando : « *Ci penso io*, je penserai à tout. » Donc notre réception est déjà complètement organisée.

« Quel sera le menu ? » me semble être une

question raisonnable pour une mariée qui est également chef et qui aimerait savoir ce qu'on servira ce jour-là.

« Oh, c'est un menu fabuleux, d'abord amuse-gueules et champagne sur la terrasse, puis un repas assis de cinq ou six plats. »

J'insiste :

« Mais *quels* plats ?

— Peu importe, c'est le Bauer Grunewald, tout sera parfait. »

J'ai du mal à déterminer si j'ai affaire à de *la bella figura* ou à de *la furbizia innocente*, toujours est-il que j'aimerais bien rencontrer ces gens qui vont cuisiner pour nous à mon mariage. Fernando rétorque que je me fais trop de souci, mais si j'ai vraiment envie de voir le menu, il va le demander à Gorgoni. J'ai envie de lui apprendre que j'ai organisé des repas de fête chez Ted Kennedy et chez Tina Turner, mais je m'abstiens. Il me répondrait que c'est différent. Je le sais bien, que c'est différent, mais je voudrais participer aux préparatifs.

Un matin, nous nous croisons par hasard dans la Calle Larga XXII Marzo, il vient juste d'aller chercher le menu au Bauer et il me le tend d'un geste cérémonieux. C'est quelque chose de très « fin de siècle », très démodé, avec des éloges adressés aussi bien à Rossini qu'à Brillat-Savarin et je vois tout de suite qu'il y a un plat de poisson qui double le prix du repas entier, trois sortes de pâtes avec toutes la même sauce, des vins « de la maison », sans qu'on sache d'où ils vien-

nent et une pièce montée décorée d'une gondole en plastique. Aussitôt, je suis sur le sentier
de la guerre. J'entraîne Fernando un peu à
l'écart et lui dis que je veux absolument cuisiner
ce repas-là moi-même, celui de notre mariage.
Souhaite-t-il voir mon menu à moi ? Il lève les
yeux au ciel avec une expression telle que je
crois qu'il va avoir une attaque. Je roule donc
mon menu en boule et le fourre dans mon sac.
Mais il me reste une dernière cartouche.

« Tu ne crois pas que ce serait charmant si on
avait quelque chose d'un peu plus décontracté ?
On pourrait tous aller à Torcello, au Diavolo,
sous les arbres. » Je pense à mon gentil serveur
en cravate rose saumon, coiffé la raie au milieu,
qui nous avait apporté des cerises dans un bol
d'eau glacée, à la fin de notre premier repas
ensemble là-bas. Mon bel étranger m'embrasse
longuement sur les lèvres, me plante là, au beau
milieu de la rue et retourne à la banque. Je sais
que ce baiser signifie « je t'aime de tout mon
cœur », mais aussi que nous n'irons pas à Torcello, en compagnie du prêtre, des enfants de
chœur et d'une délégation du British Women's
Club. Et surtout, que ce n'est pas moi qui préparerai mon repas de mariage.

Pourquoi l'ai-je laissé s'en tirer comme ça ?
Sans même l'avoir décidé, j'entre dans un très
joli magasin et je m'achète un sac en satin blanc
plissé orné d'un pompon. Au moins puis-je
encore choisir quel sac j'aurai ce jour-là. Après
quoi, je me sens mieux. Ce mariage est plus

important que l'événement lui-même et c'est la raison pour laquelle j'ai permis à Fernando d'avoir le dernier mot. En outre, il a l'air tellement content. Et puis, si ce que raconte la brochure de l'hôtel Bauer est vrai, l'Aga Khan et Hemingway aussi ont dû en passer par ce fichu déjeuner.

*

Fernando me demande de venir le retrouver un matin dans une agence de voyages où il a déjà réservé un wagon-lit pour Paris. Je l'ai interrogé :

« Pourquoi veux-tu que nous allions à Paris pour notre lune de miel puisque nous vivons à Venise ?

— C'est précisément parce que nous vivons à Venise que nous irons à Paris », me répond-il.

À moi de choisir un hôtel. Après quoi, mon bel étranger m'apprend que nous avons rendez-vous chez un imprimeur pour arrêter un modèle de faire-part. Je n'en crois pas mes oreilles ! Nous n'invitons que dix-neuf personnes !

Je lui suggère autre chose :

« Écoute, j'ai du très beau papier à lettres et des enveloppes assorties. On pourrait faire une belle calligraphie nous-mêmes, avec un cachet de cire. Ce serait très joli.

— *Troppo artigianale.* Trop artisanal », me dit-il.

L'atelier de l'imprimeur sent l'encre, le métal chaud et le papier neuf. Je pourrais y rester des heures… Le patron pose devant nous une pile de catalogues en déclarant :

« *Andate tranquilli.* Prenez votre temps. »

Nous regardons, nous feuilletons, une première fois, une seconde fois, puis mon bel étranger pose le doigt sur une page où sont représentées des gravures de gondoles. Il en aime beaucoup une avec un couple, sur le Grand Canal. Je l'aime aussi. Nous demandons qu'elle soit imprimée en rouge foncé sur du papier vert pâle. Pendant qu'on nous établit un devis, nous allons prendre un café. À notre retour, une feuille pliée en deux nous attend, posée sur la caisse : ce sera six cent mille lires, soit trois cents dollars pour dix-neuf faire-part. Le patron nous explique alors qu'il s'excuse pour le prix, mais qu'il ne peut pas commander de papier pour moins de cent cinquante unités. Même si nous n'allons en utiliser que dix-neuf, nous devrons payer pour cent cinquante.

Je propose que nous choisissions un papier moins cher, mais rien à faire, il faudra toujours un minimum de cent cinquante feuilles. J'insiste, Fernando, lui, n'en démord pas, il veut sa gondole rouge sur fond vert, même si cela doit coûter six cent mille lires.

J'essaye alors autre chose : et si on n'imprimait l'invitation elle-même que sur dix-neuf, mettons, vingt-cinq cartons ? Nous garderions le reste pour l'utiliser comme bon nous semble. L'imprimeur n'a pas l'air de comprendre. Je tente une explication par gestes. Fernando devient nerveux. Il allume une cigarette, juste devant la pancarte « Défense de fumer », fixée au mur.

Au bout d'un moment, le patron s'exclame : « *Certo, certo, signora, possiamo fare così.* » Je n'en reviens pas qu'il accepte ma proposition. Mon bel étranger, lui, n'a pas l'air content, je n'aurais jamais dû formuler une demande aussi extravagante, me dit-il. Décidément, je suis *incorreggibile*, une éternelle révoltée. Je lui fais penser à Garibaldi.

Il ne nous reste plus qu'à nous préoccuper des alliances, des fleurs et de la musique. Un soir, nous prenons le vaporetto pour aller voir un organiste qui habite près du Sottoportego de le Acque, à un jet de pierre d'Il Gazzettino, l'hôtel où je suis descendue à mon premier séjour à Venise. J'ai l'impression de boucler une boucle. Me voilà en train de grimper un escalier, littéralement la porte à côté, pour rencontrer le musicien qui va jouer du Bach à mon mariage. Quand je dis cela à Fernando, son seul commentaire est : « Bach ? » Nous appuyons sur la sonnette, le père de Giovanni Ferrari passe la tête à une fenêtre du deuxième étage et nous crie de monter, son fils termine un cours avec un élève. Papa Ferrari ressemble à un vieux doge : des mèches blanches en désordre qui s'échappent d'une casquette en laine, le cou et les épaules enveloppés dans un châle. Pourtant, en cette fin de septembre, il ne fait pas froid.

Je suis ravie que le salon ne soit éclairé que

par deux bougies posées sur la cheminée. Le temps que mes yeux s'habituent à la pénombre et je vois qu'il y a des partitions empilées partout, sur les chaises, les canapés, dans des boîtes en équilibre précaire les unes sur les autres. Le vieux doge nous laisse et nous restons là, sans trop oser bouger, entre Frescobaldi et Froberger, en faisant bien attention de ne pas faire tomber Bach.

Giovanni arrive et je n'en crois pas mes yeux. C'est exactement le vieux doge, en plus jeune, le même long visage étroit, le même nez busqué, la même casquette, le même châle. Il nous dit qu'il est ravi de jouer à notre mariage, nous n'avons qu'à lui indiquer les morceaux que nous souhaitons. J'en ai maintenant appris suffisamment pour savoir qu'il n'est bien sûr pas du tout question de faire des choix. Mon bel étranger est prêt à dire oui à tout ce qui va lui être suggéré, je n'ai qu'à m'asseoir et écouter. Giovanni demande ce que nous aimerions, Fernando répond que nous avons entièrement confiance en lui. Giovanni dit que c'est la tradition de jouer ceci, puis cela. Fernando déclare que c'est exactement ce qui nous convient. Voilà, c'est rapide, clair et parfaitement conventionnel. Personne n'a parlé d'argent. On est vraiment dans un monde à part, me dis-je quand nous repartons. La rue est silencieuse à cette heure.

Je me souviens bien de ce silence, quand j'étais dans ce petit hôtel et du sourire de Fiorella, quand elle me voyait sortir en sandales légères. Elle voulait veiller sur moi. Un jour, elle m'a demandé :

« *Sei sposata ?* Vous êtes mariée ? »

J'ai répondu que j'étais divorcée et elle a dit que je ne devrais pas être seule. J'ai protesté :

« Je ne suis pas seule, simplement pas mariée.

— Mais vous ne devriez pas voyager seule.

— Je le fais depuis l'âge de quinze ans. »

Elle a hoché la tête et, quand je suis partie, son commentaire a été :

« *In fondo, sei triste.* Au fond de vous, vous êtes triste. »

Mon italien n'était alors pas suffisant pour lui expliquer qu'il ne s'agissait pas de tristesse. Seulement le fait de me sentir un peu à l'écart des autres. Même en anglais, cela aurait été difficile à comprendre. Je me suis contentée de sourire et, alors que je m'éloignais, elle m'a crié : « *Allora, sei almeno misteriosa.* Mais au moins, vous êtes mystérieuse. »

Je lève la tête et regarde la fenêtre sur le rebord de laquelle je m'étais assise, à mon arrivée. Je demande à mon bel étranger de s'arrêter juste dessous et de me serrer dans ses bras.

13

VIVE LA MARIÉE !

Nous choisissons des alliances très larges, en or mat, lourdes, absolument magnifiques. Et la fleuriste est très excitée à l'idée que je préfère des corbeilles plutôt que des vases. Elle m'emmène dans un entrepôt derrière la gare où nous trouvons six merveilles venues de Sicile, en osier peint en blanc, à anse très haute. Elle me promet de les remplir avec tout ce qu'elle trouvera de plus beau sur le marché le matin du mariage. Elle ajoute que la Madone va veiller à ce que nous ayons ce qu'il y a de mieux. Cela me plaît que la Madone et elle travaillent si étroitement ensemble. Je lui demande si, à son avis, la Madone pourra nous dénicher quelques iris des marais d'un beau jaune le 22 octobre. Elle m'embrasse à trois reprises. Je commence à me demander si tout n'a pas été trop simple, cette fois, si je n'aurais pas dû « souffrir un peu avant que les choses s'arrangent ». Mais, la veille du mariage, mon bel étranger va y pourvoir.

Il est presque l'heure où je dois le retrouver à la banque et je suis allée auparavant chercher ma robe et les bas en dentelle commandés chez Fogal. J'ai aussi décidé de m'offrir le bustier en tulle blanc que j'avais repéré chez Cima. Auparavant ma tribu du marché et du Do Mori m'a inondée de cadeaux, si bien que j'ai dans mon sac des roses, des chocolats, des savons à la lavande et six œufs frais pondus dans du papier journal. La marchande m'a donné des instructions précises : Fernando et moi devons chacun en avaler trois, crus et battus avec une bonne dose de grappa. Cela nous donnera de la force. J'ai fait une pause au Florian où Francesco, le barman, donne à goûter son nouveau cocktail à ceux qui se trouvent là : vodka, cassis et jus de raisin blanc. Les serveurs me répètent *auguri !* au point que j'en suis gênée. Puis ils me disent « à demain » et je crois qu'ils me donnent rendez-vous là, quand, après la cérémonie, mon bel étranger et moi ferons la promenade dans les rues qui est traditionnelle à Venise pour les jeunes mariés.

Je repars pour aller retrouver Fernando et je m'aperçois soudain que cela doit faire un mois que je n'ai plus cette angoisse, ce poids sur le cœur que je ressentais par moments. Est-ce parti pour de bon ? À moins que je ne l'aie passé à Fernando…

Car dès qu'il est devant moi, je vois qu'il a une nouvelle fois ses yeux d'oiseau mort. Je dois me forcer pour me rappeler que c'est un truc très italien, sûrement, rien de plus. Il a bien droit à sa dose d'inquiétude, d'*angst*, la veille de son mariage. Il ne me demande pas si j'ai ma robe, ni comment s'est passée ma journée, ou pour-quoi je trimbale un sac plein de roses. Il ne me regarde même pas. J'imagine qu'il est simple-ment nerveux et je suggère qu'il aimerait peut-être un petit moment de solitude ?

« Absolument pas ! »

C'est dit à mi-voix, mais on dirait que je lui ai suggéré de marcher sur des braises.

« Alors veux-tu qu'on rentre ? Tu prendras un bon bain et je te préparerai de la camomille. »

Il secoue négativement la tête. En désespoir de cause, je pose la question :

« Es-tu triste parce qu'on se marie ? »

La réponse fuse :

« Comment peux-tu dire une chose pareille ? »

D'un seul coup, il a retrouvé son regard habi-tuel. Mais sur le *motonave*, il reste silencieux et ne parle toujours pas sur le chemin de la mai-son. Quand nous arrivons au coin du Gran Viale et de la Via Lepanto, il annonce soudain :

« Je te laisse, j'ai des choses à faire. Cesana a oublié de noter la date du mariage et il vient de me faire savoir qu'il ne peut pas venir demain, il sera à une autre cérémonie. Il faut que je trouve quelqu'un. »

Cesana, lui aussi un vieil ami et un client, devait être notre photographe. Lui aussi avait dit « *ci penso io*, je m'occupe de tout ».

« Et c'est ça qui te rend si malheureux ? »

J'ai droit à un haussement d'épaules en guise de réponse. J'essaye de dire qu'on va bien déni-cher un remplaçant, juste pour quelques clichés, mais ce n'est pas d'un grand réconfort, semble-t-il.

« Et puis je ne me suis pas encore confessé. Ce n'est pas ma faute. Cela fait des semaines que je voulais le faire, mais je n'ai jamais trouvé le bon moment. En plus, je ne crois ni à la confession ni à l'absolution. »

J'ai l'impression qu'il est simplement mal à l'aise parce que cela fait au moins trente ans qu'il n'a plus entendu l'horrible bruit de la grille en bois du confessionnal qui s'ouvre. Mais après tout, c'est lui qui a voulu tout ce cérémonial, que les choses se passent ainsi et maintenant, dix-sept heures avant le mariage, il voudrait qu'on ait une discussion sur le dogme ? Je ne dis rien, parce qu'il parle assez pour deux. Quand il est un peu calmé, je me contente de proposer de monter la première à l'appartement et de l'attendre, bain et tisane au programme. Il hausse le ton :

« Tu n'as pas compris que je n'en veux pas ! »

Et il me plante là, avec ma robe et mes fleurs. Je vais me changer et redescend vite à la plage, en essayant de comprendre ce qu'il n'a pas réussi à me dire. Au bout d'un moment, je le vois arriver d'une démarche hésitante et il s'assoit sur le sable, en face de moi. Je tente doucement :

« Des vieux fantômes ?

— Oui, des très vieux fantômes, que je n'avais pas du tout invités à mon mariage.

— Ils sont repartis là d'où ils étaient venus ?

— *Si, si, sono tutti andati via.* Oui, oui, ils sont tous partis. *Perdonami,* pardonne-moi.

— N'est-ce pas toi qui m'as dit un jour qu'il n'y a aucune souffrance au monde plus grande que la tendresse ?

— Si, et je sais que c'est vrai. »

Il m'aide à me relever et m'annonce :

« On fait la course jusqu'au bar de l'Excelsior et on va boire le dernier verre de vin de notre vie de pêcheurs. Mais attends une minute. Je viens d'aller me confesser. Est-ce que j'ai encore le droit de passer la nuit avec toi ?

— Téléphone à don Silvano et pose-lui la question. »

Et je me mets à courir. Il me rattrape devant l'hôtel et m'embrasse au point de manquer de m'étouffer. Puis il demande :

« Te souviens-tu de l'instant précis où tu as su que tu m'aimais ?

— Pas exactement à la seconde près. Mais je crois que c'était le soir de ton arrivée à Saint Louis, quand tu es sorti de la salle de bains et que tu as surgi dans le salon avec tes chaussettes bien tirées et tes cheveux encore mouillés.

— En ce qui me concerne, je sais que c'est quand je t'ai revue au Vino Vino. En repartant vers la banque, j'ai essayé de reconstituer mentalement ton visage, mais je n'y arrivais pas. Après avoir rêvé de ton profil pendant des mois, chaque fois que je fermais les yeux, voilà que je ne te retrouvais plus. Quand je t'ai téléphoné, je ne savais pas du tout ce que j'allais bien pouvoir te dire. Je n'étais sûr que d'une chose : dès que je t'ai vue, je n'ai plus eu froid. Plus du tout. »

*

Nous avions décidé que ce serait très romantique de nous lever avec le soleil, le matin de notre mariage, de nous promener au bord de l'eau, d'aller boire un café, puis de nous séparer pour nous retrouver seulement à l'église. Plusieurs jours auparavant, j'étais allée voir le portier d'un petit hôtel, la porte à côté, en lui disant que Fernando aurait besoin de louer une chambre pour quelques heures ce jour-là. Pas de problème. Et donc mon bel étranger prend ses vêtements de cérémonie, une trousse de toilette et va à l'hôtel. Moi, je file chez le coiffeur du Gran Viale et lui demande de me faire des boucles partout au fer à friser. « *Sei pazza ?* Vous êtes folle ? Avec de si beaux cheveux ? Je vais vous faire un joli chignon, très classique, et je vous donnerai ces magnifiques peignes anciens pour le tenir. » Et il brandit deux énormes peignes ornés de fausses pierres précieuses, qui ne doivent même pas avoir son âge. Je proteste : non, non, je tiens à mes frisettes, le reste, je m'en charge. Cela va prendre deux heures, ponctuées par les gémissements du coiffeur. Quand c'est fini, je ressemble à Harpo Marx, mais je dis « bien, parfait », à quoi il répond « *che disperazione*, quel dommage ». Et il me tend une vieille écharpe bleue pour me couvrir la tête, le temps de rentrer chez moi.

J'aimerais que Lisa et Erich soient là. Erich a

passé le mois d'août avec nous, nous sommes allés partout, nous avons bien mangé et bien bu, nous sommes restés des heures au Palazzo Grassi, nous comportant comme si nous étions en vacances. Lisa a été adorable, elle m'a soutenue, mais elle est restée à l'écart. Le tourbillon qu'ont été mes derniers mois en Amérique a épuisé mes deux enfants, surtout elle. Normalement, à mon âge, une mère est censée avoir trouvé son équilibre dans la vie, être enfin calme, posée. Alors que moi, je faisais le contraire, je recommençais tout à zéro. J'avais toujours été une maman un peu bohème. Et voilà que je devenais une maman bohème qui en plus s'en allait en gondole… Je crois aussi que tout se déroulait trop vite. C'était une chose de suivre un Vénitien, une autre de l'épouser au bout de quatre mois à peine.

« Tu ne pourrais pas attendre jusqu'à Noël ? m'a demandé Lisa.

— Non, mon chou. Fernando a déjà tout organisé, je n'ai rien pu changer, même si je sais que la date ne te convient pas. Ici, en Italie, tout est différent. Et comme je ne parle pas encore bien la langue et que la bureaucratie est un vrai cauchemar, je n'ai pas vraiment eu mon mot à dire. »

Je sais que mon argument n'est pas très convaincant et que cela ne me ressemble guère d'être aussi soumise. Je remonte l'escalier, je me coule un bain, je prépare mes vêtements — et j'aurais tellement envie que mes enfants soient là, que je puisse les regarder, les toucher.

L'angoisse m'étreint. Je devrais faire mon entrée à l'église avec eux, nous devrions épouser mon bel étranger ensemble.

Je relève mes cheveux frisés et fixe au sommet de ma tête deux barrettes auxquelles le fleuriste a attaché une cascade de minuscules boutons de roses. Je laisse quelques longues boucles encadrer mon visage et je trouve que cela a un air très « période Empire ». Je mets mes clips d'oreilles en perles et il ne me reste qu'à enfiler ma robe. Sur les hanches, parfait, un peu serré, mais pas trop. Je commence à passer les manches et, soudain, impossible d'aller plus loin. Il doit y avoir un fil coincé quelque part qu'on a oublié de couper. Je regarde de près, mais je ne vois rien. Je comprends alors avec horreur qu'elles sont trop étroites de plusieurs centimètres. Ai-je donc de si gros bras ? Mais non, c'est plutôt le contraire. À quoi a donc pensé la couturière ? Mon Dieu, que vais-je faire ? Je passe mentalement en revue les tenues rangées dans mon placard et qui pourraient convenir à un mariage : un fourreau en satin blanc, très décolleté, qui ferait scandale dans une église. Une robe de soirée à traîne en taffetas bleu pâle, que j'avais achetée aux Galeries Lafayette, pour le cas où je serais un jour invitée à un bal. Mais un mariage n'est pas un bal. Je décide alors de me frotter les bras à l'huile d'olive, pour les rendre plus glissants. Au début, cela ne sert pas à grand-chose, puis à force de me tortiller et de me contorsionner, tout en pleurant et en riant à la fois, j'arrive à mettre cette fichue robe. Pourquoi, mais pourquoi suis-je seule, sans personne pour m'aider, le jour de mon mariage ?

Enfin, ça y est. Je ne peux pratiquement pas lever les bras, je dois m'asperger d'Opium pour masquer l'odeur de l'huile d'olive — mais je suis prête et je me trouve très jolie. Un détail, toutefois, semble nous avoir échappé : comment vais-je aller jusqu'à l'église ? C'est une question tellement évidente que nous n'y avons même pas pensé ! Il n'y a pas de carrosse de conte de fées prêt à m'emmener. Alors, faire le trajet à pied ? Mais je me doute que cela choquerait Fernando. Il ne me reste qu'à appeler un taxi. Puis je descends l'escalier, passe devant la loge du troll et vais attendre dans la rue, sous les arbres qui commencent à jaunir.

Je me suis toujours laissé dire que la mariée ne doit pénétrer dans l'église qu'une fois les invités assis à leur place. Évidemment, en Italie, c'est le contraire. Le marié et sa famille attendent dedans, les invités dehors, et ils escorteront la fiancée à son arrivée. Le fait que je parte pour me marier rend *ma* chauffeur de taxi très nerveuse, un peu comme si j'étais sur le point d'accoucher. Je lui dis que je veux rester dans la voiture jusqu'à ce qu'il n'y ait plus personne à l'extérieur. Elle n'essaye même pas de m'expliquer que la coutume italienne est différente. Elle se contente de rouler, en s'enfonçant de plus en plus sur son siège, et comme elle est très petite, de la banquette arrière, je ne vois plus sa tête. Elle effectue un premier tour du quartier, puis un deuxième. Il n'y a maintenant plus personne devant le portail et elle desserre enfin les dents pour m'informer que tout le monde a dû rentrer chez soi. Je descends de voiture, monte les trois marches — mais impossible d'ouvrir la porte qui a l'air coincée. Et à cause de mes manches trop serrées, je ne peux pas lever les bras pour pousser plus fort. Alors je pose mon bouquet par terre, donne un bon coup, un battant s'entrouvre, je ramasse mon bouquet et je pénètre dans l'église où va être célébré mon mariage.

J'entends chuchoter tout autour de moi *lei è arrivata*, elle est arrivée », tandis que Giovanni Ferrari entame un prélude de Bach. Les corbeilles en osier peint en blanc débordent d'hortensias roses, de roses rouges et d'iris jaunes, que je sais envoyés directement par la Madone. Des centaines de bougies blanches scintillent, tandis qu'un rayon de soleil traverse directement un vitrail couleur lapis-lazuli. Deux moines arméniens en longue robe brodée d'argent chantent en agitant des encensoirs dont la fumée monte jusqu'à l'autel.

À travers une sorte de brouillard de larmes que je tente de retenir, je ne reconnais qu'une seule personne, Emma, membre du British Women's Club, avec son éternel turban et ses perles. Deux petits pages en culotte de soie blanche et jaquette de brocart jettent des pétales de fleurs sous mes pas, tandis que j'avance lentement, très très lentement vers mon bel étranger aux yeux couleur myrtille, qui m'attend en queue-de-pie dans les volutes de l'encens.

Don Silvano me tend les mains, s'incline et déclare : « *Ce l'abbiamo fatto.* Nous l'avons fait. » C'est un geste de bienvenue, d'affection et peut-être un message discret à l'adresse des curieux qui, pour une fois, ont rempli la petite église du Lido, parce qu'ils voulaient voir *l'Americana* épouser l'un d'entre eux. Ça y est, je pleure vraiment maintenant et je m'assois sur une banquette de velours rouge, à côté de Fernando qui pleure aussi. Nous n'osons pas nous regarder, de peur de sangloter carrément, mais nous sommes bien obligés de le faire à l'instant de prononcer nos vœux, et là, impossible de nous retenir. Giovanni joue un bel Ave Maria et je vois que don Silvano a les joues humides. Je me demande s'il est en train de penser à Santa Maria della Salute.

Il fait un petit discours pour présenter notre histoire comme « *una storia di vero amore* ». Puis Giovanni entame la « Marche nuptiale » de *Lohengrin* et, tandis que nous sortons à pas comptés, Fernando et moi, tout le monde crie : « *Viva gli sposi!* Vive les mariés ! » Et on pleure de tous les côtés. Dehors, un véritable contingent de Vénitiens nous attend. Ils ont traversé la lagune pour nous acclamer. Il y a mes copains du marché, les garçons du Florian, le personnel du Do Mori, un employé de la Bibliothèque nationale de Venise, une des comtesses fauchées cliente de Fernando, la *sarta* qui a raté mes manches. Même Cesana, le photographe, est finalement là, qui nous mitraille. On nous jette du riz, et Fernando fouille dans ses poches pour trouver ses cigarettes. Je me dis que c'est peut-être comme ça que le monde devrait finir.

Dans le bateau-taxi qui nous conduit à Venise, je repense à ce premier jour où mon bel étranger m'a accompagnée jusqu'à l'aéroport. Je sors de mon sac le même petit gobelet dans sa pochette de velours, la même petite bouteille de cognac et nous buvons à tour de rôle, le visage fouetté par les embruns. Cesana nous fait nous arrêter à San Giorgio pour quelques photos de plus et, en descendant, Fernando trébuche et trempe une de ses jambes dans l'eau jusqu'au genou. Après quoi, nous repartons en direction de l'hôtel Bauer qui a réservé une gondole pour nous. Nous y montons et aux terrasses des grands hôtels, on nous acclame. J'ai l'impression d'être sur un nuage, ou à l'intérieur d'un tableau — il y a des taches de soleil sur l'eau, les façades des vieux palais penchées vers nous, un extraordinaire sentiment de paix. Une paix que j'aimerais partager avec tous ceux qui, un jour, se sont sentis très seuls. Oui, j'aimerais distribuer des petits morceaux de ce bonheur-là comme autant de tranches de pain encore chaud.

Et voilà que dix, vingt gondoles se rassemblent autour de la nôtre. Les gondoliers se mettent à chanter pour nous et leurs clients, qui croyaient juste faire un petit tour, deviennent le chœur qui les accompagne.

On ne nous laisse pas nous attarder à la terrasse du Bauer, où pourtant il fait si beau, vite, vite il faut aller nous installer dans une pièce sans fenêtre, où il n'y a ni fleurs ni musique, pour un repas, auquel pratiquement personne ne touche, excepté Cesana et les deux moines en robe argentée. Je pense à Hemingway et à l'Aga Khan.

Une très ancienne coutume vénitienne veut qu'après le mariage les mariés, le prêtre et quelques invités fassent un tour par les rues de la ville. Comme nous habitons en face de Venise, dans l'île du Lido, nous décidons, en quittant le Bauer, d'aller jusqu'à la place Saint-Marc et de reprendre le bateau ensuite.

Je commence à dire au revoir à la ronde, mais pour m'apercevoir qu'en fait personne ne s'en va, tout le monde nous suit, les deux pages, Emma bras dessus, bras dessous avec les moines, Cesana, Gorgoni, le concierge du Bauer, en une superbe parade. Quand nous arrivons à la hauteur du Florian, l'orchestre qui jouait une chanson populaire s'arrête net, pour enchaîner sur *Lili Marlène*, puis tout de suite après sur *La Valse de l'empereur*. Il est cinq heures de l'après-midi, toutes les tables sont occupées. Les clients se lèvent, nous photographient, nous acclament, crient : « Dansez, vous devez danser ! » Et donc, nous nous mettons à danser, au milieu d'une foule que je voudrais voir danser aussi. Mon mari me serre contre lui et je me dis : non, c'est comme ça, comme en cet instant-là, que le monde devrait finir.

Quand nous réussissons à repartir en direction du quai, une femme se précipite sur moi et déclare en italien, avec un fort accent français : « Merci de m'avoir offert la Venise que j'espérais trouver. » Avant que j'aie le temps de répondre, elle disparaît.

Nous devons maintenant nous dépêcher de repasser chez nous pour nous changer, prendre nos valises et retraverser la lagune pour aller à la gare Santa Lucia et attraper le train de Paris à huit heures quarante. J'ôte mes peignes ornés de petites roses, enfile un jeans, un pull noir en cachemire et une veste en cuir. Fernando garde sa chemise blanche, met lui aussi un jeans et un vieux blouson d'aviateur. Je prends mon bouquet et nous courons jusqu'au bateau. Sur le quai de la gare, Francesco nous attend, pour me donner son cadeau de mariage. Nous n'avons que le temps de grimper dans notre wagon et voilà que j'aperçois dans le couloir cette femme qui nous a félicités sur la place Saint-Marc. Elle agite la main, avec un grand sourire. Fernando me dit : « Pourvu que les deux pages, Emma et les deux moines n'aient pas décidé de nous suivre eux aussi jusqu'à Paris ! » Nous cherchons notre compartiment, y hissons nos bagages et fermons la porte à l'instant où le train démarre. Puis nous crions ensemble : « Nous sommes mariés ! »

Nous sommes aussi complètement épuisés. Je commence à me déshabiller, pour me coucher tout de suite. Fernando allume une bougie. Il vient s'étendre près de moi, mais au bout de deux minutes il se relève : « J'ai faim, me dit-il, j'ai tellement faim que je ne pourrai pas dormir. Il faut que j'aille faire un tour au wagon-restaurant.

— J'ai mieux à te proposer, regarde ce qu'il y a dans ce sac. »

Francesco nous a préparé deux douzaines de petits sandwiches au jambon, une bonne quantité de chips maison croustillantes et la moitié d'une *Sachertorte*. Plus une bouteille de Piper-Heidsick dans un sac isotherme. Plus des verres et des serviettes. Il m'avait demandé quel cadeau me ferait plaisir, et donc savait exactement ce que j'aimerais qu'il nous apporte à la gare. Fernando regarde et me dit : « Je t'aime. »

Nous étalons notre pique-nique sur la couchette du bas, nous mangeons, nous buvons, puis grimpons sur la couchette du haut. Ça y est, je sais, c'est comme *cela* que le monde devrait finir.

14

JE VOULAIS JUSTE TE FAIRE
UNE SURPRISE

Nous nous réveillons quand le train arrive gare de Lyon. Je mets mon jeans, enfonce un chapeau sur mes boucles, prends mon bouquet et suis Fernando jusqu'à une terrasse où nous commandons du café au lait et des croissants. Au bout de trois, je ne compte plus combien j'en mange. Quand nous nous dirigeons vers la station de taxis, j'entends quelqu'un crier derrière moi : « *Les fleurs, madame, les fleurs** *!* » Et revoilà notre Française de Venise qui me les tend — je les avais laissées sur la table.

Bizarrement, nous allons la croiser à nouveau à plusieurs reprises, sans jamais nous parler réellement. Nous sommes descendus dans un hôtel du Quartier latin et elle apparaît, dans un café, à un coin de rue et même au musée du Louvre. Nous suit-elle délibérément ? Mais c'est une présence amicale, bienveillante, j'aime à penser qu'elle veille sur nous à sa manière.

Nous passons un mois à Paris, un mois merveilleux, à visiter la ville, à bien manger, à notre

---

* En français dans le texte.

rythme. Mais il va bientôt être temps de rentrer à Venise, et je demande à Fernando :

« À ton avis, que va-t-il se passer quand nous serons chez nous ?

— Rien de très nouveau, répond-il. Nous sommes notre propre bonheur, où que nous allions, nous le garderons avec nous. L'environnement peut changer, les gens peuvent ne plus être les mêmes, mais nous serons toujours *nous*. »

Il regarde droit devant lui, puis me jette un coup d'œil, comme pour jauger ma réaction. Est-il en train de me dire quelque chose, sans le dire, tout en le disant ? Y a-t-il un sens caché derrière ses paroles ? Nous décidons de prendre l'avion et non le train pour le voyage de retour. À l'aéroport, j'aperçois notre Française qui, elle, part pour Londres. Elle me sourit de loin, je lui souris aussi. Va-t-elle là-bas pour protéger discrètement un autre couple ?

*

Nous sommes le 21 novembre, le lendemain de notre retour à Venise et c'est aujourd'hui la fête de Santa Maria della Salute. On célèbre l'annonce faite aux Vénitiens par le doge Nicolò Contarini, douze ans après le début d'une terrible épidémie de peste noire, qu'un miracle de la Madone venait d'y mettre fin. J'ai envie d'assister à la messe d'action de grâces et de présenter les remerciements de la Vénitienne toute neuve que je suis pour avoir convaincu don Silvano de nous marier le mois dernier. Je demande à Fernando s'il veut m'accompagner mais il me répond que reprendre son travail à la banque va impliquer une série de rituels qui lui suffiront pour la journée. En ce cas, j'irai seule et on se retrouvera le soir à la maison.

Ce jour-là, six ou huit gondoles collectives, les *traghetti*, font la navette entre la station Santa Maria del Giglio, sur le Grand Canal, et la Salute. J'arrive à quatre heures et fais la queue avec les fidèles, essentiellement des femmes. Il y en a environ douze ou quinze dans chaque *traghetto*, debout, s'appuyant les unes contre les autres, en se tenant par le bras, pour rester en équilibre. Quand mon tour arrive, je reconnais le gondolier, c'est celui qui nous a promenés, Fernando et moi, le jour de notre mariage. Il me soulève pour me faire descendre du quai jusqu'au bateau et me salue : « *Auguri e bentornata !* Meilleurs vœux et bienvenue à la maison ! » Venise est une petite ville, après tout, *ma* petite ville, désormais. Nous débarquons au pied de la basilique. Autrefois, les Vénitiens apportaient en guise d'offrandes des pains, des gâteaux aux fruits, des confitures, des poissons salés, peut-être un sac de haricots rouges. Aujourd'hui, ils viennent avec des cierges. J'en achète un, en bas des marches, tellement gros que j'ai du mal à le tenir d'une seule main. En souriant, une femme l'allume à la flamme du sien.

Je vois qu'il y a souvent plusieurs générations représentées à la fois. Je remarque une très vieille dame, sûrement l'arrière- grand-mère, en bas blancs et manteau rouge, une sorte de béret bien enfoncé sur ses cheveux blancs. Sa fille, la grand-mère, a également les cheveux blancs, mais la fille de celle-ci est blonde, tout comme le bébé qu'elle porte dans ses bras, un bonnet sur ses boucles. Je les contemple et me dis qu'elles représentent ce que j'aurais toujours voulu avoir, une famille simple, protectrice. J'aimerais que ma fille avance à mes côtés. J'aimerais entendre sa voix se mêler à la mienne, tandis que le crépuscule commence à bleuir. J'aimerais lui dire qu'ici elle est en sécurité.

À l'intérieur de la basilique, il y a de grandes draperies en velours rouge et il fait affreusement froid, un froid de plusieurs centaines d'années entre les murailles de marbre blanc. La foule est telle qu'on peut à peine bouger. Devant chaque autel, des prêtres aspergent les fidèles d'eau bénite. J'essaye d'approcher l'un d'entre eux, plus exubérant et plus jeune que les autres, parce que c'est peut-être la première fois qu'il officie là et que c'est aussi la première fois que j'y viens. Donc être bénie par lui me conviendrait bien. Je suis en jupe longue, manteau long, châle sur les épaules, grosses chaussettes et bottes aux pieds, la chapka de Fernando, qu'il a gardée depuis la guerre, sur la tête. Et j'ai quand même froid. Je me demande ce que cela peut signifier pour une vraie Vénitienne d'accomplir ce rite, de savoir que ceux et celles qui vous ont précédée l'ont fait aussi, ceux et celles de la même chair et du même sang qui ont vécu et sont morts ici depuis des générations. Et je me dis que je ne sais finalement pas grand-chose sur moi-même…

Quand je quitte la basilique et reviens prendre mon *traghetto*, soudain je le vois, une cape en loden sur les épaules, un bonnet en fourrure sur la tête. Cet homme-là, je l'aime, de tout mon cœur. Il s'avance vers moi et déclare : « Je voulais juste te faire une surprise. » Comme si l'idée de me surprendre venait de lui traverser l'esprit.

*

Fernando avait raison, rien n'a vraiment changé dans notre vie depuis le mariage et la lune de miel, enfin presque rien. Je vois quand même qu'il n'est pas prêt à accepter une existence bien tranquille. Il insiste pour que nous commencions sans tarder la rénovation complète de l'appartement. Alors que moi, encore sous le charme de Paris et m'adaptant de mieux en mieux au rythme de Venise, je n'ai pas envie d'abattre des murs tout de suite. J'ai fini par bien aimer notre datcha délabrée. J'ai envie de penser à Noël, au printemps prochain. J'ai envie de paix, pas de grands projets.

Mais Fernando affirme qu'il faut faire les travaux cet hiver. Si nous attendons, cela remet tout à l'automne prochain. Je dois absolument comprendre qu'ils sont indispensables. Ce n'est pas parce que mes rangements et mes drapés ont amélioré l'ensemble que tout peut rester en l'état. Il a raison. Et je me rends compte qu'il y a dans son esprit un rapport avec ce qui a changé dans sa tête et ce qu'il souhaite faire de nos petites pièces. C'est pour cela qu'il ne veut pas attendre. « Je te rappelle, me dit-il un soir, qu'au départ, c'était ton idée. Donc, à toi de décider quand on commence. »

Je m'empresse de répondre qu'il faut d'abord établir un plan précis, par écrit, de ce qu'il y a à faire avec toutes les mesures. Et je vois se dessiner sous mes yeux l'énormité de la tâche à accomplir. Depuis toujours, j'ai veillé à ce que chez moi le garde-manger soit plein et les repas paisibles. Là, je sens que je vais avoir beaucoup plus à faire. Mais tant pis, je dis à Fernando que je suis prête.

Je commence par passer mes après-midi à faire établir des devis auprès de différents corps de métier. Le soir, je reviens avec Fernando pour conclure. Je ne veux pas tomber dans le travers de n'importe quel touriste gémissant quand il s'agit de négocier le prix du nettoyage de son imperméable chez un teinturier. Ce qu'on raconte sur la rouerie des artisans et des ouvriers italiens est très exagéré. N'ai-je pas réussi à contourner tous les pièges de l'administration jusqu'à mon mariage ? Je dois néanmoins ne pas oublier que je ne suis pas seulement en Italie, mais en plus à Venise, et la vieille princesse aura sûrement plus d'un tour dans son sac.

La première chose à savoir, c'est qu'à Venise tout dépend de l'eau. Elle a été bâtie sur l'eau, elle est entourée d'eau et c'est son côté inaccessible qui a toujours fait sa force et sa raison d'être. Depuis quinze siècles, rien n'a vraiment changé en ce sens qu'on ne peut pas la prendre par surprise. Pour y arriver, il n'y a que le bateau, pour tout et tout le monde. Même les marchandises et les visiteurs qui ont pris l'avion doivent, à la fin du parcours, voyager sur l'eau. Ce qui explique la surtaxe sur chaque pomme de terre, chaque paquet de farine, chaque ampoule électrique et chaque pot de pétunias, pour payer le parcours sur la lagune et le long des canaux. Venise est la ville la plus chère d'Italie, y compris pour ses habitants — qui savent par ailleurs tirer avantage de la situation quand cela les arrange. Quand ils ne sont pas à l'heure, par exemple. Qui oserait mettre en doute une excuse comme « *la barca è in ritardo*, le bateau est en retard », ou « *c'era nebbia*, il y avait du brouillard ». Le menuisier, chargé de refaire le parquet et les maçons qui viennent travailler sur les murs vont tous me chanter le même air sur le thème de l'eau et cela bouscule évidemment le planning prévu.

Il ne se passe rien les deux premières semaines de janvier, à cause de la brume, ni la troisième, à cause de l'*acqua alta*, ni la quatrième, à cause de l'humidité. C'est seulement le 31 que le chantier démarre enfin.

Enfin, disons que les ouvriers viennent déposer leurs outils chez nous et qu'ils circulent de pièce en pièce, sondant les murs, prenant des mesures, levant les yeux au ciel et hochant la tête. Naturellement, ils avaient déjà fait cela avant, bien étudié la situation et approuvé les plans. Mais ils se sentent obligés de se comporter comme s'ils se trouvaient dans un poste de commandement à la veille d'une guerre. Ils parlent beaucoup, la cigarette au coin des lèvres, dont ils laissent la cendre s'accumuler. Après quoi, ils jettent le mégot par terre et l'écrasent du pied. Quelle importance puisqu'on va entièrement refaire le sol ?

Et puis, malgré des débuts guère prometteurs, voilà que les travaux démarrent vraiment et que tout va même assez vite. Nos hommes chantent, sifflent — toujours la cigarette au bec. Ils s'appliquent, cela se passe bien, seulement ce sont des sprinters et pas des coureurs de fond. Trois heures, pas plus, et ils ont atteint leur limite. Enfin, la phase de destruction s'achève et ils vont s'attaquer à la reconstruction. Je me dis, c'est parfait, mais un soir, voilà Fernando qui arrive en trébuchant au milieu des gravats et file directement dans la chambre. Je comprends alors que ce qui se passe chez nous lui fait peur. Il ne sera content que lorsque tout sera fini et qu'au moins douze personnes lui auront dit que c'est magnifique. Pour l'instant, il est étendu sur le lit, ses yeux d'oiseau mort fixant le plafond et il déclare qu'il déteste ce fichu appartement, déteste les travaux et que rien n'y changera rien.

« C'est trop petit, c'est mal éclairé, les pièces sont minuscules, et nous dépensons tout cet argent à perte.

— Oui, c'est petit, c'est mal éclairé et nous dépensons beaucoup d'argent, mais ce n'est pas à perte. C'est toi qui as insisté pour qu'on casse tout. Je ne te comprends pas. »

Ce que je sais, c'est que j'aimerais me retrouver seule dans une pièce, sans outils, sans seaux, sans sacs de ciment et sans bel étranger. Je décide de le prendre par surprise :

« Et si on le vendait ? Y a-t-il à Venise un quartier où tu aimerais habiter ? Si on essayait, je suis sûre qu'on pourrait trouver quelque chose, avec une terrasse, par exemple, qu'on arrangerait à notre goût. »

Ma proposition a le don de l'agacer :

« Tu connais les prix des logements à Venise ? me demande-t-il.

— J'imagine que c'est à peu près la même chose qu'au Lido. Pourquoi n'allons-nous pas consulter une agence immobilière et nous renseigner un peu ? »

Il répète « une agence immobilière », sur le ton qu'il emploierait pour parler de l'Antéchrist. Pourquoi, mais pourquoi les Italiens ont-ils si peur de poser des questions ? Il reprend :

« Si nous vendons cet appartement, ce ne sera pas pour acheter autre chose à Venise. J'aurai envie de bouger vraiment, d'aller m'installer dans un endroit complètement différent. Déménager à Venise même n'est pas la bonne solution. »

Comme je ne sais pas vraiment quel est le problème, je ne suis pas sûre de deviner de quelle solution il pourrait s'agir. Je sens que ce n'est pas la peine d'insister parce que Fernando sait parfaitement que je risquerais d'être d'accord avec ce qu'il a profondément envie de faire, dès que je l'aurai compris. En ce cas, le terrain deviendrait dangereux...

Une chose est claire, toutefois : nous n'allons pas pouvoir continuer à vivre au milieu du chantier. À la fin de février, nous partons nous installer à l'hôtel qui se trouve juste à côté. Officiellement, il est fermé entre Noël et Pâques, mais comme deux employés y habitent, chargés de veiller sur tout, les propriétaires acceptent de nous louer une chambre, avec salle de bains. Nous aurons aussi l'usage d'un joli salon avec un vieux poêle en céramique et d'une petite salle à manger avec une cheminée de marbre noir. Notre chambre sera chauffée, mais ni les couloirs ni les autres pièces. Pour des questions d'assurances, nous ne pourrons pas utiliser la cuisine — mais les deux employés, Marco et Gilberto, y ont accès, eux. Une vraie cuisine, spacieuse, tout équipée, impeccablement tenue et je n'aurais pas le droit d'y aller ! Ou alors, les propriétaires sont-ils *obligés* de me dire non, alors qu'ils seraient tout à fait d'accord pour que ce soit oui ?

La solution, je vais vite la trouver. Si les employés y ont accès et que j'y aille *en même temps* qu'eux, je ne ferai que contourner un peu les règles. Je commence à penser comme une véritable Italienne... Dès le premier soir je rapporte

227

du marché du Rialto ce qu'il faut pour le dîner et je demande à Marco si lui et son collègue aimeraient se joindre à nous autour de la petite cheminée de marbre noir, car j'ai l'intention de préparer des cèpes à la crème et au moscato, parfumés à la sauge. Après quoi je ferai griller des châtaignes, que je servirai avec des poires, des noix et du fromage. En souriant, il veut savoir comment je vais me débrouiller pour cuire les cèpes dans la cheminée, alors qu'il sait très bien que mon idée, c'est de le suivre à la cuisine. Ce que je fais, bien sûr. Gilberto, occupé à repeindre le hall d'entrée, vient nous retrouver. Fernando se joint à nous. Nous buvons tous les quatre du très bon vin blanc et, à partir de ce jour-là, nous allons passer ensemble plusieurs fois par semaine de très joyeuses soirées dans la petite salle à manger.

Gilberto est un merveilleux cuisinier. Il sait admirablement faire rôtir des canards, des faisans ou des pintades et préparer de bons plats de lentilles, de choux ou de pommes de terre. Une fois, il annonce que ce sera uniquement du dessert, cette fois. Il découpe de grosses crêpes en lanières qu'il recouvre de confiture de mûres et de crème épaisse, le tout arrosé d'une eau-de-vie de prune, empruntée à la réserve de l'hôtel. Après quoi, je suis heureuse de n'avoir qu'un étage à monter pour aller me coucher !

Quand nous ne sommes pas d'humeur à cuisiner vraiment, nous nous contentons de faire griller des oignons et des têtes d'ail dans la che-

minée, que nous dégustons avec du pain croustillant, un peu de vinaigre balsamique, du
fromage frais et un bon vin rouge. Nous allons
passer ainsi près de neuf mois à l'hôtel, d'abord
en tant que voluptueux passagers clandestins
puis, après sa réouverture, en clients comme les
autres — mais qui échangeront à l'heure des
repas des sourires complices avec Gilberto et
Marco qui font le service dans la salle à manger.

*

Tous les jours, je passe à l'appartement mais
les ouvriers ne sont presque jamais là. Je commence à comprendre que rien ne doit interfé-
rer avec leurs petites habitudes : aller prendre
un café ou bavarder un peu avec un copain est
sûrement plus satisfaisant que finir de lessiver
un mur. De toute manière, si un travail peut être
terminé le lendemain, pourquoi se hâter de le
finir aujourd'hui ? Et comme tout le monde le
sait, vous êtes très gentille donc vous le compren-
drez sûrement. Vous n'en voudrez à personne
de regarder un match de foot à la télé plutôt
qu'avancer votre chantier. Et si votre maçon utilise ce que vous lui avez déjà versé pour payer
ses dettes plutôt qu'acheter le matériel nécessaire à vos travaux, il a simplement fait le bon
choix, en parant au plus pressé. Au bout du
compte, cela sera plus utile, à vous comme à lui.
Et puis, si quelque chose ne se passe pas
comme prévu, un Italien peut toujours s'adres-

ser au ciel et maudire le sort. Et il sait qu'autour de lui on éprouve davantage de sympathie pour les perdants que pour les gagnants — sauf dans le domaine du sport. L'ambition est vue comme une sorte de maladie qu'on n'a pas envie d'attraper. Et si jamais on l'a, on ne tient pas à ce que les autres le sachent. Un homme vous dira que si les saints et les anges avaient voulu qu'il devienne riche, ce serait déjà chose faite — et ce n'est pas le cas. Tout cela pour expliquer que les ouvriers italiens ne sont ni moins efficaces, ni moins sérieux, ni plus roublards qu'ailleurs. Simplement, ils travaillent à leur rythme, un rythme italien. Ce sont les étrangers qui ne savent pas le comprendre.

Cela amuse beaucoup Fernando, le soir, d'entendre le récit de mes déboires avec ses compatriotes, après quoi il me raconte ce qui s'est passé à la banque et me révèle les dessous du système bancaire italien et les superbes comédies qui s'y jouent parfois. Il rit, mais je sens que quelque chose m'échappe. Je ne pose pas de questions car, pour l'instant au moins, il a l'air en paix avec ses crises personnelles.

Pour le sol et les murs, de la salle de bains, nous avons choisi des revêtements de céramique noirs et blancs. Fernando veut que les carreaux soient posés suivant un ordre géométrique, alors que je trouverais intéressant d'avoir ici et là des diagonales. Je fais un dessin, qu'il déchire aussitôt en disant que cela donnera un aspect trop contemporain. Je l'entraîne à l'Accademia et au musée Correr pour lui montrer que des diagonales en noir et blanc sont tout ce qu'il y a de classique. Il me donne alors son accord. Mais il va tenir bon en ce qui concerne la nouvelle machine à laver. Il veut qu'on l'installe exactement au même endroit que l'ancienne, c'est-à-dire qu'on continuera à se cogner dedans chaque fois qu'on ouvrira la porte. J'ai envie d'avoir une de ces merveilles imaginées par des designers milanais, à peine de l'épaisseur d'une valise. Mais Fernando refuse, arguant qu'elles ne lavent que deux paires de chaussettes à la fois, que le cycle le plus court dure au moins trois heures et qu'un engin de cette espèce n'est pas pratique du tout. J'essaye de protester, de trouver des arguments, mais il me répond que, puisque je mets des draperies partout, je n'ai qu'à en poser sur une grosse machine à laver aussi. C'est donc celle-là que nous commanderons.

Je touche, j'examine des tissus partout à Venise mais, en habitante du Lido qui se respecte, il paraît que je dois me contenter de ce qui est entreposé dans un garage qui jouxte la Tappezzeria Giuseppe Mattesco, via Dandolo. La première fois que j'y pénètre, j'ai l'impression que tout ce que je vois est blanc, ou blanc cassé, jaune très pâle, vert très pâle aussi, avec ici et là quelques rouleaux de chintz à fleurs, dans des tons lilas et rose, plus une ou deux pièces de tapisserie plus foncées. Comme nous n'avons pas tellement de fenêtres à garnir et trois ou quatre meubles seulement à recouvrir, j'ai envie de satin bien lourd et de velours dans les tons de bronze. Je demande pourquoi je ne peux pas aller acheter du tissu ailleurs et charger ensuite signor Mattesco de coudre ce dont j'ai besoin. Fernando m'explique que c'est parce que, il y a plusieurs années déjà, Mattesco a acheté une énorme quantité d'invendus à un marchand de Trévise, des centaines et des centaines de rouleaux des mêmes tissus, et que, depuis, il coupe, taille et confectionne avec ce stock tout ce dont ont besoin les habitants du Lido, à des prix défiant toute concurrence. Travailler avec Mattesco, aux conditions de Mattesco, fait partie du folklore local.

Je trouve cette histoire absolument fantastique et comme il apparaît qu'elle est vraie, du moins en partie, je regrette moins de ne jamais avoir été invitée chez aucun de mes voisins. Je sais maintenant qu'il y a partout chez eux les mêmes rideaux couleur crème, bordés de petites franges lie-de-vin. En tout cas, c'est ce que Mattesco tente de me faire croire. Je fouille partout dans son garage jusqu'au jour où je tombe sur un coupon de brocart ivoire, épais, brillant et sentant fort le moisi. Mattesco est si heureux de s'en débarrasser — il en avait oublié l'existence — qu'il me jure qu'au bout de deux jours en plein soleil l'odeur disparaîtra. Et c'est exact. Enfin, presque.

La couturière, c'est la signora Mattesco. La peau blanche, les cheveux blancs, elle est vêtue d'une blouse blanche et s'assoit derrière sa machine au milieu d'un océan de tissu blanc. Elle a l'air d'un ange et le fait que je n'ai pas envie de ses petites franges couleur lie-de-vin l'attriste un peu.

Dans San Lio, il y a une boutique où un père et son fils travaillent de minces plaques de métal pour en faire des chandeliers, des lampes, des bougeoirs, tous superbes, qu'ils frottent avec des chiffons trempés dans de la peinture dorée. Assez souvent, nous les regardons à l'œuvre, derrière leur vitrine, et cela doit faire plusieurs mois que nous entrons chez eux pour bavarder de temps en temps, avant même de nous demander ce qu'ils pourraient avoir pour nous. Nous sommes simplement heureux de nous voir et nous savons tous les quatre qu'il n'est pas urgent de décider quoi que ce soit. Les Vénitiens adorent faire durer certaines rencontres, les prolonger *piano, piano*. Pourquoi se hâter de conclure quand le moment n'est pas venu? Si on commande quelque chose trop tôt, on risque de s'apercevoir plus tard qu'on n'en avait pas réellement besoin, ou que ce n'est plus ce qui vous avait plu. Et puis, c'est triste d'arriver au mot « fin ». Je commence à comprendre les Vénitiens, pour qui rien n'en vaut vraiment la peine sans un minimum de drame. Sans les tas de gravats chez nous, nos disputes et les yeux d'oiseau mort de Fernando, je n'aurais qu'une banale salle de bains, au lieu d'une pièce dallée de marbre noir et blanc, où je prendrai des bains à la lueur des bougies avec un bel étranger.

La Libreria Marciana, la Bibliothèque nationale de Venise, est peu à peu devenue une annexe, en quelque sorte, de mon appartement. Une annexe où, Dieu merci, il n'y a pas de tas de gravats. Elle se trouve dans un palazzo du XVIe siècle, œuvre de l'architecte Jacopo Sansovino, édifié pour abriter les collections de manuscrits grecs et latins du cardinal Bessarione de Trébizonde, qui les avait léguées à la ville de Venise. La bibliothèque est située sur la Piazzetta, face au palais des Doges et à la basilique Saint-Marc. Sa façade sévère, ornée de colonnes doriques voisine parfaitement avec les dorures byzantines et les arcades roses et blanches, créant une sorte de cordialité architecturale à l'entrée de la plus belle place du monde.

J'ai passé bien des heures à la Marciana, car j'étais fermement décidée à faire des progrès en italien et je voulais lire, lire, lire. J'ai peu à peu appris à m'y repérer, à savoir où étaient rangés certains manuscrits, certaines précieuses collections, et même ce qui se trouvait derrière de mystérieuses petites portes. J'étais libre de me promener au milieu de plus de sept cent cinquante mille volumes. Et j'ai apprivoisé ce froid si particulier — et si pénétrant — qui y règne à l'automne et en hiver. J'ai aimé l'odeur de papier humide et de poussière. J'ai su quel canapé était moins défoncé que les autres, quelles lampes avaient bien une ampoule, à quelles tables on sentait un peu la chaleur des radiateurs et qui, parmi mes voisins, lisait à voix haute, qui dormait, qui ronflait. Là-bas j'ai lu en désordre des livres d'histoire, des chroniques, des biographies et des mémoires, souvent dans un italien archaïque. Tout m'aidait à mieux comprendre le passé de Venise, mes lectures, les bibliothécaires, Fernando, les dictionnaires, ma propre curiosité et ma volonté d'en savoir toujours plus.

Et puis je décide que, le vendredi, je ne lirai pas, je n'écrirai pas, je n'irai même pas au marché, ni au Do Mori. Je me contenterai de me promener calmement, de profiter de ces matinées dorées, si belles, où rien ne vient me solliciter. En repensant aux jours d'autrefois où, si j'avais une heure à moi, j'en profitais goulûment, comme j'aurais dévoré un panier de figues, je me dis que, maintenant, je me laisse aller au plaisir d'explorer la ville, en prenant tout mon temps. Je choisis un quartier en particulier et je l'explore soigneusement, par exemple le Ghetto ou Cannaregio. À moins que j'aille en bateau jusqu'à une station que je ne connais pas encore.

Un jour, sur le Campo Santa Maria Formosa, j'achète une livre de cerises et je vais m'asseoir sur les marches devant l'église pour les manger. Une légende raconte qu'un évêque venu d'Oderzo, dans le Frioul, a vu apparaître là une femme très majestueuse, dotée d'une ample poitrine, *una formosa*. Elle lui a demandé de construire une église à cet endroit, ainsi que partout où il verrait un nuage blanc effleurer le sol. Le brave évêque en a fait édifier huit à travers tout Venise, mais c'est seulement sur ce campo que le nom « formosa » est resté. Au pied du campanile, il y a un *scacciadiavoli*, un chasseur de diables, qui date du Moyen Âge, tout à fait profane, mais qui coexiste harmonieusement avec cet édifice sacré.

Quand il fait trop froid pour rester dehors toute la journée, je vais dans les îles, à Mazzorbo, à Burano, ou à San Lazzaro où j'aime passer du temps à la Bibliothèque arménienne. Là, je ne lis pas, mon plaisir est de me savoir entourée des vieux manuscrits du théologien Pierre Mechithar et des moines qui vont et viennent sans bruit. Je laisse vagabonder mes pensées et parfois j'ai l'impression d'avoir toujours vécu ici. Je réfléchis à mes lectures, à ce que j'ai compris et à ce que je n'ai pas compris. À la tristesse qui est un peu la marque de Venise, à cette atmosphère demi-deuil qui lui va si bien. Et puis j'ai l'impression de la voir sans masque, d'un seul coup, le visage nu et souriant. Et je me dis qu'elle a précisément réussi à m'ôter mon masque à moi, cette mélancolie si ancienne devenue comme ma seconde peau.

Parfois, quand je lis, je tombe sur un passage où il est question de luxure, de sexe, de sensualité, au cœur de l'histoire de Venise. La Serenissima a été une escale à nulle autre pareille, un lieu où débarquer, séjourner brièvement et repartir. Un sanctuaire où tout était permis. Au xve siècle, plus de quatorze mille femmes y étaient officiellement enregistrées en tant que courtisanes professionnelles — qui payaient leurs impôts. Chaque année, on publiait à l'usage des visiteurs un registre, une sorte de guide avec un résumé de la vie de chacune, quelques détails sur sa famille, son éducation, ses connaissances en littérature et en musique. Elles avaient toutes un numéro, si bien que lorsque le roi de France arrivait, ou un noble anglais, ou un soldat en route pour une guerre lointaine, un maître verrier de Murano, un commerçant en épices carthaginois, chacun pouvait envoyer un valet à la somptueuse adresse de la dame choisie « sur catalogue » et solliciter une audience du numéro 203, ou 11 884, ou 574.

Si les affaires d'une courtisane marchaient soudain moins bien, elle sortait faire une promenade. En large robe à crinoline, ses cheveux blond-roux — le fameux blond vénitien — ornés de pierres précieuses, le visage bien abrité du soleil sous une ombrelle, elle traversait les *piazze* et les *campi*, faisant la révérence à celui-ci, un salut de la main à celui-là, un petit mouvement de son éventail en direction d'un troisième, découvrant peut-être un peu un sein à l'occasion. Elle portait toujours des *zoccoli*, des sortes de sandales à très, très hauts talons, presque des petites échasses, pour ne pas salir l'ourlet de sa jupe dans la poussière ou dans l'eau, mais aussi pour bien se distinguer des autres passantes et afficher son état.

Les aristocrates vénitiens, les hommes d'affaires aussi bien que certains membres du clergé utilisaient les services très sophistiqués de ces belles créatures, parfois un peu espionnes qui savaient garder des secrets d'État — enfin, un minimum de temps — tout comme révéler certaines vérités quand c'était nécessaire. Elles pouvaient être épouses ou filles de gentilshommes, mais tout aussi bien de maçons ou de policiers. On en avait expédié certaines très jeunes au couvent, pour ne pas avoir à payer leur dot. Celles-là violaient souvent leurs vœux, secrètement ou pas, pour aller rejoindre cette autre confrérie infiniment moins chaste. Le couvent de San Zaccaria était célèbre pour les nonnes libertines qu'il abritait, pour les complots et les conspirations qui s'y tramaient, et pour les innombrables naissances de bébés illégitimes qui s'y produisaient. Une fois, l'une de ces religieuses, traduite devant un tribunal ecclésiastique, déclara pour sa défense que les services rendus par elle à l'Église surpassaient de loin ses péchés, car elle avait empêché autant de prêtres qu'elle le pouvait de basculer dans l'homosexualité.

Ce qu'il peut rester aujourd'hui d'un peu byzantin au fond du cœur d'un Vénitien se traduit par une façon d'agir teintée de duplicité qu'il réserve aux voyageurs de passage plutôt qu'à ses voisins. Je connais un *locandiere*, le propriétaire d'une modeste *pensione*, avec un minuscule restaurant où il y a en tout et pour tout quatre tables et où le menu n'a pas changé depuis trente ans. Chaque matin, cet homme qui fait aussi office de cuisinier prépare les mêmes cinq ou six plats typiquement vénitiens. Ce qu'il n'a pas vendu dans la journée, il le met au réfrigérateur. Le lendemain, il cuisine les mêmes plats, qu'il servira aux habitués. Les restes de la veille — le riz aux petits pois, les pâtes aux haricots, le ragoût de poisson — seront proposés aux clients de passage. Cela signifie que deux Néo-Zélandais, par exemple, mangeront la même chose que deux dames vénitiennes assises à la table voisine, certes, mais avec, disons, une « patine » de deux ou trois jours, et une addition multipliée par deux. Le patron sait qu'il ne reverra jamais les Néo-Zélandais et, après tout, la beauté de Venise devrait suffire à leur bonheur. Savent-ils seulement apprécier un plat de pâtes aux haricots ? Un commerçant vénitien ne se sent pas le moins du monde coupable de tricher et de facturer une poignée de lires de plus le poisson réchauffé. Il ne s'agit que d'une façon très typique de mentir un peu. La religieuse prostituée, la mendiante en veste d'hermine, le doge qui signait le jour de son couronnement un pacte le laissant pratiquement sans pouvoir adoptaient tous la même attitude un peu scélérate qui consiste à avancer plus ou moins masqué, mais permet une coexistence harmonieuse dans les petites choses de la vie.

15

MONSIEUR VIF-ARGENT
EST DE RETOUR

Tôt, un samedi matin de juillet, nous décidons d'aller faire un petit déjeuner pique-nique sur la digue à Alberoni. Nous dénichons l'endroit idéal pour nous installer, après avoir enjambé ou contourné les seaux, les cannes à pêche et les lanternes qui appartiennent à des pêcheurs et repoussé une véritable horde de chats errants affamés. À peine assis, Fernando attaque :

« Tu te rappelles avoir suggéré un jour qu'on vende l'appartement ? Eh bien, je crois qu'on devrait le faire. Quand les travaux seront finis, cela va être superbe et Gambara m'a dit qu'on pourrait en tirer un bon prix et récupérer notre mise. »

Gambara, c'est l'agent immobilier du Rialto que nous avons fini par consulter et qui est venu plusieurs fois inspecter la rénovation. Nous voulions un avis, des impressions de professionnels, qui pourraient toujours nous être utiles un jour. Est-ce que ce jour est arrivé ? Fernando me traite souvent de révolutionnaire. Mais en ce cas, lui est un véritable anarchiste.

Je sursaute, moi qui voulais simplement boire un cappuccino et manger des croissants à l'abricot au soleil.

« Mais quand prends-tu ce genre de décision ? Est-ce toujours en mon absence que tu as des flashes inattendus ? Tu es vraiment sûr de vouloir faire ça ?

— *Sicurissimo*. Absolument sûr.

— Et tu as réfléchi à un autre endroit où tu aimerais habiter ?

— Non, pas vraiment.

— Écoute, on peut chercher dans des quartiers un peu moins chers, Castello ou Cannaregio, et essayer de trouver quelque chose qui nous plairait. Qu'est-ce que tu en penses ?

— Tu te souviens de ce que je t'ai dit un jour ? Si nous vendons l'appartement, ce sera pour nous installer dans un endroit complètement différent.

— Bien sûr que je m'en souviens. Venise, c'est très différent du Lido. Si on avait la chance de dénicher une petite maison avec jardin, tu ferais pousser des roses, on aurait des grandes fenêtres, avec une belle vue, plutôt que les antennes satellites des voisins et la vieille Fiat du troll. On pourrait aller partout sans être obligés de prendre sans arrêt le bateau. Crois-moi, habiter dans Venise, ce serait complètement différent. »

Je débite mon petit discours à toute vitesse, comme pour empêcher Fernando d'ajouter quelque chose que je crains de ne pas avoir du tout envie d'entendre.

« Je vais quitter la banque. »

C'est pire que ce à quoi je m'attendais. Ou peut-être mieux? Non, c'est pire.

Il poursuit :

« Je ne sais pas combien de temps il nous reste avant que l'un de nous meure ou tombe gravement malade, ou quelque chose dans ce genre. Mais ce temps-là, je veux qu'on le passe entièrement ensemble. Je veux être là où tu es. Je n'ai pas envie de consacrer encore dix ans, ou douze ans ou quinze ans à mon travail actuel.

— Mais qu'est-ce que tu aimerais faire?

— Je viens de te le dire, je ne sais pas encore exactement quoi. Mais il faut que ce soit ensemble.

— Tu n'as donc pas envie d'aller travailler dans une autre banque?

— Une autre banque? Mais pourquoi? Je ne cherche pas une autre version de ma vie actuelle. Une banque, cela reste une banque. Ce que je veux, c'est être avec toi. Évidemment, ce n'est pas comme si je démissionnais demain. J'attendrai de mettre mes affaires en ordre pour que nous n'ayons pas à souffrir de ma décision. Mais il faut que tu comprennes que, lorsque je te dis que je vais quitter ce travail, je suis sûr de le faire.

— En ce cas, est-ce que vendre l'appartement ne devrait pas être ce qu'on envisagera en dernier? Parce que, si on le vend maintenant, où ira-t-on?

— Cela peut prendre des années. Gambara

242

m'a prévenu que le marché est très calme. Tu sais bien qu'ici tout va *piano, piano.* »

Il dit cela comme pour me rassurer. *Piano* ? Fernando ne va sûrement pas *piano*, lui. Je vois trouble d'un seul coup et mon cœur bat la chamade. Je me rappelle brusquement ma jolie maison de Saint Louis, puis celle que j'avais en Californie. Et il faudrait déjà repartir, alors que je viens à peine d'arriver et que Venise est maintenant mon foyer ? Je chuchote presque :

« Mais pourquoi veux-tu t'en aller d'ici ?

— Ce n'est pas tant cela que je veux, que me retrouver ailleurs. Venise fera toujours partie de nous. Or notre vie ne dépend pas d'un lieu, ou d'une maison, ou d'un travail. C'est toi qui m'as appris ça. J'aime bien l'idée de redémarrer de zéro. C'est ce que j'ai envie de faire. »

Fernando n'a pratiquement jamais déménagé et je ne suis pas sûre qu'il comprenne l'effort que cela représente. Spirituellement aussi. Je lui ai peut-être trop donné l'impression que c'était très facile. Presque un jeu d'enfant.

Ma sérénité ne tient pas au fait qu'on va bientôt peindre nos murs tout neufs d'une belle teinte ocre. D'ailleurs elle n'a jamais eu sa source dans quelque mur que ce soit. Je sais que nous sommes tous des oiseaux dont le nid peut être balayé par le moindre coup de vent. Cela m'a toujours fait très peur, tout en m'excitant beaucoup. Mais là, en cet instant précis, c'est la peur qui domine. Mon calme habituel se transforme en une sorte de tourbillon qui m'entraîne dans la lagune, dans la mer, dans une sorte de brouillard — je ne sais pas très bien où encore. Ou peut-être que si. Mais ai-je encore la force de tout recommencer ? D'inventer une autre façon de vivre ? Jusqu'à maintenant, j'ai toujours été une petite machine en état de marche. Le suis-je encore ? Et lui, l'est-il ?

Fernando plie son sweat-shirt pour faire un coussin sur lequel nous nous asseyons. Je frissonne un peu sous le soleil de juillet qui, bizarrement, n'est pas plus chaud qu'en avril. J'ai un moment de faiblesse, mais je pense à tout ce que Fernando a entrepris comme débroussaillage intérieur pour en arriver là. Je lui dis que je l'admire, sans cesser de trembler. Parfois, on peut retrouver dans le visage d'un vieillard celui du jeune homme qu'il a été. En cet instant, c'est celui d'un Fernando âgé que je vois, bien qu'il soit encore dans la fleur de l'âge. Et je me dis que, dans ce temps-là, je l'aimerai encore plus. Et je repense à ces quatre générations de femmes que j'ai vues à Notre-Dame de la Salute. Si on ose vraiment regarder, on découvre tellement de choses…

« Je ne peux pas espérer toucher une retraite avant au moins douze ans, reprend-il, comme si je ne le savais pas. Mais ce que je viens de te dire, c'est seulement une idée… »

Moi je sais que cela signifie : « en réalité aujourd'hui, c'est ce que je désire le plus au monde ».

Après cela, nous ne parlons plus. Et nous sommes d'un seul coup tellement fatigués que nous

nous endormons sur place. Quand nous nous réveillons, il est déjà midi. Tout l'après-midi et une partie de la soirée, nous effectuons au moins cinquante allées et venues entre l'hôtel et l'appartement, comme si nous ne savions pas quel est l'endroit où nous pourrions le mieux réfléchir. Nous n'échangeons que quelques mots. Le silence de Fernando me dit : je suis convaincu que nous devons quitter Venise. Or je ne suis pas sûre qu'il comprenne à quelle pulsion il obéit. Le fait de nous trouver l'un l'autre nous a affectés de façon contradictoire. Nous ne nous sommes pas vraiment « rapprochés », mais plutôt « inversés ». Moi, la vagabonde, avec ses larmes et ses miettes de pain, je n'ai désormais plus envie de quitter mon nid, alors que Fernando, le rêveur immobile, éprouve tout le temps le besoin de bouger. « Tu sais, me dit-il, j'ai l'impression que nous ne faisons plus qu'un. Les blessures se cicatrisent, les angles s'arrondissent, tu vas voir. Sois seulement patiente.

— Bon, d'accord. »

J'ajoute qu'il faut aller de l'avant, mais laisser les choses se mettre en place. Le destin attendra un peu, tandis que nous ouvrirons et fermerons nos portes à nous.

« Soyons patients », nous nous en faisons la promesse.

*

Les derniers jours de septembre, nos ouvriers commencent à déblayer les détritus accumulés depuis neuf mois et à enlever leurs outils. L'appartement est superbe. De notre côté, nous frottons, nous astiquons, jusqu'à ce que tout rutile. Mattesco vient accrocher les rideaux neufs. Et si nous n'avons pas encore réellement décidé de vendre, je me retrouve dans le même état d'esprit qu'à Saint Louis, quand je savais que j'allais bientôt quitter ma jolie maison.

Nous épluchons le soir toutes les petites annonces, ainsi que les listes fournies par des agences immobilières. Nous choisissons, soulignons, découpons ce qui nous paraît intéressant. Fernando est convaincu que ce qu'il nous faut, c'est un petit hôtel à la campagne, avec une douzaine de chambres, où nous pourrions à la fois habiter et travailler.

« Mais tu nous vois devenir aubergistes ? »

Je me demande, en fait, si un restaurant ne nous conviendrait pas mieux.

« Oui, absolument, répond Fernando. Tu parles anglais, moi italien, et c'est déjà un atout. Regarde comment tu as transformé l'appartement et imagine ce que nous ferions à nous deux de n'importe quelle bâtisse un peu délabrée. Nous la transformerions en un lieu chaleureux, accueillant, romantique, où les touristes se sentiraient chez eux. Je sais bien qu'au début ça risque d'être difficile parce qu'il faudra pratiquement tout faire nous-mêmes. Mais au moins, nous serons ensemble. »

Si j'ai parlé d'un restaurant, c'est parce que je le vois s'intéresser de plus en plus à la cuisine, ce qui est nouveau chez lui. Quand nous dînons dehors, il est plus audacieux dans ses choix. Et il lui arrive le matin de quitter son bureau et de venir me retrouver au marché du Rialto afin de faire avec moi les courses pour le repas du soir. Plus tard, dans notre minuscule cuisine, il observe de près ce que je concocte avec les aubergines qu'il a choisies. Il me regarde aussi cuire dans du beurre doux une poignée de petits champignons jaunes, avec des oignons sauvages qu'un paysan a cueillis sur les berges de la Brenta. Il me dit retrouver alors l'odeur des bois où il allait se promener avec son grand-père. Il a acheté du romarin en pot, dont il prend soin comme s'il s'agissait d'un bébé. Mais malgré cela, je pense qu'il est encore trop tôt pour parler sérieusement d'un avenir où nous serions environnés de casseroles et de lourdes marmites. J'avance à pas feutrés :

« Tu ne crois pas que ce serait une bonne idée de proposer le dîner, s'ils le souhaitent, à nos clients ? »

Mais mon bel étranger ne m'écoute pas vraiment. Il est plongé dans ses cartes routières et mesure les distances à parcourir avec ses doigts. Entre la première et la seconde phalange, il y a cent kilomètres. Il saute d'un point à un autre comme sur les cases d'un échiquier.

« Je prendrai régulièrement mon vendredi, de sorte que nous ayons chaque semaine trois jours pour voyager, quatre longs week-ends par mois.

— Mais tu peux faire ça ?

— Qu'est-ce que je risque ? Qu'on me mette à la porte ? Ce que je vois, moi, c'est qu'en moins de six heures on peut aller à peu près partout dans le Nord. »

Nous tombons sur l'annonce d'un petit hôtel à vendre à Comeglians, dans le Frioul, près de la frontière autrichienne, et nous décidons d'aller voir. C'est une région qui n'est guère ensoleillée, même en été, et je remarque le long des routes sinueuses les nombreux panneaux indiquant « *legna da ardere*, bois à brûler ». J'essaye d'imaginer la température qu'il doit faire en février. Nous sommes bientôt perdus et demandons notre chemin dans un village au marchand de tabac qui fait aussi office d'épicier, de crémier et de bouilleur de cru. Quand nous arrivons, il est en train de découper une grande roue de fromage très sec. Pointant son couteau en forme de javelot entre nos deux têtes, il se contente de déclarer : « *sempre diritto*, toujours tout droit ». C'est un des points communs entre les Italiens, peu importe dans quelle région on se trouve : il faut toujours aller tout droit. La mer me manque déjà.

Dans le petit hôtel genre chalet, en pierre et en bois, il y a vingt chambres, huit salles de bains, un bar et un immense foyer rond, un *fogolar* en dialecte du Frioul. Le feu n'est pas allumé, mais on sent encore l'odeur de celui de la veille.

La patronne nous explique qu'elle veut vendre parce que les sommes prévues pour la construction de nouvelles routes, à la fin des années soixante-dix, n'ont jamais été versées, que ce soit par la région ou par l'État, et qu'il n'y a plus d'ouvriers chargés de ce travail pour venir dormir chez elle, boire de la grappa et manger la polenta de maïs, dont elle est prête à me donner la recette. Plus celle, délicieuse, précise-t-elle, de la sauce à base de tripes de mouton et de vin rouge qu'on verse dessus. Fernando veut savoir s'il y a des touristes par ici, mais elle répond qu'ils vont plutôt vers Tolmezzo ou San Daniele del Friuli. Il n'y a pas grand-chose pour les attirer à Comeglians. Il suffit de se montrer patient, « *Vedrai*, vous verrez, ajoute-t-elle, les ouvriers et les touristes reviendront bien un jour. » Nous remontons en voiture et lui faisons au revoir par la portière.

Nous allons ensuite explorer un peu Vérone, où il y a, paraît-il, une *locanda* à vendre Via XX-Settembre, avec huit chambres. À la Bottega del Vino, devant un verre de recioto, un homme très élégant, en veste de daim couleur whisky, se présente. Il ne s'est pas gêné pour écouter ce que nous disions dans notre espéranto habituel. Il nous explique qu'il a invité quelques amis américains à dîner et nous propose de nous joindre à eux. Si ce genre d'invitation est acceptable à New York, elle est parfaitement incongrue à Vérone, où une réserve distinguée est de mise. Nous y réfléchissons quand même, autour d'un deuxième verre de recioto, en donnant un bref résumé de notre histoire, puis nous refusons poliment, non sans avoir de part et d'autre échangé nos cartes de visite. Il s'en va et le barman nous explique alors que ce client est un comte, un gentleman-farmer, qui élève des chevaux dans une vaste propriété près de Solferino, en Lombardie. Nous disons que c'est très bien et filons au restaurant Al Calmiere déguster de la *pastissada* » — de la viande de cheval fumée, cuite avec des tomates et du vin rouge. À notre retour à Venise, nous trouvons un message du comte.

Il nous invite à passer le week-end suivant chez lui et, cette fois, nous acceptons. Il possède une maison du XVIIIe siècle, plus une demi-douzaine de pavillons, des bâtiments de ferme et des enclos pour les chevaux, éparpillés à travers des prés d'un vert délicat. Il nous propose, si nous le souhaitons, de cuisiner comme nous l'entendons et de faire les courses pour quatre jours de réjouissances. Je suis assez surprise d'entendre Fernando lui répondre, « *perché no ?* » d'une voix très décidée.

Les invités sont surtout des Anglais, plus un couple d'Allemands et deux Écossais. Nous attachons nos tabliers et au travail ! Nous préparons la pâte pour de gigantesques *tortelli*, farcis à la citrouille et aux amandes, qui seront servis avec de la *mostarda*, des fruits confits dans de l'huile et de la moutarde. Nous mettons de la viande de bœuf à mariner dans de l'amarone, nous faisons cuire de la polenta, des cailles et du risotto. Le déjeuner se termine toujours par du très bon fromage, en particulier du gorgonzola bien crémeux, accompagné de miel de thym du domaine.

Les invités, les trois premiers jours, montent à cheval, mangent et boivent. Le quatrième, ils ne sortent de leur lit qu'à l'heure des repas, à l'exception des Écossais. Tout se passe à merveille, au point que le comte offre de nous engager, logés, avec un très bon salaire. Mais nous refusons, en lui expliquant que nous voulons vivre notre aventure à nous, et pas une partie de la sienne. Cet épisode semble avoir donné des forces supplémentaires à Fernando. Il se met à s'intéresser à l'art de découper les viandes et se renseigne sur la différence entre le vrai gorgonzola, affiné naturellement dans des caves, et le faux, piqueté de fils de cuivre pour accélérer la formation des moisissures vertes. Il déborde d'énergie.

Trois, parfois quatre jours de suite, nous partons sur les autoroutes, grimpons des chemins escarpés, traversons vignobles et oliveraies, champs de tabac ou de tournesols, en direction d'une autre ville, d'un autre village, au-delà d'autres collines, qui ont été peintes par Léonard de Vinci, Botticelli et Piero della Francesca. Si je ne vois plus la mer, je dévore des yeux ces paysages, ce sable rose, cette terre de Sienne rouge, ces cyprès noirs, ces teintes d'aquarelle... Mais nous ne trouvons pas de maison en Toscane.

Nous interrogeons tous les agents immobiliers, nous consultons tous les bureaux de tourisme, nous parlons avec des épiciers, des boulangers, des serveurs de bar. Nous faisons signe à des fermiers perchés sur leur tracteur qui, sans arrêter leur moteur, nous désignent du doigt une ruine, là-bas, au bout d'un champ éloigné. Et quand nous sommes si fatigués et si affamés que nous en pleurerions presque, nous dénichons une petite *osteria* au bout d'un chemin de terre, où une vieille femme nous sert de grandes assiettées de *pasta* « maison » comme elle en cuisine deux fois par jour depuis un demi-siècle.

Nous ne trouvons pas de maison, mais un jour nous voyons au bord d'une route un panneau écrit à la main qui annonce, « *oggi cinghiale al buglione* ». Nous suivons la flèche en direction d'une étable rénovée où une fermière nous invite à nous asseoir sur un banc pendant qu'elle surveille un ragoût de sanglier au vin blanc, tomates et ail, qui mijote sur un feu de bois d'olivier. Nous mangeons et nous buvons entourés d'hommes et de femmes qui ne sont jamais allés à Venise ou à Rome, qui n'ont jamais quitté le village où ils sont nés. Nous ne trouvons pas de maison, mais nous découvrons, dans une forêt de châtaigniers, un moulin à eau dont la roue tourne depuis la nuit des temps entraînée par le même ruisseau. Nous faisons connaissance avec des viticulteurs qui célèbrent les vendanges par de grands festins dans les vignes, à la lueur des torches. Des paysans qui récoltent encore les olives à la main, quand elles sont presque mûres et d'une teinte rouge foncé, pour les écraser ensuite entre deux vieilles pierres que fait tourner une mule. L'huile obtenue est verte, avec des petites bulles qui piquent la langue et une odeur de noisette grillée. Quand on en verse sur du pain chaud tout juste sorti du four à bois, avec un peu de sel marin, c'est un délice des dieux, proche de la perfection.

Meurtris à force de parcourir à pied des kilomètres, qu'il pleuve ou qu'il fasse trop chaud, et de grimper des escaliers vermoulus, nous poursuivons notre quête avec obstination, semaine après semaine, pendant plus d'un an. Mais il semble n'y avoir nulle part de petit hôtel, de ferme à rénover, d'endroit où nous pourrions travailler et vivre. C'est la veille de Noël et nous sommes en train de rouler pour rentrer à Venise quand, brusquement, Fernando freine et s'arrête au bord de la route :

« Est-ce que tu aimerais passer Noël en Autriche ? me demande-t-il en tendant la main vers une de nos innombrables cartes. On pourrait être à Salzbourg à six heures. »

Heureusement, nous avons toujours un sac de voyage avec tout ce dont nous avons besoin dans le coffre de la voiture. Mais je lui rappelle que nos cadeaux sont à l'appartement, de même que les tortellinis et la dinde farcie aux amandes du réveillon.

« Pas d'importance, me dit-il. On fêtera Noël tout le reste de la semaine. Et là-bas, je suis sûr qu'il y aura de la neige.

— Parfait, on y va ! »

Au moins, j'ai sur moi mes bottes neuves et mon chapeau de velours vert. Quand nous arrivons au Weisses Rössl, un quatuor à cordes joue *Douce Nuit* devant une crèche, de l'autre côté de la rue. Et il neige.

Pendant que nous regagnons notre hôtel après la messe de minuit, je me dis que Fernando a eu raison. Bien sûr, tous ces voyages ont pour but de trouver où et comment nous allons passer la prochaine étape de notre existence. Mais plus encore, ils nous ont permis d'aller au fond de nous-mêmes. Cela fait deux ans que nous sommes mariés et si j'essaie de me rappeler ma vie sans lui, c'est comme essayer de retrouver des scènes d'un vieux film que je ne suis même pas sûre d'avoir jamais vu. Je lui demande s'il regrette que nous ne nous soyons pas rencontrés quand nous étions jeunes et il me répond qu'à cette époque il ne m'aurait même pas remarquée. D'ailleurs, ajoute-t-il, « quand j'étais jeune, j'étais trop vieux ».

Je lui dis que c'est ce que j'éprouve aussi. Autrefois, j'étais beaucoup plus âgée.

*

Nous décidons d'aller à New York. Je veux voir mes enfants et rendre visite à quelques amis. La veille de notre départ, nous nous promenons au Rialto et voilà que Fernando déclare soudain : « Arrêtons-nous chez Gambara pour lui dire de mettre l'appartement en vente. Peut-être faut-il envisager le changement sous un autre angle. » Nous signons les papiers nécessaires et rentrons chez nous pour finir nos valises.

Depuis des mois, nous n'arrêtons pas de faire et défaire nos bagages. Mon secret, pour voyager sereinement, c'est de porter sur moi tout ce que je ne veux absolument pas risquer de perdre. Comme on est en février, cela ne pose pas trop de problème.

Je vais enfiler successivement un chemisier en soie, deux pull-overs en cachemire, une veste en tweed, plus une jupe longue en daim par-dessus un pantalon étroit en cuir noir. C'est alors que Gambara téléphone pour prévenir qu'il passera le lendemain matin vers onze heures, avec un acheteur éventuel, un Milanais nommé Giancarlo Maietto qui cherche quelque chose près de la mer pour son père retraité. Mais à onze heures, nous serons quelque part au-dessus de la mer Tyrrhénienne. Pas de problème, me répond-il, il suffit de laisser la clé au troll et d'appeler le lendemain de New York.

Mais le lendemain, nous n'appelons pas, ni le surlendemain, et c'est seulement trois jours après que Fernando commence à s'agiter. Nous sommes confortablement installés au restaurant Le Quercy, devant du confit de canard et d'admirables pommes de terre sautées bien dorées, plus une bouteille de cahors à portée de main. Il dit vouloir joindre Gambara tout de suite, bien qu'il soit alors sept heures du matin à

Venise. Moi, je suis tellement absorbée par mon canard et mon vin, les yeux mi-clos pour mieux déguster, que de la main je lui fais signe d'aller téléphoner. Quand il revient, il déclare : « Giancarlo Maietto a acheté l'appartement. » J'échange aussitôt mon assiette maintenant vide avec la sienne encore pleine et je continue à manger. Il s'indigne : « Mais qu'est-ce que tu fais ? Comment peux-tu dévorer ainsi alors que nous n'avons plus de maison ? »

Je m'empresse de répondre, le visage et les mains barbouillés de graisse, les lèvres surmontées d'une sensuelle moustache de vin de Cahors :

« Moi, je vis pour l'instant présent. Nous n'avons peut-être plus de maison mais, en ce moment, il y a ces cuisses de canard devant moi que je vais manger avant que tu les mettes en vente. Je te rappelle que c'est toi qui as dit qu'il fallait envisager le changement sous un autre angle. Eh bien, on l'a fait. Tout ira bien, tu verras. »

Mais je sais que Monsieur Vif-Argent est de retour. Fernando peut-il passer plus de trois jours sans crise d'angoisse ?

À la fin de notre première semaine à New York, l'offre, la contre-offre et la contre-contre-offre ont été échangées et discutées, puis un accord a été trouvé. Giancarlo Maietto paiera à peine moins que la somme astronomique que nous demandions. Sachant que nous n'étions pas pressés de vendre, Gambara avait conseillé à Fernando de viser le maximum. De retour à Venise, nous allons voir Gambara qui nous dit que Maietto veut entrer en possession des lieux dans soixante jours. Nous demandons quatre-vingt-dix jours, ce qui est accepté. Nous partirons donc le 15 juin. Pour aller où, c'est encore le grand mystère. Mais nous continuons à chercher, en mettant les bouchées doubles. Si nous n'avons toujours rien trouvé, nous stockerons nos affaires dans un garde-meuble et nous louerons un appartement meublé à Venise le temps qu'il faudra. Enfin, c'est ce que nous avons décidé, après en avoir longuement discuté, mais Fernando soupire, s'inquiète et, le matin où il doit retourner au travail, il me demande de l'accompagner.

Nous allons prendre le bateau jusqu'à Venise, débarquons, puis il m'entraîne avec lui, mais une fois devant la banque il jette ses clés au vigile et lui dit : « *Arrivo subito*. J'arrive tout de suite. »

Nous traversons San Bartolomeo, passons devant la poste, pour aller jusqu'au Ponte dell'Olio, sans échanger un mot. La princesse est si belle, ce matin, qui nous regarde derrière ses brumes du mois de mars. J'essaye d'en faire la remarque à Fernando, mais il ne m'entend pas. Nous nous arrêtons pour boire un *espresso*, puis nous repartons presque en courant, dans la direction opposée à celle de la banque. Nous traversons le Campo Santi Apostoli, plein d'enfants qui vont à l'école, puis le Campo Santa Sofia, et la Strada Nova. Fernando ne parle toujours pas, jusqu'à ce que nous arrivions au *vicolo* qui mène

à l'embarcadère de la Ca' d'Oro. Là, il annonce :
« On y retourne. » Nous prenons le vaporetto,
mais nous ne débarquons pas à la station la plus
proche de la banque. Je m'imagine donc qu'il a
choisi de rentrer à la maison. Au lieu de quoi,
nous descendons à Santa Maria del Giglio. Il
me propose alors d'aller prendre un café au
Gritti, comme si nous avions l'habitude de
dépenser dix mille lires pour un *espresso* à l'hôtel
le plus chic de Venise.

Dans le bar, il me dit de m'asseoir à une des
petites tables, sur laquelle il pose un paquet de
cigarettes et un briquet. Lui reste debout. Il
demande au garçon un cognac.

« Un seul, monsieur ?

— Oui, un seul. »

Puis il ajoute à mi-voix :

« Fume, bois et attends-moi ici sans en bouger. »

Il doit avoir oublié que je ne fume pas et que
s'il m'arrive de boire du cognac, c'est après le
dîner et pas à neuf heures et demie du matin !
Après quoi, il disparaît. Mais où est-il parti ?
Veut-il aller dire à Gambara d'annuler la vente ?
Je ne sais même pas si c'est possible, à ce stade.

Trente minutes, peut-être trente-cinq minutes
s'écoulent et enfin il réapparaît, les yeux dans le
vague. On dirait qu'il a pleuré. « *Ho fatto*, je l'ai
fait, me dit-il. Je suis allé au siège de la banque,
Via XXII Marzo, j'ai monté l'escalier jusqu'au
bureau du directeur, je suis entré, je me suis assis
et je lui ai annoncé que je partais. » Il mime la

scène, tout en parlant, comme s'il voulait s'assurer que c'est bien arrivé. Lui toujours si attentif à préserver sa *bella figura* ne prête aucune attention aux trois autres clients qui boivent une bière, accompagnés d'une femme qui fume un très gros cigare, dans cet espace minuscule, près de la réception. Et il poursuit : « Devine ce que signor d'Angelantonio m'a répondu ? Il m'a demandé si je souhaitais écrire ma lettre de démission tout de suite ou si je préférais la lui apporter demain. C'était comme je voulais. Voilà tout ce qu'il a trouvé à me dire au bout de vingt-six ans de présence. Alors j'ai fait exactement ce que je voulais. »

Il s'est assis devant une petite Olivetti, a tapé son texte, l'a arraché à la machine à écrire, l'a plié en trois et a demandé une enveloppe qu'il a adressée au signor d'Angelantonio qui attendait dans son bureau, à moins de deux mètres.

J'ai appris à comprendre que ces tempêtes qui s'emparent de Fernando n'ont rien de spontané. Ce sont des éclairs qui surgissent à la fin d'un long bouillonnement intérieur. Les crises qu'il traverse sont presque toujours silencieuses au départ, très intimes. J'ai beau le savoir, cela me déstabilise chaque fois. Je tends la main vers le verre de cognac auquel je n'ai pas touché et essaye de mettre un peu d'ordre dans mes pensées. Voyons, si je récapitule notre histoire : un jour, à Venise, j'ai rencontré un bel étranger qui travaillait dans une banque et habitait au bord de la mer. Le bel étranger est tombé amoureux de moi et est venu jusqu'à Saint Louis me demander de l'épouser, de quitter ma maison et mon restaurant pour venir vivre avec lui et être heureuse pour toujours dans sa petite île de la mer Adriatique. Je suis tombée amoureuse, moi aussi, et j'ai accepté. Mais le bel étranger qui est devenu mon mari n'a plus envie de rester dans sa petite île de la mer Adriatique, plus envie non plus de travailler dans une banque, si bien que maintenant nous n'avons plus ni maison ni travail et que nous recommençons tout à zéro. Bizarrement, tout cela me convient très bien. C'est seulement la façon brutale dont Fernando procède qui me blesse un peu. Il avait pourtant dit que le mot clé serait « patience » ! Mais une fois de plus, nous n'avons à aucun moment fait preuve de prudence.

Il est dix heures, je bois mon cognac, je ris et je pleure en même temps. Comme plusieurs fois déjà dans ma vie, je suis partagée entre la peur et la joie. De toute façon, quelle importance cela a-t-il que nous fassions les choses à l'envers ? Dans moins de dix minutes, j'aurai retrouvé mon calme. Pourtant je l'interroge :

« Pourquoi aujourd'hui et pourquoi ne pas m'en avoir parlé avant ?

— *Sono fatto così.* Je suis fait comme ça. »

Une mise au point claire, sans ambiguïté et assez égoïste, à mon avis. Fernando est vénitien, c'est un fils de la princesse. Et sur leurs visages à tous les deux, folie et courage se mêlent, dans la lumière de soie rutilante du matin.

16

DIX TICKETS ROUGES

De retour à l'appartement qui dans quatre-vingt-un jours appartiendra à Giancarlo Maietto, nous nous installons sur le lit — qui, lui, restera le nôtre — avec notre dossier de petites annonces, deux tasses et une théière. Pour la centième fois, nous recommençons à calculer de quelles ressources nous pourrons disposer : l'indemnité de départ de Fernando, la vente de l'appartement, nos économies, quelques petits avoirs ici ou là et, avant que le thé soit froid, notre réunion budgétaire prend fin. Nous sommes excités par ce qui nous attend — et, en même temps, nous nous sentons humbles, au bord de quelque chose de nouveau. Nous avons déjà fait des listes de tout ce qui pourrait nous rendre économiquement indépendants. Nous n'espérons pas la fortune, bien sûr. En un sens, c'est comme si nous allions ouvrir un petit stand où vendre de la limonade — mais nous savons tous les deux que je le draperai de tissu damassé et que je servirai la limonade dans des verres en cristal.

Le temps presse. Nous décidons donc de restreindre nos recherches à un coin du sud de la Toscane. Un dimanche matin, sous une pluie battante qui gifle le pare-brise, et accompagnés du grincement régulier des essuie-glaces, nous prenons la direction de Chianciano, puis de Sarteano, de Cetona et enfin une route escarpée que nous ne connaissons pas. Nous la suivons, jusqu'à une hauteur couverte de pins et de chênes. C'est magnifique. « Et après, on va où ? » me demande Fernando. Je regarde la carte et vois qu'on arrive ensuite à un tout petit village, San Casciano dei Bagni. Je lis d'une voix que je veux enjouée — mais je me force un peu : « Thermes romains. Eau de source qui guérit tous les problèmes des yeux. Tours médiévales. Deux cents habitants. » La descente est d'abord moins sinueuse que la montée, puis devient carrément abrupte, avec un brusque virage à gauche et alors, un peu comme cela nous est déjà arrivé depuis que nous nous connaissons, tout change. Nous arrêtons la voiture et en sortons.

Droit devant nous, en haut d'une colline, il y a les tours, qui émergent de la brume. On dirait un décor de conte de fées. Des maisons miniatures en pierres sèches, des toits rouges typiquement toscans que la pluie fait luire, le brouillard qu'un coup de vent dissipe brusquement… Non, ce n'est pas un décor, c'est bien réel. Nous montons à pied jusqu'au village et entrons dans l'unique bar de la piazza, où est assis un homme pourvu d'une seule dent assez pointue, un béret bleu marine sur la tête. Il ne bouge pas plus qu'un meuble. Nous nous approchons avec précaution et entamons une interrogation en douceur.

Il nous explique que deux familles possèdent à peu près tout dans le village et aux alentours. Leurs membres sont les descendants de deux factions rivales, ennemies depuis le Moyen Âge, et nous pouvons être sûrs qu'aucun ne voudra nous vendre ne serait-ce qu'un olivier. Il ajoute que ces gens survivent en entretenant leurs propriétés un minimum, pour les louer ensuite à des artistes, à des écrivains ou à des acteurs ou à quiconque acceptant de payer très cher les joies de la solitude en Toscane.

Le vieil homme a l'air de tout savoir. Il nous dit qu'il est le sacristain de San Leonardo et qu'il est venu ici aujourd'hui pour conduire un convoi funèbre depuis l'église jusqu'au cimetière en contrebas.

« *Infarto,* nous précise-t-il, le cœur. Valerio était exactement à la place où vous êtes, hier encore, nous avons bu notre *grappina* du matin ensemble, et puis il est rentré chez lui et il est mort, le pauvre. Il n'avait que quatre-vingt-six ans. Si vous voulez, vous pouvez vous joindre au cortège, tout à l'heure, c'est peut-être un bon moyen pour vous de parler à des gens. »

Mais nous refusons son offre. Avant que nous le quittions, il nous conseille d'essayer de rencontrer la matriarche d'une des deux familles. On fait actuellement des travaux dans une maison qui lui appartient, une ferme, sur la route de Celle sul Rigo, juste à la sortie du village. « Elle a quatre-vingt-neuf ans et elle est redoutable », nous prévient-il. Nous allons frapper à sa porte et du troisième étage, penchée à sa fenêtre, elle nous crie qu'elle ne veut rien avoir à faire avec des Témoins de Jéhovah. Nous lui répondons que nous ne sommes que des Vénitiens qui cherchent une maison. Quand elle se décide à descendre — cheveux teints bleuâtres, pommettes saillantes —, elle se montre très réticente. Nous finissons par l'amener à avouer qu'on termine actuellement la rénovation d'une de ses fermes. Oui, nous pouvons la voir, mais pas aujourd'hui. Non, elle n'est pas à vendre. Non, si elle était plus tard à louer, le montant du loyer n'a pas encore été fixé. Et est-ce que nous savons combien de Romains attendent depuis des années de pouvoir louer une maison par ici? Nous disons simplement que le village est très beau et que nous aimerions venir y habiter. « Bon, revenez la semaine prochaine », grommelle-t-elle. Nous prenons le chemin qui monte jusqu'à la maison et nous tournons autour plusieurs fois. Y a-t-il des raisons de ne pas se battre pour l'avoir? Non, aucune.

Plus haute que large, en pierres grossièrement taillées, c'est une modeste bâtisse, avec un jardin qui descend jusqu'à une prairie et une bergerie. Nous restons un moment là, sous un ciel toscan très gris. Il ne se produit aucune épiphanie, aucune explosion de joie. Nous ne voyons pas d'étoiles — d'ailleurs, il pleut toujours. Mais nous sommes peu à peu soûs le charme. Nous contemplons le village et les vallées jaunes et vertes qui se succèdent, serrées les unes contre les autres jusqu'à la Cassia, l'antique route romaine. Cette humble demeure, c'est peut-être celle qui nous convient.

Au deuxième étage, une fenêtre est restée entrouverte. Aussi je monte sur le petit perron et de là grimpe sur un échafaudage encore en place jusqu'à la fenêtre que je pousse et je me laisse tomber à l'intérieur, dans une salle de bains dont le sol vient d'être recouvert d'horribles carreaux d'un vilain brun rougeâtre. Mon bel étranger me suit et nous allons de pièce en pièce, en nous disant que nous nous sentons déjà chez nous.

*

Tout se met peu à peu en place. L'appartement est réellement vendu. Fernando a réellement quitté la banque. La matriarche aux cheveux bleus nous a donné un bail de deux ans et nous allons réellement partir vivre dans un minuscule village toscan. Nous pourrions nous y installer début mai, mais nous décidons de prendre notre temps et de ne quitter Venise que le 15 juin. Maintenant que toute l'agitation, tous les drames sont derrière nous, nous avons simplement envie d'*être* à Venise et de lui dire paisiblement adieu.

Nous faisons comme si nous n'entendions pas

le réveil sonner le matin, mais Fernando continue à ouvrir les yeux exactement une demi-heure avant le lever du soleil. Il se met à gémir, ce qui, évidemment, me réveille aussi et donc nous nous levons. J'enfile un vieux sweat-shirt et un pantalon de jogging. Fernando met des lunettes noires, bien qu'il fasse encore sombre. Et nous traversons la rue pour aller au bord de l'eau regarder le soleil apparaître. Après quoi, nous sommes les premiers clients de la journée chez Maggion, où nous prenons des *cornetti* à l'abricot encore chauds et du café brûlant. Et nous montons nous recoucher, pour dormir encore un peu. Sinon, nous nous habillons et allons prendre le bateau pour Venise.

Fernando emporte partout avec lui un petit porte-documents jaune où il entasse des articles sur la culture des oliviers et les plans qu'il a dessinés pour le four à pain de notre future maison en Toscane. Il a planté dans des petits pots en plastique douze minuscules oliviers qu'il a l'intention de replanter dans la partie orientée au sud de notre futur jardin. Il a calculé que, si tout se passe à peu près bien, il fera sa première récolte dans vingt-cinq ans et qu'elle lui donnera moins d'un demi-litre d'huile. Chaque jour, il remplit un nouveau carton, qu'il referme soigneusement, avec la joie non dissimulée d'un collégien qui part en camp de vacances d'été.

« Je suis tellement excité ! » me répète-t-il cinquante fois par soirée. Parfois, je me demande comment il se comportera loin de la mer, derrière notre stand à limonade, qui n'aura rien à voir avec son beau bureau dans un palazzo, face à la lagune.

Je préfère le prévenir :

« Tu sais que nous allons être pauvres, au moins un certain temps.

— Nous le sommes déjà, me rappelle-t-il. Il faudra être patient. Ce que nous entreprendrons marchera — ou ne marchera pas. En ce cas, nous tenterons autre chose. »

Notre dernier samedi matin arrive et il me demande de lui montrer un coin de Venise où je crois qu'il n'est jamais allé. Nous prenons donc le vaporetto jusqu'aux Zattere. Bien que nous ayons déjà eu deux petits déjeuners, je l'entraîne chez Nico, où je commande trois glaces à la noisette arrosées de café chaud. « Trois, mais pourquoi trois ? » veut-il savoir. Je lui réponds simplement qu'il doit me suivre. Et nous franchissons les quelques mètres qui nous séparent du Squero San Trovaso où, encore aujourd'hui, on fabrique et on répare des gondoles. Je présente mon mari à Federico Tramontin, de la troisième génération de cette famille d'artisans, qui est en train de passer au papier de verre, des deux mains en même temps, les bras tendus, la proue d'une embarcation en construction. Federico explique qu'il utilise le même papier de verre que les bijoutiers quand ils polissent de l'or. Je lui tends sa glace, puis Fernando et moi allons nous asseoir sur une pile de planches, pour savourer tranquillement les nôtres. Nous échangeons quelques mots tous les trois, d'abord sur le temps qu'il fait, puis sur le plaisir de passer ce bref moment ensemble. Après quoi, j'entraîne Fernando un peu plus loin, jusqu'à la toute petite vitrine poussiéreuse d'une agence de voyages, où est exposé un poème de Yeats recopié à la main :

Pars, ô enfant perdu,
Vers l'eau et la vie sauvage,
Main dans la main d'une fée,
Car il y a de par le monde plus de larmes que tu ne
*   peux l'imaginer.*

Je lui traduis ces quelques vers et lui raconte que, peu après que j'étais venue vivre à Venise, je m'étais dit que ce texte aurait pu avoir été écrit pour lui. Plus tard, j'ai pensé que c'était plutôt pour moi. Après tout, n'avons-nous pas été un peu perdu à tour de rôle ? Et qui ne désire pas mettre sa main dans celle d'une fée qui en sait infiniment plus que nous sur notre triste monde ? Et un mariage, n'est-ce pas être tantôt l'enfant, tantôt la fée ?

Un autre matin, nous sortons à l'heure où les boutiques ouvrent dans la Strada Nova. Tous les bruits se répondent et se font écho. Un homme siffle tandis qu'il balaye devant son magasin d'articles de pêche. Sur le trottoir en face, un autre siffle le même air en disposant artistiquement des aubergines violettes sur un étal en bois. C'est par hasard qu'ils exécutent un duo. L'eau vient cogner contre la *fondamenta*, le quai longeant le canal. Des cloches, une corne de brume, le piétinement des passants qui montent sur un pont, puis en descendent — tous ces bruits résonnent. Parfois, je me dis que Venise n'a pas de présent, qu'elle est constituée entièrement de souvenirs, souvent très anciens. Et s'il y en a de plus récents, elle exécute avec eux un joli *pas de deux**. *Veni etiam*, revenez, en latin. On raconte que c'est à partir de ces deux mots que le nom de Venise a été créé. Je regarde Fernando, puis le reflet de son visage dans l'eau. Quelle image est la plus vraie ? Je lui demande :

« Comment crois-tu que nous serons une fois devenus vieux ?

— Eh bien, si on en croit certains critères, nous sommes *déjà* vieux, donc j'imagine que nous ne changerons pas beaucoup. Mais la vérité, c'est que je ne sais pas si nous allons réellement avoir le temps de vieillir, puisque nous recommençons tout à zéro.

— Crois-tu que Venise va beaucoup te manquer ?

— Je l'ignore, mais si cela se produit, nous reviendrons y faire un tour, voilà tout.

— Moi, je veux être là tous les ans pour la Festa del Redentore. »

En 1577, Palladio commence la construction d'une église sur l'île de la Giudecca, en face de San Marco, pour remercier le Rédempteur d'avoir mis fin à une terrible et très longue épidémie de peste. Et depuis, chaque troisième

* En français dans le texte.

samedi de juillet, les Vénitiens célèbrent l'événement. Tous les propriétaires d'un bateau convergent vers le Bacino San Marco, où bientôt les embarcations décorées de fleurs et de drapeaux sont à touche-touche. De l'une à l'autre, on se passe des allumettes, un chandail, un verre de vin. Il arrive même qu'on pose une planche entre deux, pour y improviser un repas ou un apéritif.

La fête du Rédempteur est une grande réunion de tous les Vénitiens qui font la fête entre eux. « *Siamo Veneziani*, semblent-ils dire. Regardez-nous, regardez comment nous avons survécu. Nous étions des bergers, des petits cultivateurs et nous sommes devenus des pêcheurs et des marins qui ont créé de la vie là où il n'y avait que de l'eau. Nous avons survécu aux Goths, aux Wisigoths, aux Tartares, aux Perses et aux Turcs. Également aux épidémies de peste, aux empereurs et aux papes. Et nous sommes toujours là. »

Tout est scrupuleusement codifié : au coucher du soleil, on allume des lanternes à la proue des barques et on sert le souper. Des marmites circulent, pleines de pâtes aux haricots, de canard sauvage farci, des plats de sardines et de soles *in saor*, à l'aigre-doux. Des tonnelets d'incrocio et de manzoni se vident à une allure inquiétante. À minuit, on dégustera de la pastèque. Puis le feu d'artifice explose et embrase tout. C'est seulement vers deux heures du matin que la flottille s'ébranle et doucement, lentement se dirige vers le Lido pour profiter du lever du soleil.

« C'est ma fête à moi aussi, Fernando. Je suis aussi vénitienne que si j'étais née ici. Je le suis peut-être même plus que toi », lui ai-je répété plusieurs fois.

Nous nous sommes mis d'accord pour qu'il n'y ait pas d'adieux larmoyants au moment du départ mais, tandis que je ferme un carton de plus, je me demande comment Fernando peut s'en aller d'ici avec une telle désinvolture. Je n'ai pas envie de quitter Venise. Moi qui sais si bien mettre fin à une histoire pour en entamer aussitôt une autre, je m'aperçois que, cette fois, j'en suis incapable. Je me rappelle mon premier séjour, longtemps avant ma rencontre avec mon bel étranger. Tant d'années ont passé depuis… En deux semaines, j'étais déjà sous le charme, je souffrais de devoir repartir. Évidemment, il pleuvait.

La brume du petit matin me caresse le visage. Les putti dorés que j'ai achetés pour mes enfants sont bien emballés dans du papier journal et à l'abri dans le sac que je porte à l'épaule. Ma fichue valise tressaute sur les pavés et les marches à monter et à descendre. Mes talons cliquettent plus hardiment qu'à mon arrivée et c'est le seul bruit qu'on entend, car il est encore très tôt, dans le Sottoportego de le Acque. Bien que cela m'oblige à marcher davantage, j'ai préféré ne pas prendre le vaporetto à la station du Rialto, la plus proche de mon hôtel, mais aller jusqu'à celle de San Zaccaria, parce que je veux traverser la Piazza San Marco une fois encore. Je tourne ensuite sur la Piazzetta, je passe au

271

pied du campanile et j'arrive sur le quai, entre les colonnes de Marco et de Teodoro dont l'une est surmontée de la statue de San Teodoro et l'autre de celle d'un lion ailé, le symbole de la ville. À cet instant, la Marangona sonne six fois. Ces sons graves et plaintifs résonnent dans ma poitrine, dans ma tête et je me retourne, perplexe : pourquoi sonner maintenant, quand je m'en vais, et pas quand je suis arrivée ? Cela a-t-il un sens ?

Je me dirige vers le vaporetto et je ne sais plus si ce sont des larmes ou des gouttes de pluie qui coulent sur mes joues. Je remonte le Grand Canal sur toute sa longueur, jusqu'à la Piazzale Roma et la gare, avec à bord des cheminots comme uniques compagnons, à cette heure. J'ai l'impression qu'à me voir si triste ils m'offrent leur silencieuse sympathie. Ma drôle de petite chambre me manque déjà, et Fiorella aussi, qui m'a préparé des paninis bien garnis pour le voyage. J'en mange un toutes les heures, d'abord pendant le trajet jusqu'à Milan, puis à l'aéroport avant d'embarquer pour les États-Unis. Il m'en reste pour finir le voyage...

Fernando me promet que ce n'est pas du tout comme si nous n'allions jamais revenir. La veille du départ, nous descendons jusqu'à la plage regarder le soleil se lever et nous rapportons nos *cornetti* pour les manger au lit — enfin, sur le matelas posé par terre qui nous reste, le lit étant déjà en route pour la Toscane. Nous prenons ensuite le bateau pour Venise et déjeunons au Do Mori, comme nous l'avons si souvent fait. Après, c'est thé au Harry's Bar. Nous discutons de tout ce qu'il y aura à faire en arrivant à San Casciano, avant de repasser à l'appartement, pour un dernier bain dans la salle de bains noire et blanche. Nous nous changeons et décidons de faire un festin de poissons de l'Adriatique dans un petit restaurant qui ne paye pas de mine, le Conte Pescaor, au-delà du Campo San Zulian. Fernando m'assure que c'est le meilleur de Venise en ce qui concerne les fruits de mer. Sous sa véranda poussiéreuse, décorée de guirlandes électriques bleues, nous buvons un cartizze bien glacé et dégustons *una frittura mixta*. Puis nous enchaînons avec des moules, des coquilles Saint-Jacques sautées et de l'anguille grillée sur des feuilles de laurier. Le serveur ouvre une bouteille de recioto- de-capitelli et, comme nous voyons notre voisin de table manger des palourdes, nous en demandons aussi. Suivent de la roussette, du bar, puis des rougets… Il est une heure moins dix quand nous disons finalement *buona notte* au personnel qui commence à avoir sommeil. Et nous nous dirigeons sans nous presser vers San Marco.

À partir de minuit, le bateau pour le Lido ne passe que toutes les quatre-vingt-dix minutes. Nous avons donc le temps. Je m'assois en amazone sur le lion en marbre rose de la Piazzetta. Je pense à voix haute :

« Nous allons changer infiniment plus que Venise elle-même. Quand nous reviendrons, même si c'est la semaine prochaine, rien ne sera plus exactement comme ce soir. Et cela fait plus de mille jours que je suis là. » Mille jours. Une minute. Un instant. Comme la vie… J'ai l'impression qu'elle me murmure : *Prends-moi par la main et redeviens jeune avec moi. Ne cours pas. Commence au commencement. Orne tes cheveux de perles. Allume les bougies. Entretiens le feu. Ose aimer quelqu'un. Avoue-toi la vérité. Reste au cœur de l'enchantement.*

Fernando m'aide à me remettre debout, il va falloir partir. Et je ne veux pas partir. J'ai l'impression d'avoir à nouveau sept ou huit ans, un après-midi du mois d'août, quand mon oncle Charlie m'emmenait faire des tours de manège. Il m'offrait toujours un carnet de dix tickets rouges, puis me hissait sur le cheval noir tacheté d'argent. Et dès que la musique s'arrêtait, que ma monture s'immobilisait, vite, j'arrachais un nouveau ticket que je tendais au préposé, pour pouvoir recommencer à tourner, tourner sans fin.

J'utilisais toujours mes dix tickets rouges à la file. J'étais une héroïque cavalière qui galopait sans relâche, franchissait des fossés pleins d'eau, traversait des forêts obscures, pour arriver à ma maison aux fenêtres dorées. Je savais que là-bas on m'attendait. C'était sûr et certain. On m'ouvrirait la porte, on me ferait entrer, il y aurait une flambée dans la cheminée et des bougies partout. Il y aurait une bonne soupe et du pain chaud. On mangerait tous ensemble en riant. Puis on me conduirait à ma chambre, on me coucherait dans mon lit, on me borderait, on m'embrasserait encore et encore, on me chanterait une berceuse et on me répéterait qu'on m'aimerait toujours. Mais dix tickets ne suffisaient pas pour arriver jusqu'à cette maison-là. Dix tickets rouges. Mille jours. « C'est l'heure d'y aller », me disait oncle Charlie en m'aidant à descendre.

« C'est l'heure d'y aller », me dit Fernando. J'ai envie de crier quelque chose, mais aucun son ne sort de ma bouche. J'ai envie de déclarer : « Je t'aime, vieille princesse rusée en haillons, vieille Byzantine ronchonne en jupes rapiécées, ornée de perles et parfumée à la cannelle. Comme je t'aime… »

Mon mari qui, voilà mille jours, était encore un étranger, entend mon silence. Et il me dit : « Elle t'aime, elle aussi. Depuis le début. Et pour toujours. »

QUELQUES RECETTES
QUI ONT PLU À MON BEL ÉTRANGER

Porri gratinati

GRATIN DE POIREAUX

Quand j'ai servi ce plat à Fernando, le soir de son arrivée à Saint Louis, il m'a déclaré d'emblée qu'il n'aimait pas les poireaux. Je me suis hâtée de mentir et de dire qu'il s'agissait en fait d'échalotes. Et il a adoré. Beaucoup plus tard, quand je lui ai avoué la vérité, il a mis des mois à me pardonner. Mais maintenant, il est le premier à aller acheter au marché des bottes et des bottes de poireaux pour que je lui prépare ce gratin — si facile à réaliser que c'est à peine nécessaire d'en donner la recette. On peut le servir en entrée ou en accompagnement d'une côte de bœuf grillée ou de côtelettes de porc braisées.

Pour 6 :

Environ 12 gros poireaux dont on ne garde que le blanc
— ou un kilo d'oignons ou d'échalotes
300 grammes de mascarpone ou de crème épaisse

1 cuiller à café de muscade
1 cuiller à café de poivre noir
2 cuillers à café de sel
un petit verre de vodka ou de grappa
200 grammes de parmesan râpé
50 grammes de beurre

Lavez les poireaux et fendez-les en deux pour bien éliminer le sable ou la terre. Mélangez le mascarpone avec tous les autres ingrédients et recouvrez les tronçons de poireaux disposés dans un plat à gratin — ou six petits plats individuels. Cuire à four chaud pendant environ 30 minutes jusqu'à ce qu'une belle croûte dorée se forme.

Tagliatelle con salsa di noci arrostite

PÂTES À LA SAUCE AUX NOIX

Ce plat-là aussi je l'ai servi le premier soir à Saint Louis. Et Fernando n'a pas eu besoin que je l'encourage à y goûter. Quand il a eu fini, il m'a demandé s'il pouvait avoir « *una altra goccia di salsa* », encore une goutte de sauce, qu'il a mangée en y trempant des petits morceaux de pain — entre deux gorgées de bon vin rouge. Depuis, j'en prépare toujours une assez grande quantité pour en garder au réfrigérateur et en verser sur du poulet rôti ou des asperges à la vapeur, ou dans une simple soupe de légumes, à moins que j'en garnisse des petits canapés pour l'apéritif.

Pour 6 :

1 kilo de pâtes, fraîches de préférence, sinon d'une très bonne marque, que l'on fait cuire al dente dans une grande quantité d'eau salée.

Les égoutter et y mélanger la sauce :

300 grammes de noisettes ou de noix légèrement grillées
1/2 cuiller à café de cannelle
un peu de muscade
sel et poivre
1 petit verre d'huile d'olive
100 grammes de crème épaisse
1 petit verre de vin blanc doux, par exemple du vin santo ou du moscato

Broyez les noix ou les noisettes, mais pas trop finement. Mélangez avec tous les autres ingrédients et versez sur les pâtes très chaudes.

Prugne addormentate

PRUNES ENDORMIES (... !)

Un délicieux dessert dont j'ai eu l'idée en voyant un boulanger dans le Frioul préparer pour le petit déjeuner de sa famille un pain à base de pommes de terre. Je préfère y ajouter des fruits (mais c'est très bon aussi sans) : prunes, pêches, abricots, au choix. Il constitue le souper préféré de Fernando quand il est fatigué, pas vraiment malade, mais las des complications de la vie — et aussi des plats plus sophistiqués qu'il m'arrive de préparer. Je le lui ai servi le soir où il a démissionné de son poste à la banque. Et je le prépare toujours dans le même plat bien culotté qui est venu avec moi de Saint Louis à Venise, pour m'accompagner ensuite en Toscane.

Pour 6 :

300 grammes de pâte à pain à base de pommes de terre (voir recette suivante) qui n'a pas encore levé
1 douzaine de prunes dénoyautées et coupées en deux
250 grammes de sucre roux en poudre
200 grammes de beurre
200 grammes de crème fraîche épaisse
1 petit verre de grappa

Beurrer largement un moule à parfait. Versez-y la pâte, dans laquelle vous enfoncerez les prunes, la partie bombée à l'intérieur. Saupoudrez de sucre et de reste du beurre coupé en petits morceaux. Recouvrir de la crème et de la grappa bien mélangées. Au four à 400 degrés (force 6) pendant 20 à 25 minutes, jusqu'à ce que la crème, le beurre, le jus des prunes et le sucre aient bien caramélisé.

Pane di patate

PAIN DE POMMES DE TERRE

Pour faire deux pains :

1 livre de pommes de terre à purée
1 petit morceau de levure de boulanger ou 3 cuillers à café de levure alsacienne
750 grammes de farine
1 cuiller à soupe de sel
1 cuiller à soupe d'huile d'olive

Faites cuire les pommes de terre non épluchées dans de l'eau salée et gardez, quand elles sont cuites, 1/2 litre de l'eau de cuisson, où vous laisserez tremper la levure pendant 20 minutes. Épluchez-les et passez-les en purée. Mélangez et pétrissez pendant une dizaine de minutes, pommes de terre, farine, levure et eau. Laissez la pâte ainsi obtenue lever pendant environ une heure, jusqu'à ce qu'elle ait doublé de volume. Ensuite, vous en utiliserez la moitié pour faire le gâteau aux prunes. Le reste, vous l'étalez sur une planche farinée, jusqu'à former une sorte de grosse galette et vous laissez lever une heure de plus. Puis vous faites cuire au four à 400 degrés, entre 40 et 50 minutes. Laissez refroidir sur une grille.

S'il vous reste de la pâte (avec les quantités que je viens d'indiquer, il y a de quoi faire deux gâteaux ou deux pains), vous pouvez la mettre au congélateur. Mais avant de l'utiliser, il faut bien la laisser décongeler et lever encore une fois.

Fiori di zucca fritti

BEIGNETS DE FLEURS
DE COURGETTE

Pour faire ces délicieux beignets, il suffit de tremper les fleurs de courgette dans une pâte très fluide, puis dans de l'huile très chaude. C'est la meilleure, à vrai dire la seule façon de les cuisiner. Les farcir serait un crime, que ce soit avec de la ricotta, de la mozzarella ou des anchois, un peu comme farcir une truffe. On tuerait leur goût si délicat.

Ce n'est évidemment pas un plat qu'on peut préparer pour de nombreux convives. D'abord parce que chacun en voudra plusieurs et ensuite parce que les fleurs de courgette sont difficiles à trouver sur les marchés. Les fermiers qui m'en vendent gardent une grande partie de leur cueillette pour leur usage personnel. Ce qui fait que je n'en sers en général qu'à Fernando et moi. Avec un bon vin blanc bien glacé, c'est notre déjeuner préféré en juillet, quand il fait très chaud.

Pour nous deux :

20 belles fleurs de courgette
350 grammes de farine
de la bière
du sel
de l'huile d'arachide

D'abord, avec des ciseaux, vous entamez les pétales pour bien ouvrir la fleur. Supprimez la tige. Vaporisez un peu d'eau sur les fleurs et laissez-les sécher. Mélangez bien la farine et la bière, jusqu'à obtenir une pâte un peu plus consistante que de la crème épaisse. Salez légèrement. Versez l'huile d'arachide dans une sauteuse et chauffez-la à température moyenne. Jetez-y les fleurs, pas plus de trois ou quatre à la fois, après les avoir juste trempées dans la pâte. Retirez-les du feu quand elles sont bien dorées et posez-les sur du papier absorbant. Il faut utiliser de l'huile d'arachide et non d'olive, car elle ne fume pas en chauffant. Le côté légèrement croquant de ces beignets se marie parfaitement avec le vin très froid.

Pappa al pomodoro

SOUPE À LA TOMATE

Je n'ai jamais réussi à convaincre mon bel étranger des mérites de ma soupe à la tomate servie froide avec de grosses crevettes grillées et parfumées à l'anis. Je lui avais préparé ce plat un soir, peu après mon arrivée à Venise, mais c'était trop sophistiqué pour lui. Par contre, chaque fois que je lui propose cette épaisse concoction toscane à base de tomates braisées, de pain de la veille, de vin blanc et d'huile d'olive, il se met à chanter une chanson de son enfance, « *Viva la pappa col pomodoro, viva la pappa che è un capolavoro !* Vive la soupe à la tomate, vive la soupe à la tomate qui est un chef-d'œuvre ! » Mon marchand de légumes, sur le marché, me la chante aussi, quand je lui achète des tomates, et il m'a souvent raconté à quel point lui et son frère rêvaient de ce plat pendant les terribles restrictions de la guerre.

Pour 6 :

20 centilitres d'huile d'olive extravierge
4 grosses gousses d'ail épluchées et émincées
1 gros oignon épluché et émincé
4 grosses tomates, épluchées, dont on a ôté les graines, coupées en morceaux (ou deux boîtes de 500 grammes chacune de tomates en conserve)
1 litre et demi de très bon bouillon de bœuf (ou d'eau, mais jamais de bouillon de poule)
25 centilitres de vin blanc
sel et poivre du moulin
700 grammes de pain rassis écrasé
250 grammes de pecorino râpé (si l'on veut)
1 poignée de feuilles de basilic (non hachées)
1 cuiller à café de bon vinaigre de vin

Dans une cocotte, chauffez l'huile d'olive avec l'ail et l'oignon émincés jusqu'à ce qu'ils deviennent transparents. Ajoutez les tomates, le bouillon ou l'eau, le vin, le sel, le poivre et laissez mijoter dix minutes. Ajoutez le pain et laissez mijoter encore deux minutes. Hors du feu, ajoutez le pecorino et le basilic, mélangez bien. Laissez la soupe refroidir et ajoutez le vinaigre juste avant de la servir, à la température de la pièce ou très légèrement réchauffée. Ne la mettez surtout pas au réfrigérateur, cela tuerait son goût très pur.

Spiedini di salsiccia
e quaglie ripiene sui cuscini

BROCHETTES DE SAUCISSES
ET DE CAILLES FARCIES SUR CANAPÉ

Le soir où j'ai vu mon bel étranger se lécher négligemment les doigts après avoir dévoré une de ces délicieuses petites brochettes, j'ai su que j'avais franchi un grand pas dans mes tentatives pour lui faire apprécier la bonne cuisine.

Pour 6 :

12 petites cailles vidées, lavées, séchées, salées, poivrées et farcies d'une moitié de figue et d'herbes fraîches, sauge et romarin. Gardez les foies pour la confection des canapés.
12 tranches fines de *pancetta* (ou lard)
12 petites saucisses, au fenouil si possible, que l'on aura fait pocher cinq minutes à l'eau frémissante
12 tranches de pain de campagne
15 centilitres de vin blanc
un bon morceau de beurre
2 échalotes pelées et émincées
le foie des cailles + 100 grammes de foie de volaille haché
2 cuillers à soupe de vin santo (ou autre vin doux)

287

1/2 cuiller à café de quatre-épices
sel et poivre du moulin

Enroulez chaque caille dans une tranche de *pancetta* que vous fixerez avec une petite pique en bois. Enfilez la caille sur une brochette, puis ajoutez une petite tranche de pain et une saucisse. Disposez les brochettes dans un plat suffisamment creux pour que le jus s'y écoule, ajoutez le vin blanc et enfournez à 400 degrés en les retournant toutes les 3 ou 4 minutes — environ 20 minutes en tout. Dans une petite casserole, faites mijoter les échalotes dans le beurre, ajoutez les foies de volaille — les garder rosés — , versez le vin santo, le quatre-épices, le sel, le poivre. Au bout de deux minutes, vous disposerez cette farce sur le pain grillé et poserez les brochettes par-dessus.

Notez que vous pouvez préparer la farce en plus grande quantité, à d'autres occasions, et sachez que c'est délicieux sur des petits canapés, à l'heure de l'apéritif.

Zucca al forno ripiena con porcini e tartufi

POTIRON AU FOUR FARCI
AUX CÈPES ET AUX TRUFFES

Si mon bel étranger m'avait laissée préparer moi-même notre repas de mariage, c'est ce que j'aurais servi comme entrée. La chair sucrée du potiron caramélise à la cuisson et se mélange avec les fromages, les cèpes et les truffes pour donner un plat au goût délicieusement sensuel.

Pour 8 ou 10 personnes :

1 potiron d'environ deux kilos, dont on a ôté les pépins, ôté et coupé la chair en petits morceaux
1 bon morceau de beurre
2 gros oignons épluchés et émincés
350 grammes de champignons, cèpes ou chanterelles, lavés, séchés et émincés (si vous utilisez des cèpes séchés, faites-les tremper dans de l'eau tiède une heure, en gardant l'eau de trempage. 100 grammes de champignons secs suffisent).
2 grosses truffes, si vous êtes d'humeur festive, ou 50 grammes environ de pâte de truffe
du sel
1 cuiller à café de poivre blanc
750 grammes de mascarpone ou de crème fraîche épaisse
350 grammes d'emmenthal râpé
50 grammes de parmesan râpé
3 gros œufs battus
8 tranches de pain de mie rassis dont on aura ôté la croûte

Dans une poêle, faites fondre le beurre, ajoutez l'oignon et les champignons qui vont rendre leur eau (si ce sont des champignons secs, ajoutez un peu de l'eau de trempage une fois filtrée) et laissez réduire. Ajoutez les truffes, le sel et le poivre. Vous aurez mélangé dans un saladier les autres ingrédients, à l'exception du pain. Versez le tout maintenant dans la poêle. Dans une autre poêle, passez rapidement les tranches de pain dans le beurre très chaud, jusqu'à ce qu'elles soient bien dorées. Puis versez à l'intérieur de l'écorce de la citrouille :

un tiers du mélange citrouille, cèpes, etc.

puis 4 tranches de pain,

puis un deuxième tiers du mélange,

puis les 4 dernières tranches de pain.

Couvrez le tout avec le chapeau que vous aurez découpé au sommet de la citrouille. Enfournez dans un grand plat creux à 375 degrés pendant 1 heure et demie. Après quoi, vous poserez la citrouille sur la table, ôterez le chapeau et servirez à la louche le succulent mélange, accompagné d'un bon petit blanc sec.

Vitello brasato con uve del Vino

LONGE DE VEAU BRAISÉE
AUX RAISINS

Ceci aurait été le plat de résistance de mon choix, le jour de mon mariage. Si l'entrée n'a pas été trop consistante, vous le servirez avec une purée de pommes de terre parfumée à l'ail. Vous pouvez remplacer le veau et le vin blanc par du porc et du vin rouge.

Pour 8 personnes :

1 longe de veau coupée en 12 tranches épaisses (d'environ 100 grammes chacune)

1 cuiller à café de sel
3 cuillers à café de romarin
10 gousses d'ail
150 grammes de beurre
1 cuiller à soupe d'huile d'olive
30 centilitres de vin blanc sec
750 grammes de raisins
1 cuiller à soupe de très bon vinaigre balsamique

Essuyez bien les tranches de veau et frottez-les avec le sel et le romarin. Chauffez l'huile et le beurre dans une grande sauteuse et faites dorer la viande des deux côtés. Réservez, puis versez le vin dans la sauteuse, en laissant réduire cinq minutes. Ajoutez les grains de raisin (sans pépins, si vous en trouvez), puis le veau, baissez le feu et laissez mijoter 5 minutes environ, pas plus, ce ne doit pas être trop cuit. Réservez à nouveau la viande, faites réduire le jus, jusqu'à ce qu'il commence à épaissir, versez-y encore un peu de beurre et le vinaigre. Remettez la viande dans la sauteuse et servez aussitôt.

Porcini brasati con moscato

CÈPES BRAISÉS AU VIN MUSCAT

De tous les plats que nous avons concoctés dans le petit hôtel où nous avions émigré pendant qu'on rénovait l'appartement, celui-ci a acquis le statut de trésor national. Nous le préparons chaque fois que nous pouvons nous procurer un panier de cèpes — en mendiant si nécessaire. À l'automne, si la cueillette a été bonne, nous en faisons assez pour inviter tous nos voisins et célébrer notre *sagra di porcini* privée.

Pour 4 personnes :

150 grammes de beurre
1 cuiller à soupe d'huile d'olive
500 grammes de champignons sauvages (cèpes, bolets, chanterelles) brossés, puis frottés avec un chiffon humide, et émincés
250 grammes d'échalotes pelées et émincées
sel et poivre du moulin
20 centilitres de Moscato ou autre vin des vendanges tardives
250 grammes de crème épaisse
4 ou 5 feuilles de sauge

À feu moyen, chauffez le mélange beurre et huile jusqu'à ce qu'il mousse. Versez-y les champignons et les échalotes, en les retournant bien, pendant quelques minutes. Salez et poivrez généreusement, puis versez le vin et laissez réduire avec le jus des champignons, 20 minutes environ. Dans une petite casserole, faites chauffer la crème avec les feuilles de sauge qui vont la parfumer pendant que les cèpes mijotent. Puis ôtez la sauge et versez la crème sur les champignons, laissez réduire deux ou trois minutes. Servez avec des toasts chauds et le vin qui a servi à la cuisson.

Sgroppino

GLACE AU CITRON À LA VODKA
ET AU VIN PÉTILLANT

J'ai tout de suite aimé ce délicieux dessert qui est servi dans chaque *osteria* et *ristorante* de la région de Venise. Après notre départ pour la Toscane, où personne ne connaît le *sgroppino*, j'ai appris à le préparer moi-même quand j'avais des bouffées de nostalgie. C'est léger, cela remplace très bien un dessert. Voici ma recette :

1/2 litre de glace ou de sorbet au citron
4 ou 6 cubes de glace
10 centilitres de vodka
25 centilitres de vin blanc pétillant (à Venise, c'est toujours du prosecco)
le zeste d'un citron râpé

Versez la glace, ou le sorbet, les glaçons, la vodka et le vin dans un mixer et broyez le tout jusqu'à obtenir un mélange crémeux et épais. Servez aussitôt dans des verres et saupoudrez du zeste râpé.

REMERCIEMENTS

Sue Pollock m'a prise un jour par la main et m'a dit :
« D'abord, on va te trouver un très bon agent littéraire. »

Et elle a choisi Rosalie Siegel, qui est sage, tenace,
dévouée à ses auteurs. C'est elle qui m'a accompagnée
pendant que j'écrivais ce livre et elle a changé le cours
de ma vie. Je n'imagine plus du tout écrire sans qu'elle
soit à mes côtés.

À des milliers de kilomètres, Amy Gash a patiemment
mis au point mon texte. À tous ceux qui croient qu'un
éditeur se borne à corriger les fautes de grammaire et de
ponctuation, je voudrais dire à quel point elle a travaillé,
supprimant des adjectifs et m'évitant de tomber dans
certains pièges, même quand je n'étais pas d'accord.

Ce livre est un peu l'œuvre de chaque Vénitien qui
m'a accompagnée sur ma route, m'a dit un secret, a bu
du prosecco avec moi, m'a appris un mot nouveau, m'a
nourrie, réconfortée, aidée. Et peut-être aussi a pleuré
un jour avec moi.

Vous, les Vénitiens, êtes pour moi une tribu bénie au
sein de laquelle j'ai vécu mille jours, et c'est un merveilleux souvenir qui me tient chaud au cœur. Et que
ceux qui n'apparaissent pas dans ces pages ne croient
pas que je les ai oubliés, mais vous étiez si nombreux que
je n'ai pas pu vous citer tous.

DU MÊME AUTEUR

Aux Éditions du Mercure de France

MILLE JOURS À VENISE, 2009 (Folio n° 5257)

MILLE JOURS EN TOSCANE, 2011 (Folio n° 5575)

UN PALAIS À ORVIETO, 2013 (Folio n° 5781)

Composition PCA à Rezé (Loire-Atlantique).
Impression Maury-Imprimeur
à Malesherbes, le ...
Dépôt légal : mars 2012.
Premier dépôt légal dans la collection : ...

ISBN : 978-2-07-0440719-... / Imprimé en France.

Composé par CPI Firmin Didot
et imprimé le 2 mai 2014
par 🦁 *Grafica Veneta à Trebaseleghe*
Dépôt légal : mai 2014
1ᵉʳ dépôt légal dans la collection : mai 2011

ISBN : 978-2-07-044071-9/Imprimé en Italie